군도·아시아·월경의 사상

류큐공화사회헌법의 잠재력

엮고 지은이

가와미쓰 신이치 川満信一, Shin-ichi Kawamitsu

사상가·시인·저널리스트.『오키나와타임스(沖縄タイムス)』기자 및『신오키나와문학(新沖縄文学)』편집장을 역임했다. 주요 저서로는,『오키나와 뿌리로부터의 물음(沖縄·根からの問い)』,『오키나와자립과 공생의 사상(沖縄·自立と共生の思想)』,『오키나와 천황제의 역광(沖縄·天皇制への逆光)』등이 있다.「류큐공화사회헌법C사(시)안」은 오키나와 사상을 넘어, 동아시아에 대한 사유의 깊이를 넓고 깊게 해주었다. 2024년 6월, 못다 이룬 과제를 남기고 우리 곁을 떠났다.

나카자토 이사오 仲里効, Isao Nakazato

비평가.『EDGE』편집장. 주요 평론으로,『오키나와 이미지의 끝단(オキナワ, イメ-ジの縁)』,『슬픈 아열대 언어지대(悲しき亜言語帯)』,『오키나와 전후세대의 정신사(沖縄戦後世代の精神史)』등이 있다.

옮긴이

손지연 孫知延, Son Ji-youn

경희대학교 일본어학과 교수. 경희대 글로벌류큐·오키나와연구소장. 저서로『전후 오키나와문학을 사유하는 방법』,『냉전 아시아와 오키나와라는 물음』(공편),『전후 동아시아 여성서사는 어떻게 만날까』(공편), 역서로『오시로 다쓰히로 문학선집』,『기억의 숲』,『오키나와와 조선의 틈새에서』,『슈리의 말』,『일본 근대소설사』,『沖縄 スパイ』(インパクト出版会) 등이 있다.

군도·아시아·월경의 사상
류큐공화사회헌법의 잠재력

초판발행 2025년 9월 30일

엮고 지은이 가와미쓰 신이치·나카자토 이사오
옮긴이 손지연

펴낸이 박성모
펴낸곳 소명출판
출판등록 제1998-000017호
주소 서울시 서초구 사임당로14길 15 서광빌딩 2층
전화 02-585-7840
팩스 02-585-7848
이메일 somyungbooks@daum.net
홈페이지 www.somyong.co.kr

ISBN 979-11-7549-004-8 93830
정가 24,000원

ⓒ 소명출판, 2025

이 책은 2021년 대한민국 교육부와 한국연구재단의 지원을 받아 수행된 연구임 (NRF-2021S1A5B8096142).

총서 **006**
경희대학교
글로벌류큐·오키나와연구소

군도·아시아·월경의 사상

류큐공화사회헌법의 잠재력

가와미쓰 신이치 · 나카자토 이사오 편저
손지연 역

일러두기

1. 이 책은 川満信一·仲里効 編, 『琉球共和社会憲法の潜勢力－群島·アジア·越境の思想』(未来社, 2014)을 완역한 것이다.

2. 원저자의 주는 [저자 주]로 표기했고, 별도의 표기가 없는 것은 모두 역자에 의한 것이다.

'섬'에서 '반도'의 독자들에게

섬과 반도와 대륙을 둘러싼 정치시학

1.

「류큐공화사회헌법C사(시)안」^{이하,}「류큐공화사회헌법」을 기초한 가와미쓰 신이치는 훗날 이를 "얼토당토않은 시도였다"[1]고 회고했다. 언뜻 겸손한 발언으로 비칠 수 있으나, 이 "얼토당토않은"이라는 표현이야말로 「류큐공화사회헌법」의 핵심을 찌르는 말이 아닐 수 없다. 그도 그럴 것이, 이 헌법안을 처음 접했을 때의 놀라움과 당혹감, 그리고 기존 개념들을 깨부수고 꿈의 끝자락에 선 듯한 아찔한 현기증을 느꼈던 일이 지금도 생생하기 때문이다. 시인다운 표현이기도 하고, 오키나와의 고통스러운 역사와 '일본복귀' 이후 펼쳐진 역사와의 격투를 통해 선취한 오키나와의 비국가, 비폭력사상에 대한 자긍심에서 나오는 표현이기도 할 터다.

「류큐공화사회헌법」을 접한 사람들의 반응은 대개 이러했다.

---

1   가와미쓰 신이치, 「류큐의 자치와 헌법(琉球の自治と憲法)」, 『환(環)』 제30호, 2007.7.

예컨대, 국민국가(비판)론에 천착해 오고 있는 니시카와 나가오西川長夫는, "이 헌법(사)시안을 처음 읽었을 때의 놀라움과 감동", "어두운 하늘 한구석에서 갑자기 밝고 푸른 하늘이 열리는 느낌"을 고백한 바 있다. 그는 일제강점기 한반도 북쪽에서 태어나, 패전과 함께 난민으로 전락한 원체험을 가진 것으로 알려져 있다. 또한, 일본 페미니즘 연구를 대표하는 우에노 지즈코上野千鶴子는 이 헌법사안은 급진적이 아닌, 근원적 의미에서 '래디컬'하며, "래디컬이라는 용어의 존재의 이유를 알게 해준 멋진 헌법"이라고 극찬했으며, 일본 정치사상 연구자 쑨거孫歌는 "이 작품의 탄생은 동아시아 사상사에 한 획을 긋는 일대 사건"이라고까지 평했다. 가와미쓰 신이치의 「류큐공화사회헌법」이 기존의 국가와 국민에 대한 클리셰를 흔들고, 헌법관과 국가관에 새로운 바람을 불어넣은 것은 분명해 보인다. 물론 이렇듯 호평만 있었던 것은 아니다. '지적유희'라거나, '글쓰기 연습'에 불과하다는 비판도 있었다.

세계는 바야흐로 지구의 표면만이 아니라, 바다와 하늘에까지 온통 국경선을 긋고, 예외상태를 결정하는 주권을 최고의 권력으로 삼아 전체화를 강화해 가는 쪽으로 흘러가고 있다. 국가의 바깥을 상상하는 것은 불가능하다고까지 일컬어지는 세상. 그것과 다른 세상, 다른 공동체의 가능성으로 나아가기 위한 문을 개방해야 한다는 데에 반대 의견을 내기는 어려울 것이다. 프랑스의 '68년' 이후의 사상계에 충격을 준 피에르 클라스트르Pierre Clastres의 『국가에 저항하는 사회La Société contre l'État』가 일본어로 번역·출판된 것은 1987년이었다. 약간의 시차는 있지만, 거의 같은 시기에 유라시아 대륙의 동쪽 끝 일본과 대만 사이에 점재하는 활모양의 섬들류큐호[琉球弧]에서 국가란 무엇인가를 추궁하는 열린 상상력을 펼쳐간 것이다. 피에르 클라스트르의 『국가에 저항하는 사회』가 남미 파라과이 인디언이 사는 밀림 세계를 탐험하는 가운데 탄생한 정치인류학의 성과라면, 가와미쓰 신이치의 「류큐공화사회헌법」은 일본에 의한 전쟁과 식민주의, 그리고 전후 세계를 둘로 갈라놓은 냉전과 내전, 거기에 아시아를 군사적 요충지로 삼아 개입하고 있는 미국의 존재, 이 모든 불합리한 현실을 그야말로 땅을 기는 듯한 심정으로 갈등하고 모색한 끝에 맺은 자립과 공생의 열매였다. '국가를 만들지 않는 사회', 즉 '국가에 저항하는 사회'는 시공간을 넘어 공명하는 지점이 적지 않을 것이다.

「류큐공화사회헌법」은 일본복귀운동의 패배 끝에 얻은 귀한 사상의 열매이다. 이때의 '패배'에는 두 가지 의미가 있다. 하나는, 메이지 시기 '류큐처분琉球処分'[2] 이후, 일본국가에 의한 식민주의 동화정책을 내면화한, 즉 자기自己식민주의이며,[3] 다른 하나는, 한 번도 패배한 경험이 없던 미국이 베트남전 패배 국면을 돌파하기 위해 기지를 떠안긴 채 오키나와의 시정권을 일본에 반환한 사태와, 그리고 그로 인한 동아시아의 재편을 가리킨다.

---

2   1879년, 일본 정부가 류큐번을 폐지하고 오키나와현으로 명명하며 일본 영토로 강제 편입시킨 사태를 일컫는다.

3   전후, 미국의 부당한 점령에 맞선 '반미' 논리, 즉 혁신 내셔널리즘으로 오키나와 전후사의 방향을 잡아가던 중, "오키나와의 복귀 없이는 일본의 전후는 없다"라며 일본 정부의 오키나와 정책 전환을 선언한 사토 에이사쿠(佐藤栄作) 총리의 전후 레짐과 영토 내셔널리즘에 수렴되어버린 사태를 가리킨다.

일본 입장에서는, '전쟁에서 잃었던 영토를 되찾은 것'이며, 미국 측 입장에서 보면, 베트남전 이후의 '아시아 전략의 재편'에 다름 아니었다. 오키나와의 '일본복귀'는 미국과 일본이 공모한 합작품임이 자명하다. 이처럼 '복귀운동'에 내포된 자기식민주의와 국가환상이 포섭과 배제의 역학 앞에서 무력하게 무너져버린 것을 거꾸로 아래에서 보강하려 한 데에서 '패배'의 근본 원인을 찾을 수 있을 듯하다. 그것은 다름 아닌 '자발적 예속'으로, 가와미쓰가 '복귀운동'을 추동해 간 국가환상 비판에 그토록 철저할 수 있었던 이유이기도 하다. 그 국가환상과 자발적 예속의 비판적 초극이 '복귀' 10주년을 앞둔 1981년에 단단한 열매로 결실을 맺은 것이다. 여기서 "국민국가는 식민주의의 재생산 장치"라고 언급한 니시카와 나가오의 발언을 떠올려도 좋을 것이다.

2.

가와미쓰 본인은 "얼토당토않은 시도였다"며 스스로를 낮췄지만, 「류큐공화사회헌법」의 등장을 "어두운 하늘 한구석에서 갑자기 밝고 푸른 하늘이 열리"는 "래디컬"한 사태이자, "동아시아 사상사에 한 획을 긋는 일대 사건"으로 높이 평가한 것은 어쩌면 당연할지 모른다.

「류큐공화사회헌법」에 내포된 자립과 공생의 사상은 국가 비판론이자 폭력에 대한 비판론이기도 하다. 이 헌법을 둘러싼 다양한 해석을 한 권의 책으로 묶으며 제목에 '잠재력'이라는 단어를 넣은 것은, '잠재력'이 헌법안 그 자체이기도 하고, "여기가 아닌 어딘가"에 숨겨져 있을 또 다른 가능성을 내포하기 때문이다.

그렇다면 "여기가 아닌 어딘가"라는 곳은, 여러 국가의 틈바구니에서 몇 번이나 경계를 다시 긋지 않으면 안 되었던 고통의 경험을 가진 이들이 초대하는 미완의 문턱이라고 할 수 있을 것이다. 장場의 바깥을 심급審級하고 조직하는, 설령 손때가 많이 묻었더라도 유토피아라고 할 수밖에 없는 '그곳'. 그런데 '그곳'은 균질하고 투명한 상상의 공동체가 아니다. 쑨거의 지적대로 "끓는 기름에 달궈지는 듯한 고투拇扎" 속에서 얻어지는 것이자, 가와미쓰의 표현을 빌리면 '이바異場'**4**의 경지라고 할 수 있을 것이다. 따라서 '잠재력'이란 주권과 경계 바로 앞에서 한 약속을 그 너머에서 지키려 한 것으로 볼 수 있다. 「류큐공화사회헌법」에 대한 여러 해석을 담은 이 책은 그런 의미에서 유토피아, 혹은 '이바'에 대한 생각을 허심탄회하게 나누는 장과 다르지 않다.

유토피아라는 용어는 이제 사어死語가 되어가고 있다. 지구의 표면

4　가와미쓰가 제안하는 일상에서 비일상의 세계로 디딤발을 옮기는 사상. 다른 장소에 사고와 감성의 자세(stance)를 두는 사상. 시간과 장소를 포괄하고 있는 역사나 일상과는 다른 지점에서 사고와 감성의 태도를 결정하고, 거기에서 다시 현실로 돌아오는 사상. 이지원의 말을 빌리면, "아베 내각하에서 추진되는 개헌 공세에 대해 수세적인 호헌으로 맞서는 것이 아니라 이 '위기'를 오히려 주체적인 창헌(創憲)을 할 절호의 '기회'로 파악하며 47개 도도부현이 고시엔야구대회를 치르듯 각자의 헌법안을 만들어 경쟁하여 신헌법을 만들자는 저자의 대응", "어떠한 거센 풍랑에 휩쓸려서도 키를 놓지 않는 끈질김과 '역전의 사고'를 가능케 하는 창발성"이 바로 '이바사상'의 산물이라고 할 수 있다. 가와미쓰 신이치, 이지원 역, 『오키나와에서 말한다』, 이담북스, 2014, 15~16쪽.

을 온통 감싸고 있는 무수한 국가들로 인해 "여기가 아닌 어딘가"를 상상하는 일은 절망적일 만큼 어렵게 되었다. 바로 그렇기 때문에 국가에 저항하는 코뮌의 상상력은 중요하다. '잠재력'이라는 이름으로, 불온한 상상력이라는 이름으로 작동을 멈추지 않는 한 계속해서 살아남을 것이다. 국가에 대한 저항을 담은 가와미쓰의 「류큐공화사회헌법」을 '잠재력'으로 읽는다는 것은 곧, 유토피아 이후의 유토피아, 정치의 시학詩學을 읽는 일이기도 할 터다. 더 나아가, 포스트 유토피아란, 국가와 국경의 논리가 만연한 클리셰를 '초월'함으로써 되살아나는 시학이라고 말해도 좋을 것이다. 이러한 사유를 가능케 한 것은, 프랑스 식민지였다가 전후 '해외'가 된 마르티니크[5]를 비롯한 카리브해 제도의 탈식민지화와 집권에 저항하는 힘의 관계를 군도의 시선에서 발신해온, 세제르와 프란츠 파농 이후의 에두아르 글리상Édouard Glissant과 파트리크 샤무아소Patrick Chamoiseau 등의 포스트콜로니얼적 상상력이다.

이들 해방의 매니페스토정치시학는 다음과 같이 말한다. "유토피아란 세계에 결여된 것이며, 다양한 불가능성이 얽힌 매듭을 풀 수 있는 유일한 리얼리즘이다"라고. 유토피아와 리얼리즘이 나뉘는 이형의 공간에서 "다양한 불가능성이 얽힌 매듭"을 푸는 것을 통해 유토피아는 리얼리즘으로 전위轉位한다. '유일한'이라는 표현에서 유연한 시학의 발현을 엿볼 수 있다. 그렇기 때문에 "유토피아는 언제나 우리에게 결여된 길"인 셈이다. 세계에, 그리고 우리에게 결여된 유토피아야말로

5 　소앤틸리스 제도에 속하는 섬으로, 프랑스 해외 주 가운데 가장 규모가 작다.

「류큐공화사회헌법」의 '잠재력'이다. 그리고 잊어서는 안 되는 것은, 유토피아의 리얼리즘이 "끓는 기름에 달궈지는 듯한 고투" 속에서 태어났다는 사실이다.

3.

「류큐공화사회헌법」을 탄생하게 한 '고투'의 행위란 과연 어떤 것이었을까? 이 '고투'라는 단어를 내가 처음 접한 것은, 다케다 다이준武田泰淳과 함께 중국문학 연구자로 잘 알려진 다케우치 요시미竹內好가 태평양전쟁 말기에 징병되어 다른 곳도 아닌 중국 전선으로 출병하기 직전에 "유서처럼 썼다"고 전해지는 루쉰 관련 논문에서였다. 서구 열강과 후발 제국인 일본으로 인해 분할된 식민지 아시아를 살아간 다케우치는 루쉰의 문학에서 '고투'를 읽어냈다. '고투'의 사전적 의미는 참다, 견디다, 버둥거리다 정도가 될 터인데, 그러한 수동적인 행위에 머무르지 않고 능동적이고 자율적인 '저항'의 뉘앙스를 갖고 있다. 그래야만 심부통각深部痛覚을 느낄 수 있기 때문이다. 달리 갈하면, "자기 자신을 거부하고, 동시에 자기 자신이 아닌 것도 거부하는" 것으로, 이 때의 주체는 '자自-타他'가 저항하는 가운데 중층화되고 있다.

중요한 것은, 탈식민지화 해방시학에서 태어난 매니페스토는 일견 자가당착처럼 보이는 '유토피아 리얼리즘'이라는 심급을 거쳐야 비로소 '고투'에 이른다는 사실이다. 거기에는 아시아적 경험이 심부통각이라는 형태로 발현된다.

가와미쓰는 '4·3제주학살사건 60주년 집회에 참가하며'라는 부제를 단 「제주도의 해풍」『정황(情況)』, 2008.7이라는 글에서 이렇게 말했다. "미국의 민주주의도 망해라, 소련의 공산주의도 붕괴해라, 중화의식을 반성하지 못하는 중국도, 반쪽짜리 역사인식으로 일관하는 일본도 부끄러움을 알아라. 그것이 제2차 세계대전 후의 제주, 오키나와, 대만 등 동아시아 가장자리 섬들의 공통된 전후 경험이리라"라고. 이 글에서 가와미쓰는 "그 배후에는 미국과 소련, 중국, 일본 등 대국 간의 이기주의의 줄다리기가 자리한다. 그것이 이 주변 섬들의 참극을 더욱 심화시켰다"는 점을 분명히 했다. 이러한 발언은 말할 필요도 없이 동아시아 공통의 역사인식에서 출발해 대만, 제주도, 그리고 오키나와를 관통하는 냉전과 분단, 대륙과 반도 사이에 낀 섬들이 겪은 국가 테러리즘을 의식한 데에서 온 것일 터다.

그런데 이들 동아시아 해역에 흩뿌려진 고통의 역사를 따라가다 보면, 근대 동아시아에 등장한 유일한 제국 일본의 침략과 식민지주의와 그로 인한 부負의 유산이 청산되지 못하고 계속되고 있음을 깨닫게 될 것이다. '류큐처분'에 의한 오키나와 강제병합은 일본이 아시아태평양으로 확장해 가는 출발점이 되었고, 이후 두 번의 전쟁을 거치면서 일본은 대만 분할, 한반도의 식민지화, 중국 대륙과 아시아태평양 섬들로 침략의 점선들을 그려나갔다. 문제는 전쟁과 침략과 식민지 책임을 제대로 청산하지 못한 탓에 내전과 분단을 초래했다는 것이다.

그 용광로 속에 내던져진 오키나와가 "끓는 기름에 달궈지는 듯한 고투" 끝에 만들어낸 것이 바로 「류큐공화사회헌법」이다. 그렇기 때문에 가와미쓰의 "얼토당토않은 시도"는 국가를 개입시키지 않고, 국가에 저항하는 사회여야만 했다. 그곳에서는 주권이라는 지상 최고의 권력을 앞세워 경계를 긋고 영토를 나누는, 그 획일화된 장치의 플러그를 뽑아 버리고, 자립과 공생을 작동시켜야 한다. 획일화된 장치는 포섭과 배제를 동반하기 마련이며, 자발적 예속을 구조화하기도 한다. 칙칙한 회색빛 동아시아 근현대사의 지도에서 이러한 역학과 구조가 덧칠된 상처와 고통의 흔적을 어렵지 않게 발견할 수 있을 것이다.

「류큐공화사회헌법」은 포섭과 배제의 역학을 '사이ぁいだ'의 역학으로 바꿔 넣는다. 수직축으로 서열화하는 것이 아니라, 대륙과 반도와 섬을 연결하는, 즉 병렬 접속사 '～와と'를 도입해 다양한 전환을 모색하고, 수평축으로 에너지의 흐름을 바꾸며, 더 나아가 주체를 '사이-주체'로 기능하게 하며, 정치를 시학으로 바꿔 넣는다.

4.

「류큐공화사회헌법」을 읽는다는 것은, 대륙과 반도와 섬을 둘러싼 서로 다른 이질적 집단과의 접촉을 병렬 접속사 '～와'를 통해 중첩·연결시킴으로써 출현하는 개명성開明性과 마주하는 일이기도 하다. 그 근원을 따라가다 보면, 가와미쓰의 어린 시절 기억에 깊이 각인된 (미야코) 섬 공동체의 공생 체험과 국가의 힘에 휘둘리면서 국경선을 여러 차례 다시 그려온 오키나와 근현대사의 경계 체험이 자리한다. 가와미쓰 신이치의 시와 사상은 그러한 미시 공동체의 원초적 체험과 경계 체험을 기점으로 섬에서 아시아로, 자립과 공생의 길로 연결되어 간다. 「류큐공화사회헌법」은 바로 그 결정체이며, 그 결정체는 정치시학이라는 형태를 띨 수밖에 없다.

그렇다면 가와미쓰의 정치시학이 탄생하게 된 원풍경은 어땠을까? "끓는 기름에 달궈지는 듯한 고투"를 말한 쑨거의 표현을 다시 떠올려보면서 「섬島」이라는 시를 읽어보자. 이 시가 발표되었던 시기는 1968년 11월로, 국가와 국민화 및 동화를 내면화한 오키나와의 일본복귀운동의 혁신 내셔널리즘을 '오키나와 반환-일본의 전후 국가체제의 완성-미국의 아시아 재편'이라는 틀 안에 회수하려는 정치적 움직임 속에서 혁신적 주석을 탄생시킨 직후이다. 이를테면, 미군의 세계 최대 전략 폭격기 B-52가 북베트남 폭격을 위해 날다가 추락해 주민을 공포에 몰아넣은 사건과, 원자력 잠수함 입항으로 생태계가 오염된 사건에 맞서 'B-52 철거, 원자력 잠수함 입항 반대'[6]를 내건 총파업이 지역과 계층을 넘어 오키나와 전역에서 불거졌지만, 미일 양국 정부의 협박과 회유, 그리고 무엇보다 혁신 내셔널리즘에 의해 좌절되었던 시기였다.

---

6   당시 오키나와에서는 B-52 이동, 원자력 잠수함 기항, 종합 노동 법령의 공포 등 주민들 생활과 밀접한 사안이 다수 제출되었다. 이러한 문제들이 맞물려 1969년 2월 4일에 제너럴 스트라이크(총파업) 시도가 있었다.

아아, 너의 움츠러든 발걸음과 노랫소리는

그 어떤 폭력私刑[린치]보다 견디기 어렵다

환영幻影의 조국 따위는 그 어디에도 없으니

환영의 바다 깊이 잠기자 그리고

격렬한 소용돌이가 되자

배도 고래도 다가오지 못하게 회오리가 되자

장편 시 「섬」의 일부이다. 가와미쓰는 「전환기에 선 오키나와 투쟁—복귀 슬로건을 버려라!」『정황』, 1969.8라는 글의 첫머리에서 이 시를 인용했다.

난해하기로 유명한 가와미쓰 시 답지 않게 명쾌하게 읽히는데, 그 명쾌함이란 다름 아닌 자신이 마주하고 있는 시대상황에 대한 깊은 절망과 분노이다. 예컨대, "그 어떤 폭력[린치]보다 견디기 어렵다"라는 표현을 통해, 비판의 대상이 외부에 있지 않고, 오키나와 내부의 병리에 있다는 사실을 분명히 한다. 더 나아가, 적은 외부에 있는 것이 아니라 내부에 있으며, 그 내부에는 자발적 예속이라는 구조가 똬리 틀고 있음을 고백한다. 그것은 가와미쓰에게는 매우 견디기 어려운 일이었다. 그럼에도 불구하고, "움츠러든 발걸음", "폭력[린치]", "환영의 조국"과 같은 '자발적 예속'의 징후들은 분노의 '나선螺旋'이 되어 자립을 향해 나아갔다.

5.

1969년에 발표된 시 「섬」은 그로부터 12년 후 등장하게 될 「류큐공화사회헌법」의 원형이라고 할 수 있다. '나선'의 분출은 시대의 열기와 소용돌이를 지나 자비의 내해로 흘러들어갔다. 그리고 국가환상은 급진적 비판을 거쳐 '국가에 저항하는 사회'로 다시 태어나 헌법안 전문前文과 조문条文 형태로 표출되었다. 전문에서는 권력이나 문명, 종교에서부터 사랑에 이르기까지, 그 안에 내재하는 권력이나 국가에 대한 일말의 싹도 허용하지 않는다는 철저한 비권력・비국가사상을 피력하고 있다. 언뜻 보면, 무력에 의한 해결과 전쟁 포기라는 절대 평화주의를 새겨넣은 일본국헌법에 대한 기대감으로 비칠지 모르나, 가와미쓰는 그것이 오키나와를 떼어내 버림으로써 성립한 것이라는 사실을 '침묵의 언어'로 새겨 넣었다. 천황제를 온존시킨 제1조와 전쟁 포기를 선언한 제9조는 함께 갈 수 없는 사이임에도 서로를 강하게 끌어안고 있는 형상이며, 그로 인해 일본의 '전후 국체戰後国体'라는 괴물이 탄생하게 되었다고 말이다.

「일본국헌법」 제9조에 기대를 걸었지만, 그렇다고 제1조에 대한 주의를 소홀히 한 것은 아닌 것처럼, 일본복귀운동의 맹점과 함정에 대한 비판 또한 그렇다. 가와미쓰는 1970년, 『총서 나의 오키나와わが沖縄』 제6권 「오키나와 사상沖縄の思想」 편에 「오키나와의 천황제 사상沖縄における天皇制思想」이라는 글을 실었다. 이 글은 오키나와의 천황제 인식을 처음으로 파고들어간 역작이다. 「류큐공화사회헌법」 전문에서 열

거했던 다양한 환멸과의 결별이 여기에서도 발견된다. 일본국가와 국민의 '호전성'과 천황제의 온존 및 침략과 식민지주의에 대한 내적 성찰의 결여가 좋은 대비를 이룬다. 이 전문은 상상력의 임계점을 돌고 돌아 56개조의 조문을 낳았다.

무엇보다 "그렇다, 우리들은 여전히 초토화된 땅 위에 발을 딛고 서 있다"라는 한 줄 안에 가와미쓰 헌법안의 정치시학과 유토피아의 리얼리즘이 모두 담겨있다고 해도 과언이 아니다. 전쟁과 점령, 식민주의 이후 지금도 여전히 남아 있는, 아직 끝나지 않은 점령과 식민주의에 대한 각성의 목소리로 읽을 수 있을 것이다. 이때 동아시아를 가로지르는 공통의 역사가 분유되며, 초토화된 땅 위를 딛고 선 발은 반도와 대륙의 대립을 예민하게 감지한다. 그러나 섬은 고립되지 않으며, 반도와 대륙은 다시 만난다. 그 만남에는 국가가 개입하지 않는다. 국가에 저항하는 사회여야 비로소 가능하다.

가와미쓰는 이러한 만남에 대해 여러 차례 언급한 바 있다. 예컨대, 「'자이니치', '차별', '조국'을 넘어서」『정황』, 2001.8라는 글에서 가와미쓰는 자신의 경험을 교차시키면서, '자이니치'의 조국이나 모국에 대해 느끼는 감수성이나 이미지가 오키나와인의 그것과 '역행'하고 있다고 말한다. 나아가, "조국이나 모국에 대한 개념이나 감수성을 혁명하지 않는 한, 현재의 국민국가 간 부조리한 강제로부터 스스로를 해방시키기는 어려울 것"이라는 말도 덧붙였다.

반도로서의 남과 북, 섬으로서의 오키나와와 일본은 어떻게 다를까? 가와미쓰는 그 차이를 냉전을 배경으로 한 내전의 결과라든가 미점령에 따른 분단에 있다기보다 주체 형성과 해방 비전이 서로 '역행'한 데에서 찾는다. '조국'이나 '모국'에 대한 개념이나 이미지를 초극하지 않는 한 그 '역행'을 벗어나 다시 만나는 것은 불가능에 가깝다고 말한다. 또한, "만약 '조국'이나 '모국'을 부모의 묘지가 있는 곳이라는 의미로 순화하거나, 민중사를 끌어안은 심리적 허상으로 몰아간다면, 우리들의 실존은 사회적 관계라는 바람 앞에 벌거벗고 맞서리라"는 결연한 의지를 피력한다. 이는 "그렇다, 우리들은 여전히 초토화된 땅 위에 발을 딛고 서 있다"라고 명기한 「류큐공화사회헌법」 전문과도 맞닿아 있다.

　가와미쓰는 앞서 언급한 「제주도의 해풍」에서 "때리는 자와 맞는 자의 구분이 어렵다. 살해한 자는 어디에 있는가 / 혀를 잘리고 팔을 잘리는 무참함에 시선을 피하지 말고 똑바로 바라보라 / 떠올려 보려 하지만 흐릿한 기억. 피눈물 흐르는 4월의 바다에 바람도 울부짖는다"라고 노래했다. 바람도 울부짖은 제주도의 바다는 오키나와와 대만의 군도를 회류하면서 고통의 기억을 불러일으킨다. 이때 「류큐공화사회헌법」은 「월경헌법」이라는 열린 가능성으로, 더 나아가 동아시아의 정치시학으로 공유될 것이다.

　2024년 6월 29일, 오전 0시 13분, 가와미쓰 신이치는 니라이카나 이ニライカナイ : 오키나와인들이 바다 건너편에 있다고 믿는 낙원의 세계로 먼 여행을 떠났다. 『군도·아시아·월경의 사상 ─ 류큐공화사회헌법의 잠재력』이 한국에서 간행되는 것을 보지 못한 채 말이다. 그렇지만 국가환상을 단호히 거부하는 곳에서 탄생한 이 자립과 공생의 사상이 병 속에 담

겨 섬과 대륙을 돌고 돌아 반도의 해변에 무사히 도착했다는 소식[7]을 전해 듣는다면 그도 크게 기뻐할 것이다. 이 편지를 개봉하게 될 주인 공은 다름 아닌 반도의 당신들이다. 이 편지를 개봉할 때, 예외상태를 결정하는 주권 저편의 유토피아 리얼리즘을, 초토화된 땅 위를 딛고 선 발바닥의 기억을, 내전으로 죽어간 이들의 '통곡'의 메아리 소리를, 귀 기울여 들어주기 바란다.

끝으로, 「류큐공화사회헌법」과 그 '잠재력'을 알아봐 준 경희대학 교 글로벌류큐·오키나와연구소와 비교문화연구소, 그리고 번역의 노 고를 마다치 않은 손지연 교수에게 이 자리를 빌려 감사의 말을 전한 다. 모쪼록 이 책이 동아시아의 섬들과 반도, 그리고 대륙을 연결하고 또 새로운 인연을 만드는 마중물이 되기를 바란다.

2025년 1월

나카자토 이사오

7 　원문에서는 투담통신(投壜通信)이라는 용어로 표현하고 있다. 희망의 메시지를 넣은 병을 바다에 던져 낯선 땅, 미래의 독자들에게 닿도록 하는 것.

'기존의 국가와 국민에 대한 클리셰를 흔들고, 헌법관과 국가관에 새로운 바람'을

「류큐공화사회헌법」의 현재적 의미

우리 류큐공화사회의 인민은 역사적 반성과 비원을 딛고서 인류 발생의 역사 이래 권력집중으로 인한 모든 악업惡業의 근원을 지양하고자 여기에 서 국가를 폐절할 것을 소리 높여 선언한다.

「류큐공화사회헌법C사(시)안」 기본이념 제1조

막스 베버도 지적했듯이 국가는 물리적 폭력을 독점한 체제다. 국 가체제가 지닌 배타적 폭력성을 일종의 합의와 계약 관계의 소산이라 고 보기도 한다. 만인과 만인의 투쟁이라는 악무한의 아비규환을 막 기 위한 최소한의 합의이자, 힘의 양도를 '리바이어던'이라고 말했던 홉스의 사유도 이러한 사유의 연장이다. 근대국가의 성립에 관해서는 철학, 사회학, 정치학 분야에서 다양한 논의가 축적되어 왔다. 그것은 '국가' 그 자체가 근대성을 해명할 때 문제적 체제이자, 극복해야 할 하나의 과제라는 점을 잘 보여준다.

일종의 계약 관계로서의 국가체제가 아닌 국가가 필연적으로 지닐 수밖에 없는 '폭력'을 중심에 둔 것은 발터 벤야민이었다. 권력을 타인에 대한 폭력의 강제적 행사라고 보았던 발터 벤야민은 근대국가의 법체제가 지닌 근원적 폭력성을 법 제정적 폭력과 법 보존적 폭력이라는 측면에서 해석하고자 했다. 무엇을 법으로 정할 것인가, 즉 법의 창안과 어떻게 법을 지킬 것인가 하는 법의 행사, 이 모두가 하나의 폭력으로 작동하고 있음을 지적하고 있다. 벤야민의 이 같은 사유는 근대국가가 지닌 폭력의 근원이 무엇인지, 그리고 그러한 폭력이 무엇을 지향하고 있는지를 보여준다. 이때의 폭력은 단순히 타인을 강제하는 물리적 폭력으로서만 작동하지 않는다. 프란츠 파농이 지적한 것처럼 폭력은 하나의 생산이며, 창조의 동력이다.

근대 국민국가가 폭력으로서의 법을 창안하고 이를 보존하려고 했다면, 그것은 필연적으로 법과 법의 대결, 즉 법 제정을 둘러싼 힘의 대결을 전제할 수밖에 없다. 특히 19세기부터 시작되어 온 제국주의와 식민지와의 관계, 그리고 제2차 세계대전 이후 벌어진 탈식민의 과정들은 제국주의적 법 체제와 탈식민적 법 창안의 대결일 수밖에 없었다. 그것은 벤야민이 지적한 것처럼 법의 선포를 둘러싼 대결이자, 무엇을 법으로 선언할 것인지에 대한 투쟁이었다. 그리고 그러한 투쟁은 때로는 실제적 폭력으로 분출되기도 했다. 제2차 세계대전 이후 벌어졌던 그리스 내전을 비롯해 중국에서 벌어졌던 제2차 국공내전, 해방 조선에서 벌어졌던 1946년 10월 인민항쟁과 1948년 4월 제주4·3항쟁 등 일련의 역사적 사건들은 그야말로 법의 선포를 둘러싼 힘의 대결이었다.

'류큐왕국'이라는 이름으로 오랫동안 '독립'을 유지하다가 일본의 중앙집권적 지배체제에 편입^{1879년의 이른바 '류큐처분'}되어 오늘에 이르는 류큐·오키나와 역시 그 힘의 대결로부터 결코 자유롭지 않다. 이 책에서 다루고 있는 가와미쓰 신이치의 「류큐공화사회헌법C사(시)안」^{이하, 「류큐공화사회헌법」}이야말로 그에 대한 강한 반발이자 반응인 것이다.

　「류큐공화사회헌법」이 처음 소개된 것은 1981년 『신오키나와문학』^{제48호}이 꾸린 「류큐공화국으로 이어지는 가교」라는 제목의 기획 특집에서다. 여기에는 「류큐공화사회헌법」과 함께 나카소네 이사무仲宗根勇가 기초한 「류큐공화국헌법F사(시)안」, 그리고 이 두 헌법안을 둘러싼 좌담회가 실려 있다. 이름부터 생소한 이 두 헌법사안의 명명은, 개인이 만든 시험적 헌법이라는 의미의 '사안私案'에 C, F와 같이 기초한 이의 익명을 덧댄 것이다. 무엇보다 '공화국'이 아닌 '공화사회'라고 명명한 데에서 가와미쓰 헌법이 추구하고자 하는 바를 꿰뚫어 볼 수 있다.

　「류큐공화사회헌법」이 등장하는 1981년을 전후한 시기는, 가와미쓰 개인으로 보면 사상적으로 무르익은 40대 후반이고, 사회적으로는 1960년 안보투쟁을 비롯해 일본 체제비판에 대한 열정이 차갑게 식어버린 시기이기도 하다. 또한, 1972년 일본으로 복귀한 지 10여 년이 흐른 시점으로, 보수 측 지사^{자민당} 니시메 준지[西銘順治]가 등장하고, '본토 계열화'로 오키나와 경제가 윤택해지면서 저항 동력을 잃어가던 시기였다. 가와미쓰 신이치의 「오키나와의 천황제 사상沖縄における天皇制思想」, 오카모토 게이토쿠岡本恵徳의 「수평축의 발상－오키나와의 '공동체 의식「水平軸の発想－沖縄の「共同体意識」」, 아라카와 아키라新川明의 「'비국민'의 사상과 논리－오키나와에서의 사상의 자립에 대해「非国民」の思想と論理－沖縄における思想の自立について」등 전후 오키나와사상을 대표하는 논의들은 대부분 1970년대에 제출되었고, 1980년대 이후부터는 그 사상적 궤적들을 확대해 펼쳐 보인 시기라고 할 수 있다.

가와미쓰의 경우, 오키나와 본섬과 동떨어진 미야코 섬宮古島에서의 유소년기 체험, 비극적인 오키나와 전투와 폭력적인 미군정 경험, '조국'이라는 환영을 좇으며 전개된 '복귀운동'의 경험을 토대로 전후 오키나와사상을 구축해 갔다. 그리고 복귀한지 10년이 되어가던 1980년대 초입에 '국가 폐절'을 선언하며 자신의 사상을 실천적으로 응용해 보았다.

「류큐공화사회헌법」은 발표 당시에는 거의 주목받지 못했다. 그도 그럴 것이 「류큐공화사회헌법」이 제출된 1980년대 초만 하더라도, 오키나와 안에서 '오키나와 자립론'을 주장하는 목소리는 생소한 것이었고, 관심을 가진 이들도 소수파의 공상, 유토피아적 상상에 불과한 것으로 치부해 버렸기 때문이다. 그보다는 당면한 문제로 '복귀운동'을 어떻게 마무리할지를 둘러싼 고민이 시작되었고, '반복귀'의 이념을 담아낼 새로운 그릇이 요청되던 시기라고 할 수 있다.

그러던 것이 1990년대에 들어서면서 혁신정당뿐만 아니라 보수정당에서도 '오키나와 자립'을 선거공약으로 내걸었다. 1997년 5월 14·15일 양일에 걸쳐 가와미쓰 신이치, 아라카와 아키라, 기나 쇼키치喜納昌吉, 오시로 요시타케大城宜武, 다이라 오사무平良修 등이 참석한 가

운데 오키나와 독립의 가능성을 둘러싼 토론회가 개최되었다. 아마미奄美 군도, 미야코 군도, 야에야마八重山 군도 등지에서 모인 약 1천 명이 열띤 토론을 벌였다. 그리고 2000년에는 '21세기 동인회'가 결성되었고, 류큐호의 자립·독립논쟁 잡지『우루마네시아うるまネシア』가 그해 7월에 창간되었다. 그로부터 10여 년이 지난 2011년『우루마네시아』제12, 13호에는 다카라 벤高良勉의「류큐공화사회 네트워크형 연방·헌법사안琉球共和社会ネットワーク型連邦·憲法私案 1, 2」가 연이어 실렸다. 다카라 벤은 자신이 헌법사안을 기초하게 된 이유를, 1981년에 발표한 가와미쓰의「류큐공화사회헌법」이 잊히거나 사장되어서는 안 된다고 생각했고, 무엇보다 '자기결정권'이라든가 '오키나와 차별 반대', '탈식민지' 등이 자주 입에 오르내리고 있는 작금의 상황에서 자신의 '류큐독립·해방론' 또한「류큐공화사회헌법」처럼 형태를 갖춰 대중에 알기 쉽게 전달하고 싶었기 때문이라고 밝혔다.

다카라 벤은 가와미쓰의「류큐공화사회헌법」을 모델로 하면서도 그것이 가지는 한계에 대해 분명히 해 보였다. 그리고 가와미쓰 역시 다카라 벤의 헌법사안에 반박하고 나섰다. 중요한 것은, 이들이「일본국헌법」에 반기를 들고 새로운 공동체의 비전을 제시할 수밖에 없는 막다른 상황으로 내몰렸다는 사실이다. 요컨대, 헌법개정이 진행되고, 자위대의 국군화 승격을 지표로 헌법 9조를 둘러싼 위기감이 표출되던 시기. 일본이 전후의 이념을 포기한다면, 더 이상 일본에 기대할 것이 없게 되고, 그렇다면 오키나와가 나서서 그 이념을 발전시켜야 한다는 절박감과 거기에 더하여 미국에 대한 환멸, 대미 종속을 강화해 가는 일본국가에 대한 초조감 등이 이들로 하여금 하여금 창헌創憲 움직임으로 나아가게 한 것이다.

2000년대에 들어서면 니시카와 나가오, 우에노 지즈코 등이「류큐공화사회헌법」에 관심을 갖기 시작한다. 그 가운데 이 책을 기획하는 데 앞장선 나카자토 이사오가 가와미쓰의 헌법사안을 둘러싼 논의를 다시 촉발시킴으로써「류큐공화사회헌법」을 한 단계 더 발전시킬 수 있었다.

「류큐공화사회헌법」의 발상은 그 자체로는 현실적 소구력을 발휘하지 못한 미완의 상상력에 불과하다. 하지만 오키나와 내부에서「류큐공화사회헌법」을 한낱 공상으로 치부하지 않고 계속해서 소환하고 있는 이유는, 그러한 미완의 상상이 균일하고 단단한 근대 국민국가의 헌법 체계에 작은 균열을 내고, '국가-자본'의 단일 궤도를 넘어 새로운 상상을 가능케 하기 때문이리라.

모쪼록 오키나와 군도로부터의 이 미완의 상상력이, 느닷없는 비상계엄령 발포로 극심한 혼란에 빠진 작금의 한국사회에도 와닿기를, 그리하여 "기존의 국가와 국민에 대한 클리셰를 흔들고, 헌법관과 국가관에 새로운 바람"을 불러 일으키기를 간절히 바란다.

이 책을 이제는 고인이 된 가와미쓰 신이치 선생에게 헌정한다.

전'후' 80주년이 되는
2025년 8월
손지연

차례

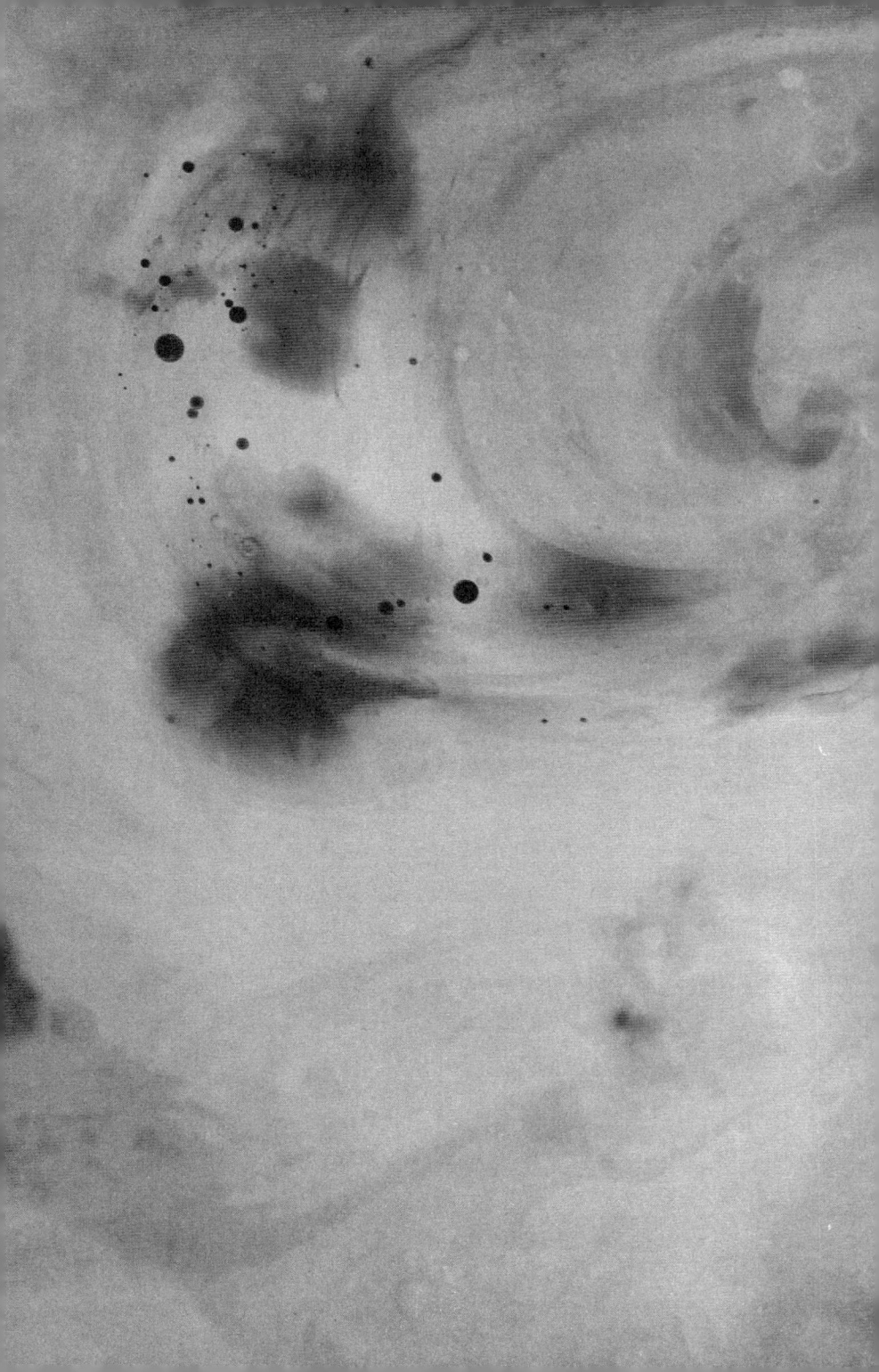

제1부

원점에서,
가고架橋와 월경越境

류큐공화사회헌법C사(시)안

류큐공화사회의 모든 인민은 수 세기에 걸쳐 역사적 반성과 그 위에 기초한 비원을 달성하고, 이에 완전한 자치사회 건설의 초석을 세우게 된 것을 더없이 기쁘게 생각한다. 이에 직접 서명함으로써「류큐공화사회헌법」을 제정·공포한다.

전체▮인민 서명(별지)

전문前文

우라소에浦添[1]에서 흥한 자들은 우라소에로 망하고, 슈리首里[2]에서 흥한 자들은 슈리로 망했다. 피라미드로 흥한 자들은 피라미드로 망하고, 만리장성으로 흥한 자들은 만리장성으로 망했다. 군비軍備로 흥한 자들은 군비로 망하고, 법으로 흥한 자들은 법으로 망했다. 신에 의지한 자들은 신에 의해 망했고, 인간에 의지한 자들은 인간에 의해 망했으며, 사랑에 기댄 자들은 사랑으로 망했다.

---

1   14세기에 개국한 것으로 전해지는 중산국(中山国)의 수도.
2   옛 류큐왕국의 수도.

과학으로 오만해진 자들은 과학으로 망하고, 식食을 탐한 자들은 식으로 망하며, 국가를 추구하면 국가의 감옥에 갇혀 살게 된다. 집중되고 거대화된 국가권력하의 착취와 압박, 살육, 불평등, 빈곤, 불안의 끝에는 전쟁이 기다린다. 석양에 물든 모래 먼지 자욱한 고도古都의 서역西域을, 그리고 새가 채 날개도 펴기 전에 무너져버린 잉카의 수도를 잊어서는 안 된다. 그렇다, 우리들은 여전히 초토화된 땅 위에 발을 딛고 서 있다.

구사일생으로 살아남아 폐허 위에 섰을 때, 우리는 전쟁이 나라 안 백성을 살육하는 장치라는 사실을 깨달았다. 하지만 미군은 그 폐허 위에 다시 거대한 군사기지를 만들었다. 우리는 비무장 저항을 계속하며 동등하게 국민적 반성 위에서 '전쟁 포기', '비전非戰·비군비非軍備'를 첫 줄에 내건 「일본국헌법」과 이를 준수하는 국민에게 연대를 요구하며 마지막 기대를 걸었다. 결과는 무참한 배신으로 돌아왔다. 일본 국민의 반성은 깊이가 너무도 얕아서 가랑눈처럼 쉽게 사라져 버렸다. 우리는 이제 완전히 정나미가 떨어졌다.

호전국 일본이여, 호전적인 일본 국민과 권력자들이여, 가고 싶은 길로 멋대로 가시오. 이제 우리는 인류 파멸로 가는 동반자살의 길을 더 이상 함께 가지 않으리.

제1장 기본이념

제1조 우리 류큐공화사회의 인민은 역사적 반성과 비원을 딛고서
　　　인류 발생의 역사 이래 권력집중으로 인한 모든 악업惡業의 근
　　　원을 지양하고자 여기에서 국가를 폐절할 것을 소리 높여 선
　　　언한다.

　　　이 헌법이 공화사회 인민에게 보장하고 확정하는 것은 만물
　　　에 대한 자비의 원리에 기대어 호혜호조互惠互助의 제도를 부단
　　　히 창조하는 행위뿐이다.

　　　자비의 원리를 넘어서서 일탈하는 인민 및 조정기관과 그 당
　　　직자 등에 대해 어떠한 권리도 보장하지 않는다.

제2조 이 헌법은 법률 일체를 폐기하기 위한 유일한 법이다. 따라서
　　　군대, 경찰, 고정적인 국가 관리기관, 관료체제. 사법기관 등
　　　권력을 집중하는 조직체제는 철폐하고, 이를 단들지 아니한
　　　다. 공화사회 인민은 개개인의 마음속 권력의 싹이 자라지 못
　　　하도록 밟아야 하며 주의를 기울여 솎아내어야 한다.

제3조 그 어떤 이유로도 인간을 살상해서는 안 된다. 자비의 계율은
　　　불립문자不立文字[3]이며, 자신의 계율을 파할 시 스스로를 벌해
　　　야 한다. 법정은 인민 개개인의 마음속에서 열린다. 어머니 달
　　　마, 아버지 달마에게 끊임없이 묻고, 자비의 겨율로 사회 및

3　　참된 깨달음은 언어나 글로 설명될 수 없고, 직접적인 경험과 마음에서 마음으로
　　전해지는 직관적인 이해를 통해서만 얻을 수 있다는 불교 선종의 가르침.

타인과의 관계를 바로잡아가야 한다.

제4조 식생활에 불필요한 살상은 자비의 계율에 어긋난다. 따라서 배고픔을 참고 견디며, 생존을 위한 생물·식물·동물의 포획과 살상은 개인과 집단을 불문하고 오직 자비의 내해內海에서만 행한다.

제5조 중의衆議는 제대로 먹지 못하는 이들 하나하나의 의견에 깊이 귀 기울여야 하며, 자비의 바다가 얕은 자들의 말에 이끌려서는 안 된다.

제6조 류큐공화사회는 풍요로워야 한다. 의식주와 정신, 생존의 모든 영역에서 풍요로워야 한다. 단, 항상 자비의 바다에 비추어 보며 풍요로움의 의미를 고민하기를 게을리해서는 안 된다.

제7조 빈곤과 재해를 극복하고 비황備荒 대책을 마련하고 공생을 위해 힘을 모아야 한다. 빈곤을 두려워하지 말고, 불평등을 만들어내는 마음의 비천함을 두려워하고 기피해야 한다.

제2장 센터 영역

제8조 류큐공화사회는 상징적인 센터 영역으로, 지리학상 류큐호琉球弧에 속한 섬들과 해역국제법상의 관례에 따른 범위을 정한다.

제9조 센터 영역 내에 아마미주奄美州, 오키나와주沖縄州, 미야코주宮古州, 야에야마주八重山州 등 4개의 주를 설정한다. 각 주는 적절

한 규모의 자치체로 구성한다.

자치체의 설치

제10조 자치체는 직접민주주의를 철저히 하는 것을 목적으로 하며, 인민의 뜻에 지장을 주지 않는 규모로 만든다. 자치체의 구성은 민의와 자연조건 및 생산조건에 따라 정한다.

공화사회 인민의 자격

제11조 류큐공화사회의 인민은 정해진 센터 영역 내의 거주자에 한정하지 않는다. 이 헌법의 기본이념에 찬동하고 이를 준수할 의지가 있는 자는 인종, 민족, 성별, 국적 여하를 불문하고 그 소재지에서 자격을 인정받을 수 있다. 단, 류큐공화사회헌법을 승인한다는 것을 센터 영역 내의 연락조정기구에 보고하고 서명지를 송부하도록 한다.

류큐공화사회의 상징기

제12조 류큐공화사회의 상징기는 어리석은 전쟁의 희생양이 된 '히메유리 학도ひめゆり学徒'[4]의 역사적 교훈을 되새기는 뜻에서 흰 바탕에 백합 한 송이를 넣은 디자인으로 한다.

---

4   제2차 세계대전 말기인 1945년 오키나와 전투 당시 일본군을 지원하기 위해 동원된 여학생과 교사들로 구성된 간호 부대. 일명 '히메유리 부대'.

부전不戰

제13조 공화사회의 센터 영역에서 무력 및 그 외 수단으로 침략행위
　　　 가 벌어졌을 경우라도 무력으로 대항하거나 해결하려 해서
　　　 는 안 된다. 상징기를 내걸고 적의敵意가 없음을 나타내 보이
　　　 고, 해결 방법은 임기응변으로 전체 인민의 뜻을 모아 결정
　　　 하도록 한다.

영역의 출입과 통과

제14조 공화사회의 센터 영역을 출입하거나 통과하는 항공기, 선박
　　　 등은 사전에 별도의 인허가를 요한다. 인허가의 조건은 따로
　　　 정한다. 군사와 관련된 모든 항공기, 선박, 그 외 것들은 출입
　　　 과 통과를 엄격히 금한다.

핵의 금지

제15조 핵물자 및 핵에너지의 이입移入, 사용, 실험 및 핵폐기물 저장,
　　　 폐기 등에 관해서는 향후 최소한 50년간 전면 금지한다. 특
　　　 히 이 조항은 어떤 경우에도 왜곡 해석되거나 변경되어서는
　　　 안 된다.

외교

제16조 류큐공화사회는 세계를 향해 개방하는 것을 기본자세로 삼
　　　 는다. 국가나 지역에 따라 문호를 닫아서는 안 된다. 단, 군사

와 관련된 외교는 전면 금한다.

군사협정은 맺지 않는다. 평화적 문화교류와 교역관계를 가능한 한 심화하도록 한다.

망명자, 난민 등의 취급

제17조 각국의 정치, 사상 및 문화영역에 관계된 사람이 망명을 요청할 경우, 조건 없이 받아들인다. 단, 군사에 관련된 사람은 제외한다. 또한, 입역入域 후 이 헌법을 준수하지 않을 경우, 본인이 안주를 희망하는 지역으로 내보낸다. 난민에 대해서도 동일한 조건으로 취급한다.

제3장 차별철폐

제18조 인종, 민족, 신분, 문중門中, 출신지 등의 구분은 고고학 연구로 끝내야 하며, 현실에서는 절대로 차별해서는 안 된다.

기본적 생산수단 및 사유재산 취급

제19조 센터 영역 내에서는 토지, 수자원, 삼림, 항만, 어장, 에너지 그 외 기본적인 생산수단은 공유한다. 또한, 동생共生의 기본권을 침해하고 압박하는 사유재산은 인정하지 않는다.

주거 및 거주지 취급

제20조 주택의 사유화는 기본적으로 인정하지 않는다. 과도기적 조치로 정해진 기간만큼만 선주권先住權을 보장하며, 거주하지 않는 주택 및 거주지의 소유권은 소속 자치단체가 공유한다. 법인 소유의 건물은 공유한다. 거주지 내 토지 이용은 헌법의 이념에 반하지 않는 범위에서 자유이다.

제21조 거주지 및 거주 생산관계에 따라 개인, 가족, 집단의 의지와 자치체 중의의 합의를 통해 결정하도록 한다.

여성 · 남성 · 가족

제22조 여성과 남성의 관계는 기본적으로 자유이다. 단, 합의를 전제로 한다. 부부는 이 헌법의 기본이념인 자비의 원리에 비추어 쌍방의 관계를 주체적으로 시정하도록 한다. 부부 중 어느 한쪽의 요청이 있을 경우 자치체의 지혜로 이를 해결한다. 여성 · 남성의 사적 관계에는 어떠한 강제도 수반하지 않는다. 부부 및 가족 동거, 별거는 합의를 기반으로 한다.

노동

제23조 공화사회의 인민은 아동에서 노인까지 각자에게 맞는 노동의 기회가 보장되어야 한다. 노동은 자발적, 주체적이어야 한다. 주체적인 노동은 생존의 근본이다.

제24조 노동은 자질과 재능에 따라 선택하고 자치체의 뜻에 따라 결

정한다.

제25조 노동이 자기의 자질에 부적합하다고 판단할 경우, 자치체의
중의에 상의하여 자발적, 주체적으로 할 수 있는 노동을 선
택할 수 있다.

오락

제26조 노동시간은 기후, 풍토에 맞춰 정한다. 오락은 노동의 일환
이며, 창의와 궁리를 통해 인류가 달성한 모든 오락을 인민
이 선택할 수 있도록 자치체, 주州, 공화사회의 차원에서 기
회를 제공한다. 오락의 향유는 평등하게 이루어져야 한다.

신앙 · 종교

제27조 과도기적 조치로서 신앙은 개인의 자유이다. 단, 자치체의
중의에서 정한 공동근로, 교육방침 등에는 따라야 한다.

교육

제28조 기초교육은 십 년간 행하며, 자치체 및 주의 주체적 방식에
맡긴다. 기초교육에는 일정한 생산활동에 대한 실천적 참여
가 포함된다.

제29조 특별한 자질과 재능을 요하는 교육은 자치주 및 공화사회 전
체의 적극적 협력을 통해 충분히 이루어져야 한다. 전문교육
을 위한 기간은 별도로 정하지 않는다. 입시제도는 폐지하

며, 대신 매년 시험을 통해 진급을 결정한다.

제30조 공화사회 이외의 국가 또는 지역에서 교육을 받을 필요가 있는 경우는 자치체, 주, 공화사회 전체의 추천을 통해 인선人選을 결정한다.

제31조 모든 교육 비용은 공화사회의 연락조정기관에서 충당하고 필요에 따라 균등하게 배분한다.

제32조 공화사회의 인민은 개개인의 자질과 재능을 적절하고 충분하게 발휘하도록 한다. 단, 자질과 재능 및 교육의 차이에 따라 물질적 부富의 배분에 차등을 두어서도 또 요구해서도 안된다.

전문연구센터

제33조 각 주에는 전문교육센터를 최소한 1개소 설치한다. 또한, 공화사회가 설립하는 고도의 전문연구종합센터를 둔다. 연구원은 각 주의 전문교육센터의 추천을 통해 결정한다.

제34조 각 주의 전문교육센터 및 공화사회가 설립하는 전문연구종합센터에서는 교수와 연구생이 하나가 되어, 반년마다 연구 성과를 보고서로 정리하여 연락조정기관에 제출하도록 한다.

연구의 제한

제35조 종합연구센터의 연구는 기본적으로 자유롭다. 단, 생물·식물·동물, 물질 등을 연구 대상으로 삼거나 기술 관련 자연과

학 분야의 연구는 이 헌법의 기본이념인 자비의 계율을 지켜
야 하며, 각 종의에 의해 인정된 범주를 이탈해서는 안 된다.

역제域際[5]간 연구의 중시

제36조 모든 생산, 경제, 사회활동 및 여러 과학 연구어 있어 자연환
경과의 조화를 최우선으로 한다. 과도기적 대책으로 개별 분
야의 발전, 연구를 심화하기보다 역제간 상호즈정연구에 중
점을 두어야 한다.

의사 · 전문기술직 시험

제37조 의사 및 기타 전문기술직에 해당하는 자는 3년에 1회, 공화
사회의 기관이 부과하는 자격시험을 치러야 한다.

평생교육

제38조 공화사회의 생산을 담당하는 기관을 비롯한 여러 조직은 평
생교육기관이며, 인민은 항상 창의력을 발휘해 배움과 교육
을 위해 노력해야 한다.

지식 · 사상의 자유

제39조 지식 · 사상의 탐구는 인민 개개인의 자질과 개능의 자연과

---

5   국가가 아닌 지역단위의 협력체제(Inter-Region)를 일컬음.

정이며, 따라서 자유롭다. 단, 그 축적을 통해 어떠한 권력도 추구해서는 안 되며, 또 제공해서도 안 된다. 지식과 사상은 사회에 환원해 가야 한다.

예술·문화 행위

제40조 예술 및 문화적 소산은 공화사회의 가장 소중한 자산이다. 예술과 문화 분야에서 파생된 부의 창조와 향수는 항상 사회적으로 열려 있어야 한다. 비사회적인 관념영역이라는 이유로 창조의 자유를 억제하거나 침해해서는 안 된다. 단, 사회에 환원된 결과물에 대해 비판하는 것은 자유이다.

정보의 정비

제41조 정보의 홍수는 인간의 자연성 파괴로 이어진다. 전문연구종합센터에서는 정보를 정비하고 헌법의 이념에 맞도록 끊임없이 노력해야 한다.

제4장 중의衆議기관

제42조 자치체, 자치주, 공화사회는 직접민주주의의 이념에서 벗어나서는 안 된다. 중의를 기초로 각각의 조직 규모에 걸맞은 대표제 중의기관을 설치한다. 단, 대표제 중의기관은 고정하

지 않는다. 의견을 모을 때는 세력 다툼을 금하며, 합의제로
결정한다. 대표제 중의기관에서 합의가 이루어지지 못하면
다시 자치체의 중의를 따른다.

정책의 입안

제43조 각 자치단체는 각 지역에 맞는 생산 및 기타 계획을 입안하
고 실시하는 경우, 인접한 자치체에 미리 보고하고 조정할
필요가 있다. 그 계획이 자치체의 능력 범위 부이라고 판단
될 경우는 소속 주의 연락조정기관 혹은 공화사회의 연락조
정기관에 조정을 의뢰한 후, 주체적으로 실시하되, 풍요로운
사회 만들기를 목표로 삼는다.

집행기관

제44조 각 주와 공화사회에 연락조정기관을 설치한다. 연락조정기
관의 조직은 전문위원회와 집행부로 구성된다. 전문위원은
각 자치체 및 주 센터 영역 밖에 거주하는 류큐공화사회 인민
(최소 5명)과, 주립 전문교육센터 및 공화사회가 설립한 전문
연구종합센터가 추천하는 전문가를 주와 공화사회를 대표하
는 중의기관에서 최종적으로 인선하여 결정한다. 각 위원회
의 구성은 별도로 정한다. 전문위원회는 역제 조정을 충분히
거친 후에 입안하여 중의기관에 건의한다. 중의기관과 조정
을 거친 정책은 전문위원회 감독하에 집행부에서 실시한다.

역제 조정을 거치지 않을 경우, 연락조정기관은 그 어떤 정책도 실시해서는 안 된다.

공직 교대제

제45조 공직에 해당하는 사람은 전문위원을 제외하고 각 자치체 및 주의 중의에 기초하여 추천한다. 공직은 교대제로 한다. 그 임기는 별도로 정한다. 자치체와 주의 중의가 부적격하다고 판단한 공직자는 임기 중이라도 퇴임해야 한다. 임기를 마친 공직자의 재추대는 인정된다. 공직자는 중요 업무 이외의 어떠한 특권도 인정하지 않으며 또 요구해서도 안 된다.

관례 · 내법 등의 취급

제46조 각 주와 각 자치체에 남아 있는 관례, 내법 등은 특히 신중히 다뤄야 하며, 선조들의 뛰어난 지혜를 건설적으로 활용할 필요가 있다.

청원 · 공소

제47조 개인 및 집단이 헌법의 기본이념인 자비의 원리에 비추어 부당한 징계를 받았다고 판단되는 경우, 소속 자치단체의 중의 개최를 요구하여 징계를 풀 수 있다. 소속 자치단체 중의의 의견이 분열될 경우, 근접한 자치단체의 중의에서 판단하도록 하고, 그래도 해결되지 않을 경우는 자치주의 중의에 의

뢰한다. 자치주 중의의 의견이 분열될 경우는 공화사회의 총
의에 따른다.

사법기관의 폐지
제48조 종래의 경찰, 검찰, 법원 등 고정적인 사법기관은 설치하지
않는다.

제5장 도시기능의 분산

제49조 집중과 확대를 추진해 온 기존의 도시적인 생산기능은 각 주
및 자치체 단위에 맞춰 가능한 한 분산한다. 이 목적을 달성
하기 위해 생산 및 유통구조를 근본적으로 바구고, 소비 시
스템을 재편성해야 한다.

산업 · 개발
제50조 생태계를 교란하고 자연환경을 파괴한다고 인정되거나 예
측되는 종류의 개발을 금지한다.

자연의 섭리에 대한 순응
제51조 기술문명의 성과는 집중과 거대화에서 분산 딭 미소화微小化
로 전환하고, 공화사회 및 자연의 섭리에 적합하도록 노력할

필요가 있다. 자연을 숭배한 고대인의 사상을 활용해야 한다.

자연환경의 복원

제52조 이미 파괴되었거나, 또는 파괴 중인 자연환경에 대해서는 복원 대책을 신속히 마련해야 한다. 각 자치체는 자연환경 파괴에 엄격한 주의를 기울이고, 주체적으로 복원을 도모해야 한다. 복원사업이 개별 단위 지방자치체의 능력을 넘는 경우는 인접 자치체와 상의하고, 또 주 및 공화사회의 연락조정 기관과 협의하여 전체 인민의 총의와 협력을 통해 목표를 달성하도록 한다.

제6장 납세의무의 폐지

제53조 개인의 납세의무는 철폐한다.

비황備荒

제54조 비황을 위한 생활 물자는 개인, 가족, 집단에 각각 균등하게 배분하고, 각각의 책임으로 비축한다. 일정 금액을 자치체 및 주 연락조정기관에서 비축하도록 한다. 어떠한 조직 및 기관도 정해진 비황용 물자의 양을 넘어 부를 축적해서는 안된다. 정량을 초과하면 공출하고 교역품으로 삼는다.

상행위 금지

제55조 센터 영역 내 개인 및 집단, 조직 등의 사적 상행위는 전면 금한다. 공화사회의 민간 유통은 모두 실질적인 경비를 기준으로 이루어지도록 한다.

재정

제56조 재정은 류큐공화사회의 개방된 조건을 이용하고, 센터 영역의 자원을 살려야 한다. 또한, 센터 영역 밖 공화사호 인민과 제휴하여 종래의 국가가 발상하지 못한 방법을 창조해야 한다.

여기에 정한 이념, 목적, 의무를 달성하기 위해 류큐공화사회 인민은 헌신적인 노력과 협력을 도모한다.

덧붙이는 말

- 1980년대 거품경제를 향해 가는 상황을 염려하는 마음에서 이 시안을 만들었는데, 지금 와서 보니 조문 가운데 손을 봐야 할 곳이 몇 군데 눈에 띄었다. 그런데 이 책에서는 굳이 정정하지 않고 초안 그대로 싣기로 한다.
- 최근 불거지고 있는 헌법개악 움직임을 통치기관에 위임할 것이 아니라, 자유민권운동의 풀뿌리 헌법기초운동에서 배워, 국민 모

두가 참여하는, 민중이 주체가 되는 헌법안을 경합시킬 필요가
있다.

– 자연법으로서의 헌법과 실정법은 엄밀하게 구별하지 않으면 안
된다. 그런데 이 헌법사안에는 실정법 조항이 혼재되어 있어 삭
제하거나 정리할 필요가 있음을 밝혀 둔다.

가와미쓰 신이치(2014.2)

류큐공화사회헌법사안을
구상하게 된 경위
공화국과 공화사회는 어떻게 다른가

헌법사안 구상 배경 및 과정

이 헌법사안을 구상한 것은 1981년으로, 지금²⁰¹⁴으로부터 30년도 더 된 일이다. 시대상황을 제대로 마주하게 되면 늘 위기감과 모순이 따른다. 군복에 양복을 걸친 정치가들이 권력을 잡게 되면서 이른바 50년 체제는 반동적 변화의 시대로 접어들었다. 헌법개정과 무기武器 3원칙을 재고해야 한다는 주장이 제기되는 등 일본 내 분위기 또한 심상치 않다. 오키나와 전투 체험 및 '복귀'와 함께 미군기지의 강화, 자위대 기지의 확대 움직임이 보이고, 베트남을 비롯한 각지의 전쟁에 관여하면서 위기감이 고조되었다. 이러한 사회 분위기를 논의하고자 『신오키나와문학』 특집호를 마련해 헌법사안을 구상하게 된 것이다. 이 헌법사안을 오늘날 다시금 언급하게 된 것은, 일본국가의 반동적 움직임에 위기감을 느끼는 사람들이 늘어나고, 이들이 당시 내가 느꼈던 위기감과 파장에 감응했기 때문일 것이다.

1960년 안보투쟁, 1970년대 변혁투쟁, 일본 체제비판에 대한 열정은 이제 사라지고 없다. 사상과 주의가 분열하고 주의와 선거행위가 뿔뿔이 흩어지고, 노조는 타락하고, 학생들은 무관심하고, 사상은 고립되고, 이권 챙기기에 급급한 정치가들만이 득세하는 허울 좋은 민주주의를 구가하는 시대가 되었다.

현 상황에 대한 위기감 중 하나는 국가체제의 동향인데, 이는 사회구조의 모순에 기인한다. 국가가 위에서부터 아래로 제도를 바꾸는 것이 아니라, 사회가 나서서 그 왜곡과 모순을 바꿀 수 있는 창의력을 요청하는 시대가 도래했다. 이를 위해서는 우선 헌법개정이라는 과제를 해결해야 한다.

메이지 초기와 중기에 걸쳐 근대국가의 골격이 다져졌는데, 당시의 철학자, 정치가, 민중들이 국가의 방향성을 둘러싸고 치열한 논의를 전개한 바 있다. 민중의 힘을 앞세울지, 군대의 힘을 강화해 해외로 침략하는 강병책을 취할지 등을 둘러싸고 말이다. 국가권력의 탄압으로 시간이 허비되기는 했지만, 사회 밑바닥에서부터 민권운동 사상이 끓어오르기 시작했다. 이는 농민봉기, 쌀소동米騷動[1] 등으로 파급을 미치며 개혁 움직임으로 번져갔다. 기왕의 역사가 증명한 바, 민중을 기반으로 하지 않는 국가는 힘만 비대해지고 조직은 약화되기 마련이다. 그런데 메이지 국가는 '부국강병富国強兵'을 내걸고 ('부국'은 그렇다 치더라도 '강병'에 무리하게 매달려) 죽창으로 원폭에 맞서는 무모함으로 나라

---

1   1918년 일본에서 발생한 대규모 소요 사건. 제1차 세계대전 이후 경제상황 악화로 쌀 가격이 급등했고, 서민들의 생활에도 큰 타격을 입혔다.

를 궁지로 몰아넣었다. 전쟁과 굶주림을 경험한 세대는 설령 일본이 아시아에서 승리를 거두었더라도 의식주의 결핍은 해결하지 못했을 것이라며 뼈아픈 반성을 했다.

현재 미일동맹이라는 이름으로 추진되고 있는 군사체제와「특정비밀보호법特定秘密保護法」[2] 제정, 그리고 입에 오르내리고 있는 '헌법개악' 등은 위로부터의 강제된 제도 변혁이며, '강병정책'을 반복하는 것에 지나지 않는다. '헤이와보케平和ボケ'[3]에 빠진 국민을 통렬히 꾸짖어야 하며, 역사에 대한 반성을 망각한 위로부터의 정책을 저지해야 한다. 패전의 반성 위에서 전후 60여 년간 다져온 일본의 복지 국가 체제는, 세계의 이목을 끌만한 미래의 가능성을 담보한 것이었다. 그런데 이 양질의 정책이 내부에서 해체됨으로써 강도 높은 질적인 전환을 요구받고 있다.

주지하다시피 군사국가로 나아가는 길은 서민의 복지를 파괴하는 것에서부터 시작된다. 이러한 일본을 둘러싼 상황을 동북아시아권으로 시야를 확장해 보면, 가상의 적대국 사이에 낀 오키나와의 불안과 위기감은 한층 고조된다. 그렇다면 이 억제 불가능한 반동적 폭주에 제동을 걸 방법은 없는 걸까?

체제반대의 목소리를 높이고 알리바이 만들기에 급급했던 반체제 운동의 의제를 넘어서기 위해서는 체제의 책략을 선취해 가는 방법밖

---

2   일본에서 2013년 12월 13일에 제정된 법률로, 국가 안보와 관련된 중요한 정보를 보호하기 위해 마련된 법.

3   일본을 둘러싼 국제상황을 구태여 알려고 하지 않고, 분쟁 없는 평화로운 일상이 계속되리라는 환상을 비판적으로 일컫는 말.

에 없을 터인데, 정당도 시민운동도 후순위로 밀려나기만 했다.

과거 민권운동에서 배울 것이 있다면, 풀뿌리 헌법을 만들어가는 창헌創憲운동과 같이 사회가 나서서 창조적 주체성을 만들어가는 운동이지 않을까. 체제에 굴하지 않도록 창헌운동을 통해 기선을 제압하고, 기업과 사회가 군사화로 쉽게 이끌려가지 않도록 시민들의 사상을 단련해야 한다.

F사안과 C사안의 뉘앙스 차이

아직 종합적인 판단은 내리지 못했지만 오키나와의 '조국복귀운동'은 대실패다. 전후 미군의 통치를 견디다 못해 반反기지 투쟁을 펼쳐갈 때 혁신정당은 '일본민족독립'이라는 자화자찬식 이데올로기로 저항운동을 유도하고, 전술에 불과한 '복귀'를 목적으로 바꿔치기하는 오류를 범했다. 오키나와 전투가 상징하듯 류큐제도를 버렸던 국가가 전후에는 재건이라는 명목으로 본토 내 미군기지까지 오키나와에 집중시키는 전략을 취했다. 운동이 잘못 흘러가고 있음을 깨닫고 서둘러 방침을 바꿔 헌법 이념에 기대어 봤지만 '어머니의 나라'라고 믿었던 일본 국민들은 이미 차가운 '계모'의 얼굴을 하고 있었다.

오키나와 내부는 시정권 반환으로 기회를 잡은 쪽과 기대가 어긋난 쪽, 군사적 위기상황에 관심 없이 그저 "복귀해서 좋았다"고 생각하는 사람들이 어지럽게 섞여 있었다. 또한, 제도적 보장을 받아 입을 다물고 있는 사람, 돈벌이나 이데올로기 팔이에 나선 사람, 현외縣外 인구의 유입으로 인한 사회 분위기 변화 등 오키나와의 내부 사정은 그야말로 혼돈의 도가니였다.

1980년대에는 통치자 측에서 헌법개정안을 들고 나왔지만 오키나와 언론계는 이 허황된 주장을 반박할 만한 의견을 제시하지 못했다. 오키나와로서는 어떻게든 이 숨막히는 상황을 뚫고 나갈 출구를 찾아야 했다. 그렇게 시작된 것이 「류큐공화사회헌법C초안」 구상이었다. 지금와서 생각해 보면 무모한 시도였다.

『신오키나와문학』 제48호 지상에서 아직 미완성 상태의 이 헌법사안을 둘러싸고 (익명으로) 치열한 논쟁을 벌었다. 이 자리에서 국가를 전제로 하지 않는 한 헌법은 성립하지 않는다는 법리론적 발상에 매몰된 견해가 우세하다는 것을 확인할 수 있었다. 국가 없는 코뮌이라는 이미지를 그려왔던 나로서는 뭔가 납득이 가지 않는 의견이 많았고 그래서 직접 이 초안을 구상하게 된 것이다.

지금까지 나는 법에 관심을 가져본 적이 없다. 우선 그서점에서 『육법전서六法全書』를 구해 법조문을 읽어보니 그야말로 별세계였다. 헌법은 어떻게든 따라갈 수 있었지만, 형법, 형사소송법, 민법, 민사소송법, 상법에 이르러서는 인간이 만든 지혜의 악의 늪에 빠져드는 것 같아 읽기를 그만두었다. 헌법은 제9조만 있으면 되고, 나머지는 "땅이 알고 하늘이 아는" 개별 윤리를 기반으로 법정을 열면 될 일이었다. 이것이 내가 헌법을 읽고 느낀 소감이다. 산더미 같은 법률은 통치 권력자들에게나 필요한 것일 뿐, 사회조직 형태에 따라 헌법 이외의 법률은 폐기해도 무방하며, 그때그때 임상적으로 대처하면 될 터였다. 그렇다면 그 사회조직을 어떻게 이미지화할 것인가? 거기서부터 초안의 큰 그림을 그리기로 했다.

통치권자의 몰이해와 국민들의 무의식적 차별, 거기에 오키나와의 미군기지 부담, 국경에 부과된 무거운 짐이 문제였다. 무엇보다 일본의 오키나와 정책에 대한 반발감에 휘둘려 오키나와 내부의 구조적 모순에 눈 감는다면 또다시 오류에 빠지게 될 것이다. 류큐민족마이너리티을 하나로 묶어 피예속자로 규정하고, 일본국민이라는 다수자로부터 분리하는 것으로 소수민족 국가의 자결권을 확보하려는 발상을 주문한 이유도 거기에 있다. 현실을 타개하기 위한 유효한 전략일 것이다. '류큐민족'이라는 마이너리티 내셔널리즘에 점화하는 것은 손쉬운 방법이기 때문이다. 다만, 저항 내셔널리즘에 과도하게 중점을 두면 국가문제를 충분히 생각지 않고 성급한 이데올로기로 내달릴 위험이 있다.

'류큐민족독립국' 주장이 하나의 전략이라면 몰라도 그것이 목적이 되면 결국 류큐민족은 '근대 국민국가'를 추수하는 사상의 틀내셔널리즘에서 벗어나지 못할 것이며, 우리의 미래 구상 또한 퇴보하게 될 것이다. 설령 '류큐민족독립국'이 실현된다 하더라도 자본주의 체제 외부에서 국가제도의 이상향을 찾는 것은 불가능할 것이다. 또한, 세계 자본주의 체제가 지속되는 한 류큐 내부의 계급적 모순은 같은 전철을 밟을 수밖에 없을 것이다. 인도네시아의 수카르노나 필리핀의 마르코스와 같은 식민지 해방 투쟁 영웅들이 친인척 독재체제로 치달아갔던 역사에서 보듯이 말이다.

소수민족국가라고 해도 국가라는 통치권을 전제로 하는 이상 지배 권력을 구성하는 방향성은 피할 수 없다. 반복하지만 민족주의를 기반으로 한 근대 국민국가 간 전쟁으로 인해 '망亡'의 길을 거듭해 온 어리석음은 피해야 한다. 국민국가라는 제도를 바꾸는 것은 가능할까? 이 기본 과제를 건너뛴다면 헌법사안을 시도하는 의미가 없기 때문이다. 국가의 전결권과 사회의 자결권은 서로 다른 의미로, 대립과 협화의 관계이다. 국민국가라는 통치조직에 의해 강제되어 온 역사적 부負의 유산을 뛰어넘기 위해 창헌을 시도하는 것이라면, 사회 자결권을 내세워 법제도를 구상할 수밖에 없지 않을까. 국가를 전제로 할 것인가, 사회를 전제로 할 것인가라는 문제를 둘러싸고 F사안과 차이를 보인다.

쟁쟁한 논객들

전후 미점령 체제로부터 시정권 반환에 이르는 과정에서 오키나와는 이중삼중의 무거운 짐을 지게 되었다. '전후'라는 시대 구분을 어쩔 수 없이 사용하지만, 1941년 태평양전쟁, 1945년 오키나와 전투, 1950~1953년 한국전쟁, 1960~1975년 베트남전쟁, 1990년 걸프전쟁, 2003~2011년 이라크전쟁 등이 이어지는 가운데 오키나와 역시 전시체제에서 자유롭지 않았다. 그 끝나지 않는 전시체제, 이른바 경제진흥계획으로 바다가 메워지고, 산이 깎이고, 농어업 형태가 바뀌고, 급속한 인구 증가로 인한 전통문화의 교란 사태가 벌어지게 되었다.

'오키나와 상실의 위기'를 염려하는 목소리가 높아지고 백인百人위원회를 꾸려 대책안을 마련하고 특별현제縣制를 구상할 것을 제기했으나, 결과적으로 '복귀운동'을 총괄하는 데에 이르지 못하고 사상적 공백만 노출한 꼴이 되었다. 오키나와가 일본국가 안의 마이너리티로 자리하는 한 민주주의를 흉내내는 것만으로는 자결권을 기대하기 어렵다. 그런 상황에서 '오키나와 아이덴티티의 확립'을 주장한다 한들 기껏해야 잃어버린 섬 공동체를 그리워하는 정서로 귀결되리라는 것은 불 보듯 뻔한 일일 터다. 결국은 진정한 정권 창출만이 답이다. 민족주의를 근간으로 한 근대 국민국가에 대한 논의는 이미 충분하다. 이제 시스템 창출이라는 과제가 남겨졌다. 민족주의를 근간으로 하는 발상은 국민국가 체제에 허를 찔리게 되리라는 것이 내가 이 제안을 하게 된 가장 큰 이유이다.

 19세기 말부터 시작된 '근대 국민국가'는 자본주의 체제의 정치적 방편이며, 인류사적으로는 통치조직에 지나지 않는다. 그 조직의 틀을 뛰어넘고자 하는 발상이 코뮌이며, '코민테른'이라는 세계 공산주의였다. 안타깝게도 그 또한 민족주의를 뛰어넘기에는 역부족이었다. 결국 실패로 끝났다. 의제擬制 민족을 조직하는 데 성공한 '근대 국민국가' 아래에서는 노동자 계급을 비롯한 국민 안의 민족주의 뿌리가 깊어서 세계 공산주의의 발상은 후퇴할 수밖에 없는 것이다. 그렇다고는 해도 자본주의의 모순과 국민국가라는 통치 형태를 바꾸지 않는 이상 전쟁의 위험과 불안한 일상을 피하기는 어려울 것이다.

 또한, 국가가 구획한 국경을 둘러싼 대립을 벗어나지 못한다면 류큐제도를 비롯한 세계 속 마이너리티들의 미래는 결코 밝지 않을 것이다. 특히 오키나와처럼 대륙 사이에 낀 섬의 경우, 비두장 코뮌을 구상하고, 사회조직을 변화시키는 것만이 살아남는 길이다. '공화국'이 아닌 '공화사회'를 이미지화한 이유도 거기에 있다(황민화 교육과 창씨개명 등으로 상징되듯 의제 민족주의를 살았던 아시아 식민지 여러 나라의 경우 '국민국가'라는 단어 만으로도 알레르기 반응을 보일지 모르겠다).

그런 생각을 하던 중 때마침 '문화와 사상의 종합지'를 표방한 오키나와타임스사의 『신오키나와문학』의 편집장을 맡게 되었다. 당장 「류큐공화국으로 이어지는 가교琉球共和国へのかけ橋」라는 제목의 특집호를 꾸렸다. 이 호에는 쟁쟁한 논객들이 이름을 올렸다. 나카노 요시오中野好夫, 이로카와 다이키치色川大吉, 이노우에 기요시井上清, 모리사키 가즈에森崎和江, 오카베 이쓰코岡部伊都子, 마쓰모토 겐이치松本健一, 다이라 고지平恒次, 기자키 고시로木崎甲子郎, 우이 준宇井純, 강재언姜在彦, 그리고 마키미나토 아쓰조牧港篤三 등 오키나와 출신 집필진이 의견을 거진했다. 또한, '오키나와 경제연구회'의 하라다 세이지原田誠司, 안도 세이치安東誠一, 야시타 도쿠지矢下徳治 등이 기획한 「오키나와 경제자립의 구상」, 아라사키 모리테루新崎盛暉와 가베 마사오我部正男의 대담 「헌법 주변을 둘러싸고」, 익명 토론회 「헌법 '초안'의 시좌」 등의 다채로운 글들이 실렸다.

나카노 요시오는 평화롭고 이상적인 도원향을 이미지화한 「비바 소국과민ビヴァ·小国寡民」을 썼고, 이로카와 다이키치는 「'류큐공화국'의 시詩와 진실」이라는 글에서 꿈을 실현하는 데에 찬성을 보냈다.

특히 익명 토론회에서는 앞서 언급한 것처럼 '공화도'인가 '공화사회'인가를 둘러싸고 열띤 토론이 펼쳐졌다. 토론 이후 각각의 초안을 구상했고, 이를 다시 하나로 합치는 과정을 거쳤다.

F사안의 문제점

그렇다면 또 다른 시안 「류큐공화국헌법F사(시)안」은 어떤 내용을 담았을까. 이것은 나처럼 법률 문외한이 아닌, 도쿄대 법문학부를 졸업하고 재판관으로 근무한 경력이 있는 법률전문가인 나카소네 이사무仲宗根勇 씨가 제안한 것이다. 이 헌법안은 국가가 있고 나서 헌법이 있다. 국가가 없으면 헌법은 성립하지 않는다는 법 정곡론正鵠論을 기반으로 한다. 조문에 붙인 주석코멘타르(kommentar) : 법률을 조항에 따라 순서대로 해석한 책을 보면 젊은이 특유의 해학으로 가득하고 전위적이고 신선한 상상력이 돋보인다. 나카소네 이사무는 1970년대에 국정 참가 거부 투쟁과 반복귀론을 전개한 실천적 운동가이자, 의제 반체제운동을 격렬하게 비판한 동료이기도 하다.

F사안의 특징은 우선 '류큐공화국' 헌법 제정 시기를 제3차 세계대전 이후로 상정한 데에서 찾을 수 있다. 주석 3에서는 "19××년, 제3차 세계대전으로 인류 멸망 위기에 처한 여러 나라는 지구연합정부 구상에 인류 존속의 꿈을 걸었다. 그런데 이보다 더 강하게 잔존하던 비곤민주의非困民主義[4] 국가의 저항도 상당했다. 곤민주의 혁명을 달성한 우리 류큐공화국은 곤민주의 혁명을 해외로까지 수출할 생각은 없지만,

간접적이나마 비곤민주의 여러 나라의 곤민주의자를 응원하는 의미"
를 포함하고 있어 다른 나라와도 관련이 있다는 주석도 눈에 띈다.

F사안 전문 제5조에는, "이 헌법은 지구연합정부가 수립되어 우리 류큐공화국이 그 연합체에 참가하기 하루 전에 자동으로 실효된다"는 문구와 함께 "인민주의혁명의 선진국다운 우리 류큐공화국은 지구연합정부가 한 목소리를 내는 그날까지 우선 일국의 형태를 이루는 본 헌법을 제정한다. 그것은 어디까지나 잠정적인 것으로, 지구연합정부가 참가하는 공화국 인민의 의지를 확정하면 아무런 개폐 수단 없이 실효하는 것으로 상정한다"는 문구가 포함되어 있다.

또한, 가시적 영토를 규정한 제7조에서는, 공화헌법 자체가 "지구연합정부가 성립되기 전까지 잠정적인 것으로, 본 조항에 따라 공화국의 주권이 미치는 지리적 범위를 정하는 것은 그간의 침략주의를 국가 차원에서 부정하는 논리적 효과가 있으며, 그렇게 된다면 적극적 의미를 갖게 될 것"이라고 적시했다.

그 외에, 류큐어는 생활어, 일본어는 공용어로 사용한다는 조항도 보인다. 문제는 역사적으로 약점을 안고 있는 민주주의가 낳은 '근대 국민국가' 사상을 초극하기에는 불충분한 점이 많다는 것이다. 지구연합정부라는 이미지 또한 명확하지 않다.

제도, 조직론으로서 국가와 사회는 엄밀히 구분되어야 함에도 의도적인지 아닌지 그 구분이 모호하다. '섬 공동체적' 혹은 '국가적' 감성

4　1880년대 초에 불어닥친 심각한 불황으로 인해 생활이 곤란해지자 이자 감면 등을 요구하며 대중운동을 전개한 부채 농민 집단을 '곤민당'이라고 일컬었다.

이 무의식을 지탱하기 때문일지 모른다. '공화'라는 이념은 흔들리지 않는 기본을 이루지만, 공화국이나 공화사회나 그 틈새에는 발상의 깊은 단층이 자리한다. 지구연합정부를 과도기적으로 통과한다고 할 때, 그 연합이 국가조직인지, 사회조직인지에 따라 구성되는 권력 피라미드의 질이 크게 달라질 것이다.

국가를 전제로 하는 헌법과 사회를 전제로 하는 헌법, 이 두 개를 구별하자면, 국가를 전제로 하는 헌법은 통치를 위한 제도법이며, 사회를 전제로 한 헌법은 개인의 사회참여를 위한 주체의 기본윤리를 규정하는 것이라는 게 나의 생각이었다. 나쓰메 소세키夏目漱石[5]의 헌법은 '측천거사則天去私 : 인간사의 사사로운 정을 떠나 하늘의 뜻에 귀의하는 일' 하나로 충분하다. 소세키의 법정은 자신의 마음속에 마련되어 있기 때문이다. 헌법은 '자연법'이며, 통치를 위한 제도법은 '실정법'이라는 것이 내가 이해한 바이다.

개인적으로 나는 철이 들 무렵부터 권력체제가 통치를 위해 제정한 법 때문에 많은 이들이 고통받고 있다는 생각을 지울 수 없었다. 미군은 오키나와 점령통치를 위해 미국 헌법을 모방한 「대통령행정명령」을 시행했는데, 이 임의 포령·포고는 미국의 헌법정신을 뒤엎는 것으로, 자국의 헌법을 우습게 여긴 결과라고 할 수 있다. 통치를 위한 위로부터의 헌법은 '자연법'이라는 옷을 걸치고, 옷 속에 숨겨둔 '실정

---

5   나쓰메 소세키(1867~1916)는 메이지부터 다이쇼기에 걸쳐 활약한 소설가이자 영문학자이다. 서구에 대한 문화적 열등감과 동경, 비판의식까지 담아내며 일본 근대문학뿐만 아니라 근대사상에도 큰 영향을 미쳤다. 가와미쓰는 나쓰메 소세키의 사상이 '측천거사'라는 말에 압축되어 있다고 평가하는 듯하다.

법'이라는 나쁜 지혜를 무기 삼아 인간의 윤리를 끊어 버린다. 미군의 포령·포고가 그 견본이며, 현 일본의 해석헌법 역시 마찬가지다. 헌법에 규정된 비전非戰 조항은 집단적 자위대 행사라는 말로 본질을 흐리고 있어 바람 앞의 등불 같은 상황이다. 무기를 만들지 않으며, 무기를 갖지 않는다, 무기를 수출하지 않으며, 군대를 갖지 않는다는, 패전의 비참한 경험이 바탕이 된, 국민도 수긍했던, 이 성스러운 맹세들은 지금 어디로 간 것일까? 작금의 일본 국민은 헌법을 조소하고 있는 걸까? 조소당하고 있는 걸까?

이대로 좋은가

새로운 국가의 시작을 알리는 메이지 초기에는 민중 차원의 창헌운동이 활발하게 일어 다양한 헌법사안이 제출되었다. 메이지 헌법을 둘러싼 해석 논쟁 역시 쇼와 초기 군벌정부의 언론탄압으로 질식당하기 전까지 계속되었다. 1970년 오키나와에서 전후 사상을 묻기 위해 「오키나와의 천황제 사상」을 쓰면서 전후 헌법의 천황 조항과 메이지 헌법 조항을 검토한 적이 있다. 요시모토 다카아키吉本隆明의 천황제론을 읽으면서 미노베 다쓰키치美濃部達吉와 니시다 기타르西田幾多郎, 호즈미 야쓰카穂積八束 등의 글을 뒤적이던 중, 천황과 국체라는 개념 사이에 자리한 낙차를 발견했고, 수긍하기 어려운 부분이 있었다. 오키나와와 본토의 천황제를 비교해 보면서 국체에 대한 감성과 종교적 전통 의식이 서로 다르다는 것도 알 수 있었다. 전후 일본의 천황제는 "토착적 근성을 잃어버렸다"는 요시모토 다카아키의 일침을 언급할 필요도 없이, 전후 헌법에서 보듯이 "이전의 법제도를 그대로 계승하는 형태로 천황을 온존시켰다. 그 이유는 무엇일까"라는 의문을 품고서 나는 오키나와의 천황제 문제로 시야를 옮겨 갔다. 지금도 천황제에 따른 쇼와昭和, 헤이세이平成 등의 연호를 의식적, 무의식적으로 사용하고 있는 것을 보면 일본의 통치 형태가 군주제를 계승하고 있다는 사실을 부정하기 어려울 것이다. 이 메이지 헌법의 잔재를 넘어서지 않는 이상 천황주권, 국체절대주의는 통치권 수장의 눈치를 살필 수밖에 없지 않을까. 그런 의문이 들었기 때문에 「류큐공화사회헌법 사안」에서는 천황에 관한 조항을 모두 삭제했다.

얼마 전 도쿄 도지사 선거에서 '넷우익'을 중심으로 한 30~40대 젊은 층이 다모가미 도시오田母神俊雄[6] 후보에게 61만 표를 던졌다고 한다. 대동아전쟁에서 태평양전쟁에 이르는 전쟁이 서양의 식민지주의를 모방한 일본의 침략전쟁 전쟁이라는 사실은 역사적으로 이미 증명된 바이다. 그런데도 침략전쟁이 아니고, "남경대학살, 종군위안부는 날조"라는 반역사적 발언을 서슴치 않는 후보에게 표를 몰아준 사태는 가볍게 넘길 문제가 아니다. 메이지기로부터 계승되어 온 '국체' 신앙이 목적성이 모호한 국가, 사회의 빈틈을 뚫고 고개를 들기 시작했다는 사인이기 때문이다. 그 사상적 뿌리가 얼마나 깊은지 실감했다고 할까.

---

6   일본 항공자위대 제29대 항공막료장 출신의 보수 인사. 군사 평론가 겸 대동아성 전대비 수호회 회장.

생활이라는 이름의 둥지 안에 숨어버린 민중과 고도경제성장으로 들뜬 대중, 교활하고 나쁜 지혜로 가득 찬 지식인들. 지난 도쿄 도지사 선거에서 권력자들은 콧노래라도 부르고 싶었을 터다. 그들의 눈에 비친 일본 국민들은 온순한 '양민'의 모습 그 자체였을 테니까.

이러한 사태를 우려하기라도 하듯 F사안 전문에는 다음과 같은 문구들이 삽입되어 있다. "흐르는 강물은 끊임이 없으나, 본래의 물이 아니며, 소용돌이에 떠 있는 거품은 이내 사라지고 이내 생겨나 오래 머물지 않는다. 세상에 있는 사람과 그 거처도 또한 이와 같다"라는 『호조키方丈記』가모 조메이(鴨長明)의 구절이라든가, "역사가 깊은 금릉金陵의 산하는 비에 가려 흐릿해졌고, 청 왕조가 300년의 역사를 거쳐 멸망해 가는 것을 슬퍼하는 자들이 흘리는 눈물처럼, 예로부터 지금까지 한낱 꿈처럼 흥하고 멸망해 온 옛사람들이 흘리는 눈물은, 지금 바라보고 있는 자의 뺨에 끊임없이 흐르고 있다. 옛 로마의 장군 스키피오가 카르타고의 성에 타오르는 불을 바라보며, 100년 후 우리가 로마처럼 되리라고 그 누가 예측할 수 있었겠는가. 흥하는 길을 걸으면 흥할 것이고, 멸망의 길을 따르면 멸망하게 되리라. 일본 또한 카르타고의 불을 보고 울고, 금릉의 비를 보고 슬퍼할 날이 오지 않으리라고 그 누가 장담할 수 있겠는가"라는 『지나혁명외사志那革命外史』기타·잇키(北一輝)에 등장하는 문구가 그것이다.

이외에도 "신神을 따른 자들은 신으로 망하고, 사랑을 따른 자들은 사랑으로 망할 것이다"라는 글귀가 등장하는데 이는 이론의 여지가 있다. 서양 근대화의 선도적 역할을 담당한 십자군이나 자연사상에서 이탈하는 서양의 인간지상주의에 대한 부정이 그 안에 깃들어 있기 때문이다. 사랑에는 역설적으로 미움과 질투가 동반되기 마련이다. 인간지상주의는 자연의 윤회를 끊는다. 생존은 의식주의 업業을 외면하기 어렵겠지만, 우주적 엔트로피Entropy : 무질서, 불확실성 이론을 거역하지 않는 욕망의 억제는 가능하지 않을까. 고대인이 설파한 절제와 중도 사상을 지금 다시 호출해 사회의 존재 방식을 변화시켜 갈 때, 앞으로 펼쳐질 미래의 문이 열릴 것이다. 19세기 러시아 아나키스트이자 혁명가인 크로포트킨은 식물의 생태를 관찰해 '공생共生'의 원리를 발견해 냈다. 그것을 바탕으로 무정부주의를 주창했다. 인간사회에서 관계 조정을 위한 기관은 불가피하지만, 작금의 '정부'에 상응하는 조직은 권력을 강화하는 구조에 머문다. 권위와 권력을 동반하는 통치기구가 아닌, 상호조정 기능이 상시 작동하는 조정기관을 꿈꾸는 것은 불가능할까? 바로 이러한 의문에서 출발해 '국가'를 전제로 하지 않는 자치체 주권의 「공화사회헌법초안」을 구상하게 된 것이다.

아베 정권이 서두르고 있는 헌법개정악[惡]을 그저 손 놓고 바라보기만 할 것이 아니라, 좌우할 것 없이 자주적 헌법사안을 만들어 기반을 다지겠다는 정신이 필요하지 않을까? 법을 위에서 일방적으로 만들도록 허용하는 것은 스스로의 목을 매는 것과 다름없다.

꿈의 가교

마쓰모토 산노스케松本三之介의 「'근대 정치의식의 선각' 사쿠마 쇼잔「近代政治意識の先覚」佐久間像山」이라는 제목의 글 가운데 고개를 갸우뚱하게 하는 기술이 있다. 쇼잔은 이른바 '덴포天保개혁'[7] 시기의 양이론자이면서 쇄국적 양이론에 반대한 사상가로 잘 알려져 있는데, 1862년 막부로 보낸 상소문에 류큐를 언급하면서, "해외 여러 나라를 '이적夷狄'이라고 부르는 '무례'함에 대해 호소하는 바입니다. (…증략…) 지금 만약 조선, 류큐를 가리켜 '이적'이라고 칭한다면, 이는 이 나라의 무례함을 드러내는 것이라고 감히 말씀드립니다"라고 진언했다고 한다.

쇼잔의 예리한 시선이 돋보이는 문구로, 국제관계의 현주소를 잘 파악하고 있는 것은 물론, 소국 류큐를 결코 멸시해서는 안 되며, '이적'이라고 폄훼하는 것은 일본의 무례함이라는 지적은 감동적이기까지 하다.

그런데 안타깝게도 류큐처분으로 시작된 메이지 이후의 일본의 아시아 정책은 쇼잔이 지적한 일본의 '무례함'을 강행하는 결과가 되고 말았다. 게다가 패전 직후, 깊이 반성해야 마땅한 역사적 사실을 망각하고, 최근에는 '적극적 평화외교'라는 이름으로 해석헌법에 근거해 '집단적 자위권 행사'와 '무기수출'을 공식화하려는 움직임까지 보

---

7   도쿠가와 막부(德川幕府, 1603~1868)가 재정 문제와 사회적 불안을 해결하기 위해 시행한 정치적, 경제적 개혁.

이고 있다. 야스쿠니 신사 참배, 국경 분쟁, 헤노코 신기지 강행, 다케토미초 교과서 채택 논란, 후쿠시마 원전사고와 재가동 획책, 원전 판매 등 쇼와 초기로 되돌아간 듯한 모습을 보이고 있다.

또한, 미국 등 구미는 '이적' 논의에서 빠져있는데, 이는 쇼잔이 지적하듯 아시아 여러 나라에 거듭 '무례함'을 범하는 일이다.

예전에는 군대 강화가 곧 '부국'이라고 생각했던 시대도 있었다. 그런데 군대의 팽창이 얼마나 국가의 무거운 짐이 되는지, 과거 잘나가던 일본 군국주의의 붕괴, 소련의 붕괴, 미국의 디폴트^{default：미국 정부가 국채에 대한 이자와 원금을 상환하지 못하는 상황} 선언 등에서 보듯이 국가부도상황은 충분히 예측 가능하다. 그리고 그 결과로 세계로부터 얼마나 많은 원성을 살지도 불 보듯 뻔하다.

통치권자들의 협소한 시야에 민중들의 분노는 극에 달했다. 예컨대, 오키나와에서는 '올 오키나와^{オール沖繩}'라는 이름을 내걸고 초당파적 저항에 나서거나, '류큐민족독립종합연구학회'⁸를 설립해 류큐제도의 '섬 자결권'을 연구하거나, 현의회가 앞장서서 '시마고토바^{シマコトバ：섬말} 부활운동'을 전개하는 등 여러 저항운동을 펼쳐 오고 있다.

그런데 선진국에서는 전 인류의 과학 지식과 기술에 총력을 기울인 나머지 기본적인 의식주마저 경시하는 분위기였다. 과학과 기술의 결합은 자본에만 치중한 나머지 사회를 돌아볼 여력이 없었다. 금융자

---

8   "류큐의 섬들에 민족적 뿌리를 둔 류큐 민족에 의해, 류큐 민족을 위해 설립된 학회"를 표방하며 2013년 설립되었다. 아라카와 아키라(新川明), 오타 마사히데(大田昌秀), 다카라 벤(高良勉) 등이 발기인으로 이름을 올렸다. 학회 홈페이지(https://www.acsils.org/about) 참조.

본주의는 도박으로 치달았고, 지구자원의 낭비라는 과제를 떠안게 되었다.

자본주의는 계급 모순으로 이어졌고 현실에서는 실업과 기아가 만연했다. 그러한 시대를 배경으로 자본주의의 착취와 노동자 계급의 대립은 한층 더 격화되었다. 평등한 분배를 주장하는 '공산주의'의 목소리도 등장했다. 그런데 선진국에서는 의식주 관련 물자를 생산하기 위한 과학과 기술의 결합에만 공을 들였다. 글로벌화한 고도 자본주의 사회의 모순을 넘어서기 위해서는 무엇보다 '공산'과 '공소비'의 행태를 문제 삼아야 하지만, 이를 자본과 기업 측에 맡겨 버린 꼴이 되고 말았다. 글로벌화된 고도 자본주의사회의 모순을 넘어서기 위해서는 '공산'과 '공소비'라는 과제를 우선 해결해야 하지 않을까. 이 '공산'과 '공소비' 사회가 과제로 부상하게 되면, 세계적 규모의 자원 쟁탈과 선진도시의 과소비나 소외지역의 기아와 같은 근본 문제를 해결할 수 있으리라는 문제의식 또한 사회헌법 초안에 깃들어 있다. 자원과 인간사회의 영속적 균형을 이미지화한 '공소비사회'의 이미지는 과도한 욕망을 억제하는 사회인식을 전제로 한다. 기본이념인 '자비어 의한 욕망 조정'은 그 의미 그대로 반복되고 있다.

통치권에 대한 저항은 힘으로 막을 수 있지만, 사회인식의 진화와 변화는 그 어떤 권력으로도 막을 수 없다. 그렇기 때문에 인내를 요하는 사회인식의 변혁을 통해 미래를 열어가는 방법밖에 없을 것이라고 한발 양보하는 선에서 초고를 마무리했다. 시대상황을 제대로 파악하지 못한 채 개인적 울분에 찬 데모로 세월을 보냈던 청년기를 반성하

면서, 내가 몸담고 살아가는 세상이 조금이나마 안락한 방향으로 바뀔 수 있도록, 지금은 딱딱하게 굳어버린 머리로 지혜를 짜낸 것이다. 최근에는 개인잡지 『카오스의 얼굴カオスの貌』 지상에서 제주도로부터 류큐제도, 대만, 하이난 섬으로 이어지는 「월경헌법越境憲法」을 구상하고 있다. 그 해역을 비무장지대로 삼아 대국 간의 호전적인 분위기에 제동을 걸어야 한다. 그리고 자본주의 발전 과정의 하나로 동북아시아 공동체를 실현하고, 공통 화폐권을 확대·심화하고, 상호부조사회의 범주를 확대해 간다면 자본주의의 발전적 소멸과 재활을 꿈꿀 수 있을 것이다. 그야말로 옛 이야기 속 유메타로가 꿈꾸던 세계가 펼쳐질 것이다.

가와미쓰 신이치(2014.3.12)

대담

근대국가의 종언을 향한 도정

'일본국'을 어떻게 분해할 것인가

가와미쓰 다이라 씨의 글은 복귀하기 전 1960년대 무렵부터 『중앙공론
中央公論』을 비롯한 여러 매체에서 자주 접했습니다. 고단샤講談
社에서 간행한 『일본국개조시론日本国改造試論』에서는, 세계사의
동향과 오키나와의 자립, 독립을 큰 기둥으로 삼아 이야기를
전개하고 계십니다.

또한, 『중앙공론』1970.11에 실린 「류큐인은 호소한다琉球人は訴え
る」라는 글에서는 류큐를 독립국으로 인식하고, 국가 간 병합
형태로 일본과 류큐의 관계를 되물어야 한다는 주장을 피력
하셨습니다. 그런데 저는 이 글의 취지나 논조에 전적으로 공
감하면서도 어떤 부분에서는 견해를 조금 달리하는 것이 있
었습니다.

그와 관련해서는 「미크로 언어지대로부터의 발상ミクロ言語帯か
らの発想」『현대의 눈(現代の眼)』, 1971.11이라는 제목의 글에서 밝힌 바

있습니다. 즉, 다이라 씨의 경우 현 국가지배의 형태를 그대로 용인하는 형태로 논의를 전개하고 계신데, 결국은 국가 간 병합이라고 해도 정치적 기술론에 그치는 것이 아닌가, 오키나와가 대對 일본국가를 마주하고 있는 현 상황을 그와 같은 정치적 기술론으로 해결할 수 있을까 라는 의문이 들었습니다. 오키나와 주체성에 대한 논의는 좀 더 문화적이고 사상적인 것도 포함하면서 그 철학적 기초까지 추궁해 가지 않으면 결국은 기능주의적 방향으로 흘러갈 수밖에 없지 않은가 하는 고민을 피력했습니다.

다이라 그 논의는 나중에 『오키나와 뿌리로부터의 물음沖縄·根からの問い』에 수록하신 걸로 알고 있습니다.

가와미쓰 그렇습니다. 이야기가 조금 바뀝니다만, 『중앙공론』1971.2에 실린 선생님의 글 「인간·국가·내셔널리즘」을 읽은 적이 있습니다. 그 안에서 나카무라 유지로中村雄二郎의 「자연국가설」을 인용하면서, 요컨대 오키나와가 자연적 일본의 일부라는 답은 도출되지 않는다고 지적하셨습니다. 그때까지만 해도 나는 나카무라 유지로가 무슨 주장을 하는지 잘 몰랐는데 나중에 읽어 보니 상당히 거북한 내용이더군요. 그는 일본국가는 지리적 환경의 동일성, 역사 조건의 동일성, 언어·문화·민족의 동일성이라는 조건이 충족된 통일국가이며, 자연조건이 국가통일의 중요한 요소이기 때문에 정치적 통일의 결핍된 부분을 보완할 수 있으리라고 믿는 듯했습니다. 그런 이유로 일본은 자연국가라는 결론을 내립니다. 그런데 그것은 어디까지나 메이지 이후 국가권력에 의해 만들어진 국가관일 뿐, 지금 그런 식의 주장은 시대착오적이지 않나 생각합니다 나카무라 유지로는 또 다른 글에서 다이라 씨의 글을 인용하면서 일본이 다민족 국가라는 움직일 수 없는 사실 앞에서 오키나와에 있어 복귀란 무엇인가를 물어야 한다고 주장한 것으로 알고 있습니다.

다이라 씨가 쓰신 글에 대체로 공감합니다만, 디세한 결의 차이에 대해 알아보고 싶다고 생각하던 차에 마침 미국에서 돌아오셔서 이렇게 여쭐 기회가 생겼습니다.

이번 오키나와 방문 때 류큐대에서 강연을 하셨다고 들었습니다. 직접 듣지는 못하고 강연 내용을 글로 읽었습니다만, 『일본국개조시론』1974에서 주장하신 국가구상이 보다 구체화된 듯한 느낌을 받았습니다. 그 가운데 미세한 변화도 보았습니다. 이를테면 기왕의 지방문화의 독자성, 혹은 민족문화의 독자성을 통해 독립을 이루고, 궁극적으로는 일본국가를 개조하는 방법을 찾고자 하는, 무엇보다 시야가 세계사적으로 확장되었다는 느낌을 받았습니다. 종래의 근대 국가는 집권을 확대하는 방향으로 향하기 마련인데, 앞으로는 그와 같은 근대국가를 뛰어넘어 국가의 분산화로 향하게 되리라는, 그것이 세계사적 조류가 되리라고 생각하고 계신 듯한데. 제가 제대로 이해한 것인지요?

다이라 변변치 않은 제 글을 이렇게까지 진지하게 읽어 주실 줄 몰랐습니다. 감사합니다. 마음 가는 대로 쓰는 편이라, 지금까지 발표한 글들을 연결해서 읽으면 아마도 하나의 선으로 읽히는 게 아니라 지그재그로 움직이는 것처럼 보일 겁니다. 기본 노선에서 한참 벗어나기도 하고 말이죠. 그런데 논리를 전개하려면 어쩔 수 없는 일이라고 생각합니다. 마음이 반응하는 객관성이 그때그때 바뀌었기 때문이죠.

오키나와 문제에 천착해 온 지 어언 30년이 넘었습니다만, 거기에는 일관성이 있다고 생각합니다. 말씀하신 『일본국개조시론』도 마찬가지입니다만, 그 전에 쓴 글들 대부분은 복귀가 결정된 직후의 심경을 바탕으로 한 것입니다. 그러니까 닉슨-사토 회담에서 복귀가 결정되었을 때 제가 가장 염려했던 것은 오키나와가 일본에 흡수되는 형태로 복귀되는 것이었습니다. 당사자인 오키나와 측 의견이 반영되지 않은 병합은 바람직하지 않기 때문이죠. 그래서 생각한 것이 일본인의 마음을 바꿔야겠다는 것이었습니다. 말씀하신 『중앙공론』에 게재한 「류큐인은 호소한다」라는 글 제목은 실은 편집부가 단 것입니다. 좋은 제목이라며 감탄했던 기억이 있습니다. 누구에게 호소하고 있는지가 명확하지 않은데, 일본 독자라면 아마도 자신들에게 호소하고 있는 것으로 읽지 않았을까요? 부족한 부분이 많지만, 어느 정도 류큐인의 역사와 심리의 심층에 다가가지 않나 생각합니다. 시인이신 가와미쓰 씨가 더 잘 아시겠지만, 사람의 마음을 움직이려는 목적을 가지고 쓴 글이니만큼 감정에 호소해야 한다고 생각했습니다. 가능한 한 오키나와에 유리한 방향으로 복귀 조건을 제시해야 한다고. 시간이 흘러 마침내 복귀 조건이 가시화되었을 때, 우려했던 것과 달리 상황이 좋은 쪽으로 흘러가는 듯했습니다. 그래서 두 번째 글을 쓰게 되었죠.

가와미쓰 「인간·국가·내셔널리즘」이라는 글 말씀이군요.

다이라 그렇습니다. 일본이라는 국가의 성격에 대해 일본인 스스로가 오해하고 있음에도 그것을 깨닫지 못하고 있다고. 조금 전 말씀하신 나카무라 유지로의 「자연국가설」이 대표적인 사례라고 할 수 있습니다. 그러니까 복귀는 애초부터 대등한 병합이 아니라 일방적이었다는 것은 모두가 아는 기정사실이지만, 그 가운데 조금이라도 오키나와에 유리한 방향으로 한발 양보하는 선에서 쓴 글입니다. 아마도 가와미쓰 씨는 제 입장이 완전히 바뀐 것으로 읽으신 듯합니다만.

가와미쓰 네, 그렇습니다.

다이라 바뀌었다기보다 일보후퇴인 셈이죠. 처음에는 오키나와 측이 적극적으로 참여하는 형태로 복귀 조건을 결정해 가고자 했는데, 점차 미국과 일본 간의 정치적 거래로 굳어져 가는 모양새가 되어가는 겁니다. 그럼에도 불구하고 희망을 버리지 말고 남아 있는 조건 하나라도 건지자는 마음에서 말이죠. 「류큐인은 호소한다」와 「인간·국가·내셔널리즘」을 바탕으로

1974년에 단행본을 냈는데, 거기서도 양보하는 선에서 논의를 전개했습니다. 그렇게 양보할 만큼 양보하니 거꾸로 용기가 생겼습니다. 일본 자체를 완전히 바꾸지 않으면 안 된다, 우려할 것은 오키나와만이 아니라 부락민部落民, 조선인 등 요컨대, 일본 국가체제 하의 소수민족, 불이익집단 모두를 위해 일본을 분해하고 재편할 필요가 있음을 말하기 시작했습니다. 일본 그 자체가 정치기구로서 해체되고 재편되지 않으면 오키나와는 보이지 않게 되리라고. 이 지점은 아마도 가와미쓰 씨와 생각이 같지 않을까 합니다.

효용경제학의 발상

가와미쓰 다이라 씨 말씀대로 부미푸트라Bumiputera : 원주민, 토착민, 소외된 하층민들의 시점으로 사유하려는 자세는 매우 중요합니다.

다이라 그렇습니다.

가와미쓰 다이라 씨는 경제학자인데 어떻게 그런 사유가 가능하셨는지요?

다이라 경제이론이 주요했다고 말씀드리고 싶습니다. 그도 그럴 것이 경제학의 가장 중요한 사명은 일반적인 공공의 복지에 가깝게 다가가기 위해 어떻게 해야 할 것인가를 생각하는 것이니까요. 거기서 여러 가지 정리定理 : 정의나 공리에 의하여 이미 진리임이 증명된 명제가 성립하는데, 예컨대 소수의 불이익 집단의 행복을 증진시키는 것이 공공의 복지 증대에 공헌하는 하나의 방법입니다. 이러한 이론적 해법이 이후의 나의 모든 사유를 지배하게 되었습니다.

가와미쓰 지금 말씀을 들으니 마르크스 경제학이라기보다 케인즈 경제학파의 영향을 받으신 듯하네요.

다이라 그렇습니다. 케인즈라기보다 케인즈 스승의 시대라고 할 수 있는 영국 후생경제학이죠. 그러니까 케인즈의 스승인 알프레드 마샬Alfred Marshall과 아서 피구Arthur Cecil Pigou의 사유입니다. 이것이 새로운 모습을 하게 되는데, 우리가 전후 경제학에서 배운 신후생경제학이라는 이름으로 등장한 것이죠. 그래서 제가 경제학을 배울 때 케인즈 경제학은 재정조작의 경제학으로 폄하되었죠. 케인즈 이외의 경제학에서는 그러니까 후생경제학에서는 원리적으로 재정조작의 목표인 공공의 복지란 무엇인가를 생각하게 했습니다.

공공복지의 근원을 물어가다 보면 고전 경제학의 '최대다수의 최대행복'에 다다르게 됩니다. 효용경제학파로 일컬어지는 사람들의 사유와 연결됩니다. 그것이 나의 사상적 기층을 이루고 있죠. 그 과정에서 마르크스 등의 세계관이나 인생관이 영향을 미치기도 했습니다. 감정적으로는 상당 부분 마르크스와 공명합니다만, 기술적으로는 나의 사상체계에 마르크스가 그렇게 중요한 위치에 있는 건 아닙니다. 공공복지 혜택이 돌아가지 못하는 소수의 이익을 최대한 보증할 필요가 있다는 수리적 답이 도출되는 것만으로 나는 충분히 만족합니다.

가와미쓰 그 관점에서 문제를 파고들어가다 보면 불가피하게 오늘날의 국가지배 구조에 부딪히게 됩니다. 그 경우 하나의 답안으로 류큐공화국이나 홋카이도를 중심으로 한 북방권 연방과 같은 일본개조 플랜을 이미지화한 것으로 보이는데, 그렇게 소수민족 국가의 독립 같은 발상을 전개할 경우, 글로벌한 시야에서, 말하자면 근대주권국가의 형태를 원리적으로 질문해야 한다고 생각합니다. 그도 그럴 것이 소수민족이 열심히 노력해서 독립국가를 이루었다고 하더라도 그 국가가 근대주권국가와 원리적 변화 없이 선진적인 현 국가들을 모델로 삼는다면 그 소수민족 국가의 미래는 거꾸로 희망이 보이지 않게 될 겁니다. 중요한 것은, 근대주권국가의 원리와 다른 지점에서 미래의 국가, 그러니까 국가와 다른 집단의 틀을 원리적으로 상정할 수 있느냐의 여부라고 생각합니다.

현 국가들에서 그러한 모델을 찾는 건 어렵지 않을까요. 소비에트나 중국처럼 국내 혁명을 거친, 일견 국가의 형태와 다른 것처럼 보이는 사회주의권 나라들 조차도 점차 미국을 비롯한 자본주의 체제 국가를 닮아가잖아요. 그리고 자본주의 체제 국가 또한 앞서 이야기가 나왔지만, 후생경제 이론이 살아나면서 사회주의적인 복지국가 기능을 확대해 가게 됩니다. 그러한 시점으로 바라보면 국가의 역사는 산업혁명 이후 확립된 근대국가의 원리를 기반으로 하며, 소비에트나 중국이나 이른바 세계적 자본주의 체제가 극으로 치달아가는 과정에서 변형되어 나타나는 국가 형태라는 주장도 틀린 말은 아니라고 생각합니다.

그렇다면 근대국가를 넘어선다고 할까, 근대국가 이후의 이미지를 그릴 수 있는 국가로 바꿀 수는 없는 걸까, 라는 고민을 안게 됩니다. 국가의 형태를 앞으로 어떻게 디자인해 갈지 『일본국개조시론』과 관련해 질문드리고 싶습니다.

전략으로서의 류큐독립

다이라   중요한 질문을 해주셨습니다. 경제학에는 엄밀히 말하면 국가론은 없습니다. 따라서 조금 전 언급한 후생경제학의 경우 인간 생활의 틀 안에서 국가가 관여하며, 국민경제 또한 시장 메커니즘으로 관여하는 것을 대전제로 합니다. 경제이론을 존중하면서 그 위에 국가란 무엇인가를 생각해야 하며, 경제이론의 틀도 넘어설 필요가 있습니다. 그러니까 경제이론에서 국가는 관여하지만, 그와 동시에 존재하지 않는 것이죠. 사회경제는 사실 시장 메커니즘에 맡겨두면 될 일입니다. 그런데 정부가 존재하고 독자의 원칙으로 자원 배분을 하는 것은 고전 경제학으로는 생각하기 어렵습니다. 시장 메커니즘 경제학은 주의로 말하자면 무정부주의인 셈이죠. 시장 매커니즘은 자율적으로 움직이기 때문에 정부가 없어도 문제가 안 됩니다.

가와미쓰 아담 스미스로까지 거슬러 올라가는군요.

다이라 그렇습니다. 정부의 존재를 허용한다고 해도 정부의 역할을 시장 매커니즘이 기능하지 못할 경우에만 개입하도록 엄격하게 제한하는 것이죠. 아담 스미스가 정부가 해주었으면 하고 바란 것을 인간사회가 독자적으로 수행한다면 정부는 존재하지 않아도 됩니다. 그렇게 생각하면 고전 경제학에서 무정부주의로 가는 길은 아주 가깝다고 할 수 있습니다. 시장 경제학자들 사이에 무정부주의자가 다수 배출되는 것도 그런 이유입니다. 미국의 자유주의 경제학자는 철학적으로는 무정부주의자입니다. 밀턴 프리드만처럼 말이죠. 미국 정부는 비대해졌지만, 그에 따른 원성도 만만치 않습니다. 물론 이것은 어디까지 철학적 경향으로서의 무정부주의입니다(여기서 말하는 '무정부주의'란 정부가 없는 상태를 바람직하게 생각하는 것을 가리킵니다. 그도 그럴 것이 사회질서가 잘 잡혀 있고 경제 메커니즘이 자율적으로 자립한 상태라면 굳이 정부가 없어도 되는 것이죠). 그렇다면 시장경제가 깊숙이 개입해 작동하는 사회는 국가의 다른 이름인 걸까요? 거기에는 설명이 필요합니다. 경제학자와 철학자의 합작품이라고 할 수 있는데, 대부분의 경제학자가 신봉하는 사회관은 루소식 사회계약론이 아닐까 합니다. 그것과 경제학 시장 메커니즘론은 매우 유사합니다.

무슨 말인가 하면, 루소의 사회계약론은 애초부터 사회를 필요로 하지 않는 완전한 자유로운 개인이 각자의 자유의지로 사회를 구성한다는 것인데, 이 루소의 사회계약론은 무엇과도 바꿀 수 없는 자유를 가지고 태어난 수많은 개인이 그 자유의 일부를 사회에 양도하는 계약을 통해 사회를 구성하고, 사회생활을 해나가는 것이죠. 루소의 말을 빌리면, 사회를 구성하기 위해 최소한의 개인의 자유를 사회에 양도하는 것입니다. 이것이 매우 중요한 인간의 선택이 되는 것이죠. 이것과 무정부주의적 경제이론의 세계는 종이 한 장 차이에 불과합니다.

그렇다면 사회는 루소식 사회계약으로 이루어지는 것이며, 거기에 작동하는 시장 메커니즘이 자율적 장치라고 한다면, 정부의 강권은 필요 없게 되는 것입니다. 그렇게 사회적으로 완전한 자유로운 개인과 시장에 의한 자유로운 거래를 통해 자기완결적 사회경제 체제가 성립된다면 국가 또한 필요 없게 됩니다. 그런데 어느 시기에나 국가는 엄연히 존재해 왔습니다. 이 국가를 부수지 않으면 이상적 사회경제는 이루어질 수 없습니다. 그런 의미에서 국가를 눈앞의 적으로 삼을 필요가 있습니다. 사람은 본래 자유롭지만, 이런저런 사슬에 묶여 있다는 루소의 지적은 타당하다고 생각합니다.

가와미쓰 그렇군요. 아주 흥미로운 말씀입니다. 그런데 소수민족의 경우, 근대국가 비판을 통해 소수민족의 독립을 열어갈 수 있다고 생각합니다. 이른바 제3세계라는 용어는 제2차 세계대전 이후, 그 이전에 세계적으로 팽창해 간 식민지주의에 대한 반발로 생겨난 피식민지와 소수민족 독립국가들을 일컫는 것이죠. 이들 제3세계의 독립은 온당한 것으로 생각했지만, 이들 국가가 일단 독립해 그 국가 내부에서 선진국가와 같은 모양새의 국가 내부의 억압, 즉 지배와 피지배의 관계를 압축한 형태로 재현하게 됩니다. 그렇기 때문에 제3세계 국가가 독립하면 이를 매우 적극적으로 평가하는 것입니다. 예컨대, 지금 인도네시아에서 보듯 민족자본가 지배권이 강화되어 인민이 이중삼중으로 억압받게 되는 구도가 그러합니다.

그렇게 보면 종래의 제3세계 민족국가의 독립이라는 것은 근대국가를 넘어선 것이 아니라, 근대국가의 원리를 그대로 답습하는 형태로 선진국을 따라가기 바쁜 모습을 보이고 있다고 생각됩니다. 만약 우리가 오키나와의 독립이라든가 아이누, 소수민족의 독립 문제를 제기하고 주장한다면, 이들 제3세계 민족국가와 변별되는 논리가 필요할 터인데, 루소식 사회계약론과 연결시켜 생각해 볼 수 있을까요?

다이라   어려운 문제네요. 애초에 국가가 없는 것을 이상적으로 보는 입장이기 때문에 국가는 그것이 어떤 형태든 매우 불합리하다고 생각합니다. 이 불합리한 조직 안에서도 그나마 좋은 것이 있다면 양보하겠지만 말입니다. 그런데 이상적인 사회는 있을 수 있어도 이상적인 국가라는 건 존재하지 않기 때문에 그 부분이 매우 모순적이라고 생각합니다. 실제로 국가의 성립과 발전이라는 측면에서 바라보자면, 국가라는 건 실로 불합리한 것들만 발달하는 조직이라는 생각을 떨쳐버릴 수 없습니다. 그것이 국가를 대하는 나의 자세인데요, 무조건적 주권국가로의 길이 아닌, 전략적인 것과 철학적인 것으로 나누어 오키나와의 독립을 생각하지 않으면 안 됩니다.

전략적으로는 주권국가적인 것을 만들어야 합니다. 왜냐하면 오키나와가 속해 있는 지금의 일본 자체가 주권국가이고, 다른 주권국가의 주권을 포함해 모조리 쳐부수지 않으던 세계적인 공공복지는 성립하지 않기 때문입니다. 그렇다면 각각의 주권국가가 내부를 분해하는 운동이 있어야 합니다. 마찬가지로 일본 국내에서 일본이라는 나라의 주권을 분해시키는 운동이 필요합니다. 예컨대, 오키나와의 독립은 이른바 일본 주권을 삭감하는 운동 전략과 결합해 생각할 수 있을 것입니다. 이 강대한 국민국가가 작은 주권주체로 분해된다면, 각각의 주권주체는 조합 같은 소집단에 머물지 모릅니다. 근대국가의 종언인 셈이죠. 거기에서 평등한 소집단이 생겨나고 조합이 만들어지고 마침내 세계적 규모로 확산하여 자유연합 세계사회를 만들어간다는 발상입니다.

가와미쓰 내가 그린 이미지도 바로 그런 것이었습니다. 「류큐공화사회헌법사안」『신오키나와문학』제48호을 구상할 때 가장 고민했던 것은, 요컨대 주권국가가 만들어지면 결국 제3세계로 상징되는 하나의 민족 내에 지배라는 사태가 틀림없이 생겨나리라는 것이었습니다. 그렇게 되면 류큐공화국에도 주권국가라는 이미지가 붙을 것이고 결과적으로 우리가 생각하는 이상과 멀어지게 될테니까요.

다이라　지금 말씀에 전적으로 동의합니다.

가와미쓰　헌법사안을 뭐라고 명명하면 좋을지 고민 끝에 '류큐공화사회'라고 붙였습니다. 주권국가를 부정하고 국경을 완전히 뛰어넘어 인간의 경제나 사회활동을 함께 하는 것이죠. 경제 행위는 하나의 집단을 이루어 사회를 형성하지만, 이때의 사회라는 것은 국가를 형성하지 않습니다.

다이라　훌륭한 발상이십니다. 류큐공화사회라고 명명하신 것도 그렇고, 국가와 사회의 대립에 대해 그토록 진지하게 고민하셨다니 놀라울 따름입니다.

가와미쓰　오늘 다이라 씨와의 대화를 통해 그 의미가 더 확실해진 것 같습니다.

다이라　그렇게 말씀해 주시니 감사합니다. 류큐독립 문제는 3백여 년의 민족국민국가 논리의 연장선상이 아니라, 21세기의 신인류사회를 향하는 하나의 도정으로 자리매김해 갈 때 의미가 있다고 생각합니다.

가와미쓰　동감입니다.

다이라　류큐공화국의 주권적 독립은 일본국가의 주권을 얼마간 빼앗는 셈이니 그것만으로도 단기적 전략이 될 터이고, 의미가 있을 듯합니다.

가와미쓰 이번 류큐대 강연에서 말씀하신 홋카이도 연방공화국이라는
        것도 그런 관점의 이야기였군요.

다이라   맞습니다. 홋카이도 연방공화국을 일본에서 떼어내는 것은 류
        큐공화국을 일본으로부터 분리하는 것과 같은 맥락입니다. 그
        리고 다른 지방들도 독립하는 거죠. 그렇게 되면 강대한 주권
        국가로서의 일본국이 해체·소멸하게 될 것이므로 그만큼 국
        가의 종언이 앞당겨지는 셈이죠.

사회계약설에 따른 집단 만들기

가와미쓰 그런데 소비에트 등은 국가의 관리나 지배기구가 강화되고
        있고, 선진국화한 자본주의국가에서는 중앙정부의 힘이 점점
        제한되고 약화되어 지방분권적 방향으로 흘러가고 있는 것처
        럼 보입니다. 그렇다면 이를 지방의 중앙정부에 대한 저항의
        소산으로 파악하기보다, 지금의 국가, 즉 중앙정부가 지방분
        권화로 향하지 않으면 안 되는 원리로 해석할 여지도 있지 않
        을까 합니다.
        만약 중앙정부의 힘이 약화되고 지방자치체의 권력이 강화되
        는 것이 선진적 자본주의국가의 원리적 모습이라면, 우리의
        발상은 그 흐름을 한발 앞서간 것이 되겠죠. 그런데 현 국가는
        무한히 확대·강화하는 원리를 갖기 때문에 지방자치제 혹은

소수민족의 힘이 강화되어 중앙의 힘을 일시적으로 억누를 수는 있어도 우리의 발상은 어차피 강력한 국가의 힘에 압도되지 않을까요? 그것을 어떻게 판단해야 할까요?

다이라　그렇습니다. 가와미쓰 씨의 구상이 실현되려면 중앙정부 관계자들이 여러 전략을 현명하게 구사해야 할 텐데, 관계자들이 그렇게 현명하게 대처할지 의문입니다. 제가 볼 때는 중앙정부 정치가나 관료들이 장기 비전을 세워 집권과 분권을 전략적으로 나눠 생각하는 것 같지는 않습니다. 중앙적 발상이든 아니든 정부가 관여하게 되면 정치체제의 구태를 면치 못할 듯합니다.

가와미쓰 씨가 우려하시는 것처럼 지방분권화의 방향을 거꾸로 중앙집권 방향으로 바꾸는 것은, 일단 분권화가 진행되면 그렇게 간단히 뒤집히지는 않을 겁니다. 예컨대, 일본이나 미국이나 오로지 중앙정부가 자신들은 소규모 정부를 지향한다고 말하지만, 이것이 어떤 객관적 조정을 거친 것인지는 흥미로운 문제입니다. 일본의 경우, 소규모 정부, 지방분권을 요청하는 단계까지 왔다는 주장도 보입니다.

일본에서는 중앙집권과 국가해체의 목소리가 높았던 역사도 있습니다. 역사적으로 중앙집권 정도가 가장 컸던 때가 율령체제였는데, 이웃나라 당의 선진문명을 섭취하고 소화할 필요가 있었기 때문입니다. 국내의 인적자원을 총동원해 문명을 수입하기 위해 노력했을 것으로 보입니다. 메이지 시대 역시 외래

문명을 흡수하기 위해 필사적이었죠. 다이호大宝 율령[1] 시대와 같이 외국 문명의 압력이 사라지면 국내는 집결력이 사라지고 뿔뿔이 흩어집니다. 그리고 중앙집권시대가 막을 내립니다. 관료들은 이 사태를 막기 위해 최소한의 정합성을 가질 필요가 있다고 생각했을 테고요. 그랬기 때문에 자치성自治省:현재의 총무성(総務省)이 분발한 것입니다. 보다 작은 중앙정부의 가능성을 발견했다고 할까요.

미국의 경우는 조금 다릅니다. 미국은 연방주의이므로 애초부터 통합된 국가를 필요치 않았습니다. 그런데 미국이 과거 50년간 강력한 중앙정부를 가질 수 있었던 때가 있었습니다. 하나는 대불황 시기로, 연방정부는 공공복지를 책임질 것을 내걸었습니다. 제1차 세계대전 당시 에도江戸 연방정부의 힘이 막강했고, 그 후 케인즈 경제학을 도입해 경제불황을 예방하는 가운데 연방정부의 힘은 점점 더 비대해져 갔습니다. 이 강력한 연방정부 50년의 역사를 레이건 대통령이 뒤집어 본래의 소규모 정부로 돌아가고자 했던 것입니다. 따라서 미국의 경우는, 시장 메커니즘이 원활하게 작동하지 않거나 대불황이 닥친다면 언제든 중앙집권체제가 부활할 가능성이 있는 것이죠.

가와미쓰 예컨대, 지금 우리 시대는 기계의 시대라고 일컬어지는 것처럼, 생산기술이 고도화되면서 생산력이 상상을 초월할 만큼

---

1   일본 나라시대(奈良時代) 초기인 다이호 원년(701)에 중국 당나라(618~907)의 법전을 본떠 완성한 행정 및 형사에 관한 법전.

높아지고 있습니다. 그 높아진 생산력을 종래의 근대국가 형태로는 아마도 유지하기 어려울 겁니다. 근대국가의 형태를 고도로 기술화된 생산력이 안에서부터 무너뜨려 가는 것이죠. 붕괴의 조짐은 이미 시작되었고 그것은 세계사적인 흐름이라고 생각됩니다.

따라서 지금 다이라 씨가 말씀하신 중앙집권 문제는 단순히 일본이라든가 미국이라는 국가의 특수성이라기보다 생산력의 고도화로 인해 사회가 자율적으로 현재의 국가 틀을 무너뜨리는 방향으로 전개되고 있는 것이죠. 그렇게 될 경우, 근대국가를 넘어선 사회집단 틀을 이미지화하지 않으면 안 됩니다. 이를테면, 소수민족이라든가 지역이라든가 말이죠. 지구 전체를 자유 구역으로 만든다면 자유롭게 생산과 경제활동을 전개할 수 있겠지요.

다이라 상당히 어려운 문제입니다. 제가 그리는 이미지와 다를지 모르겠습니다. 그러니까 현 단계의 선진국 경제는 생산에 관해서는 완벽합니다. 무엇이든 만들어낼 능력을 갖췄으니까요. 문제는 생산한 물건을 어떻게 소비할 것인가가 아닐까요?

가와미쓰 그렇습니다. 과거에는 경제를 늘 생산 쪽에서 바라봐 왔기 때문에, 선진국에서는 오히려 생산한 것을 어떻게 소비할 것인가 라는 소비의 측면에 집중하는 경향이 있습니다.

다이라 말씀대로입니다. 생산한 물건을 어떻게 소비할 것인가. 사용하지 않는다면 단순한 물질에 지나지 않죠. 그래서 거대한 생산력의 결과로 만들어진 물건을 유의미하게 사용하는 정신문화가 있느냐 없느냐가 중요한 문제가 되었죠. 이것은 기술적으로 해결할 수 있는 문제가 아니기 때문에 생활문화의 혁신을 이루지 않으면 안 된다고 생각합니다.

기술적인 면에서 해결책을 말씀드리면, 물건 생산과 별개인 서비스 산업, 물건 생산에서 해방된 노동력, 시간, 인간의 지혜는 고도로 정보화된 분야로 대거 흡수됩니다. 그것만으로도 기술적인 면은 해결될 것입니다. 그런데 무엇을 위한 정보인가를 생각할 때 정보를 필요로 하는 생활양식이 없으면 안될 것입니다. 그래서 생활문화의 혁신, 고도의 정보기능을 풀로 사용할 수 있는 생활문화의 생성발전이 필요해지게 됩니다. 생활의 내실이 풍요롭지 않으면 안 되는 것이죠. 물질적 풍요로움은 종종 허무함과 무상함으로 연결되곤 합니다. 이러한 감정을 메우기 위한 문화생활을 개발하지 않으면 안 됩니다. 이를 고도 정보화, 서비스 경제사회라고 부릅니다만, 그렇게 되면 아마도 가와미쓰 씨가 말씀하신 것과는 조금 다른 형태의 다양화, 분산화가 전개되리라고 봅니다.

왜냐하면, 인간의 생활을 풍요롭게 하기 위해서는 개개인의 인간성을 발휘하지 않으면 안 되기 때문입니다. 다양한 취미를 가진 사람들에게 봉사하는 서비스와 정보산업이 요청될 것이므로 아마도 필연적으로 분산화되리라고 봅니다. 그렇게 되면 중앙정부나 국가와 같은 기구는 필요치 않게 될 것입니다. 정치적 힘이 발휘되지 않는 선에서 개인의 다양한 취미와 서비스가 보장되어야 하고, 지역의 독립을 촉진하는 소집단 운동이 일어나야 합니다. 개인이 뿔뿔이 흩어지는 것만으로는 어림없죠.

가와미쓰 그렇다면 앞으로는 경제활동을 영위하면서 일종의 문화 동질성을 가지는 틀을 모델로 사회의 자율적 집단을 만들어가게 되겠군요?

다이라 그렇습니다. '틀'이라는 명쾌한 개념으로 말씀하셨는데, 고도의 정보서비스사회에서는 개인이 뿔뿔이 흩어지게 되므로 그런 자유로운 개인을 일정한 틀 안에 넣어야 할 필요가 생기는 것이죠. 사회계약설이 하나의 방법이 될 수 있을 듯합니다. 원초적 자유를 가지는 뿔뿔이 흩어진 개인이 함께 생활하고자 할 때, 개개인의 자유의 일부분을 공공에 위탁하고, 서로를 존중하면서 사회관계를 맺는 방식입니다. 그곳에서 우애에 기반한 집단적 아이덴티티가 생겨나겠지요. 정보 서비스사회에서는 자유로운 개인이 각각의 자유의 일부를 특정 목적을 위해 임의로 만들어진 집단에 맡기는 자유연합^{'갓테렌[勝手連]'}을 조직할 수도 있습니다. 이른바 틀이라는 것. 그런데 이 자유연합이 지리적 공통성에서 나오는 것인지, 생산활동의 유사성에서 나오는 것인지는 아직 판단이 서지 않습니다.

이념으로서의 '류큐교琉球教'

가와미쓰 이와 관련해 다이라 씨는 이른바 '류큐교'의 필요성을 제창하셨습니다. 어디를 가든, 어디에 있든 류큐교를 주축으로 한 하나의 아이덴티티를 말할 수 있다고 하셨습니다.

다이라 류큐교에 해당하는 것을 찾을 수 있을지가 관건인데 그것이 고민입니다.

가와미쓰 저도 1956년에 「오키나와 자립과 공생의 사상」이라는 글에서 비슷한 고민을 한 적이 있습니다. 미래사회를 만든다고 하지만, 소비에트든 중국이든 지금은 환멸을 주는 게 사실입니다. 이들 사회주의국가는 근대국가를 뛰어넘는 모델이 아니라는 것을 알면서도 이를 대체할 이상사회의 이미지를 제시하지 못하고 있습니다. 그렇다면 자비나 기독교의 사랑을 기반으로 정토와 천국을 만든 불교처럼 현대인의 자유로운 이미지를 통해 이상사회를 구상하는 것이 가능하지 않을까? 그리고 그 이상적인 사회 모습을 현대의 경전으로 삼는 것이죠. 그런 작업의 중요성을 말한 것입니다.

다이라 중요한 말씀입니다. 자유주의·자본주의사회에서 개인의 자유라는 것은 자유의지로 연합할 수 있다는 의미이기도 하니까요. 그 자유연합의 근간을 지역에 두든, 친근감에 두든, 류큐열도를 고향으로 생각하는 류큐인의 세계가 자유로운 선택의 결과가 되기를 바랍니다. 그러나 그것은 자유의지에 기대지 않으면 안 되기 때문에 자유연합이 류큐 세계로 뻗어가기 위해서는 류큐인의 취미, 사상, 이상 등 기본적인 공통성류큐교이 있어야 하지 않을까 합니다.

다행히도 목하 『오키나와타임스』, 『류큐신보』에서 연재하고 있는 「세계의 오키나와인」이라는 글에서 보건대, 특별한 노력을 하지 않아도 어디에 있든지 오키나와인은 스스로를 오키나와인이라고 생각한다더군요.

가와미쓰 1세, 2세까지는 가능할지 모르지만, 3세, 4세로 갈수록 어떻게 될지 판단이 안 섭니다.

다이라 그렇습니다. 사상은 유전자를 통해 유전되지 않기 때문이죠. 어려운 문제입니다.

가와미쓰 「류큐공화사회헌법사안」을 만들 때 기본을 어디에 둘 것인가를 고민했습니다. 지금 우리는 자연파괴와 핵전쟁의 위기 속에 놓여 있지만, 이런 상황에 대응하기 위한 하나의 방법으로 종교나 사상을 생각했습니다. 앞서 말씀하신 불교의 자비라는 단어를 떠올린 것도 그 때문이죠. 자비로움, 자비를 기본에 두고 공생하는 공동체를 구상한 것입니다.

다이라 매우 훌륭한 구상이라고 생각합니다.

가와미쓰 그래서 다이라 씨가 말씀하신 도교道教만이 아니라, 아시아에 전해 내려오는 깊고 풍요로운 사상들이 많으니 이들 사상을 끌어와 보편적인 이념으로 승화시켜 가면 좋을 듯 합니다. 오키나와가 앞장서서 말이죠. 그렇게 하다 보면 다이라 씨가 말씀하신 류큐교도 만들어지지 않을까요?

다이라 전적으로 동의합니다. 이 모든 것을 언어로 기록해 두지 않으면 3세 이후의 류큐인의 마음을 사로잡지 못할 듯합니다.

가와미쓰 그 과제는 젊은 활동가들에게 맡겨야 하겠지요?

다이라 그러기를 바라는 마음입니다. '류큐교'의 필요성까지는 생각했는데, 내용을 무엇으로 채울지는 아직 고민 중입니다. 원리적인 것까지 다뤄야 했기 때문에 보통 어려운 일이 아니었지만, 자유인의 자유연합이라는 기본적인 사상이 일치한 것은 기쁘게 생각합니다. 강제가 아닌 자유로운 사회, 그럼에도 하나의 틀이 있는 사회, 더 나아가 자유와 양립하는 연대감이 강한 사회, 그것이 어떤 형태의 사상적 경향, 취미, 마음가짐으로 나타나는지에 관심을 가지고 있습니다. 이것을 설득력 있게 글로 나타내는 것은 어디까지나 시인의 몫이겠지요.

가와미쓰 이야기를 어렵게 만들어 버리는 제 나쁜 습관이 오늘 또 나온 것 같아 죄송한 마음입니다. 다이라 씨의 논의를 파고드는 질문을 드린다는 것이 그만 경제학의 기초까지 어쭙고 말았습니다. 성실히 답변해 주시고 귀중한 시간 내주셔서 다시 한번 감사드립니다.

리얼리즘 유토피아

「류큐공화사회헌법C사(시)안」을 읽다

1981년, 오키나와 시인 가와미쓰 신이치는 잡지 『신오키나와문학』에 「류큐공화사회헌법C사(시)안」이하, 「류큐공화사회헌법」을 발표했다. 「류큐공화사회헌법」 구상은 동아시아 사상사에 한 획을 긋는 커다란 의미를 갖는다. 그것은 동시대 역사의 몇몇 중요한 구조적 특징을 응축하고 있으며, 동아시아 현대사에 입문하는 데에 좋은 길잡이 역할을 한다. 오키나와가 직면한 특수한 상황과 역사적 궤적은 유토피아적 상상으로 가득한 「류큐공화사회헌법」을 탄생시켰고, 그 안에는 강한 리얼리즘적 정신과 농후한 역사적 사실들로 충만하다.

「류큐공화사회헌법」의 등장 배경

오키나와 시정권이 본토로 '반환'되는 것이 기정사실화된 1972년, 오키나와 사회는 다시 한번 거센 풍랑 속으로 빠져들었다. '류큐처분'이 있었던 1879년, 오키나와가 일본에서부터 분리되어 미군정의 신탁통치를 받게 된 1952년 이래, 진보세력은 중의원의 '오키나와반환 협정특별위원회'가 반환협정 가결을 강행한 1971년 사태를 두고 세 번째 배신이라며 크게 반발했다. 1952년, 미군정은 자유를 빼앗긴 오 키나와 땅에 '류큐정부'를 수립했고, 오키나와 사람들은 이에 거세게 불복하며 일본복귀운동의 시작을 알렸다. 그런데 오키나와반환협정 이 체결된 1971년의 분위기는 1952년과 사뭇 달랐다. NHK가 조사 한 '오키나와현민 조사'에 따르면, 1973년에서 1977년까지 복귀 찬성 률이 최저점을 기록했고, 부정적 답변이 긍정적 답변을 상회했다. 이 같은 상황은 1982년 들어서 완화되었다.[1]

아라사키 모리테루新崎盛暉에 따르면, 일본복귀를 부정적으로 평가 한 배경에는, 미군기지로 인한 오키나와 사회 문제가 여전히 해결되 지 않은 점, 공식 통화가 달러에서 엔으로 바뀜에 따라 달러가 평가절 하되어 민중들의 생활이 어려워진 점 등이 자리한다. 일본복귀는 사 회제도가 일본과 하나가 되는 동시에 일본의 정치질서에 편입되는 것 을 의미했다. 1960년대 말 미국이 오키나와 지배권 포기를 결정한 후, 오키나와 민중들이 항쟁을 통해 맞이한 오키나와 사회는 그들이 꿈꾸 었던 것과 전혀 달랐다.[2] 오키나와 민중들은 일본에 강한 실망감을 느 꼈고, 오키나와 민족자결 문제가 수면 위로 부상했다. 폐번치현廃藩置県 의 단행으로 사쓰마번의 지배에서 벗어나 일본의 한 현이 된 류큐는 오키나와 제도에서 자주권을 가지게 되었고, 이를 계기로 민족자결이

---

1   [저자 주] 新崎盛暉, 『沖繩現代史』, 岩波書店, 2005 부록에서 재인용.

2   [저자 주] 위의 책, 55~56쪽.

라는 씨앗이 싹트게 되었다. 하지만 그 씨앗은 싹을 틔울 공간이 주어지지 않아 자라나기 어려웠다. 근대사회가 국민국가를 단위로 한 통치 모델을 확립한 탓에, 정치나 경제적인 면에서 자주독립을 모색하려 해도 국가의 형태가 아닌 다른 형태를 구상하는 것은 매우 지난한 일이었다. 또한, 변화무쌍한 미일 양국의 정치적 협상이 긴밀하게 이루어지는 현실 속에서 류큐가 하나의 독립된 정치체로 기능할 가능성은 희박했다. 특히 1945년 미군이 오키나와에 상륙한 이래 미군기지는 오키나와에서 악성종양처럼 비대해져 갔다. 미군은 오키나와 어업을 통제해 괴멸 상태로 만들었고, 자주적인 무역경제도 억압했다. 미일 양 정부가 개입하면서 종래의 오키나와 경제구조는 빠르게 쇠퇴했고, 기형적 기지경제가 급속히 확산되었다. 풍요롭고 아름다웠던 류큐제도는 미군기지와 그로부터 파생되는 기지경제, 그리고 일본 정부의 기지 보조금에 기댈 수밖에 없는 상황으로 내몰렸다. 1972년 일본복귀는 오키나와의 이 같은 상황을 개선하지 못했다. 오히려 복귀 후 일본 본토의 미군기지가 이전해 오는 등 오키나와는 일본 거대 자본가들이 부를 축적하는 거점으로 전락했다. 그렇게 오키나와는 정치적 주권뿐만 아니라 경제적 자주권도 확보하지 못한 처지에 놓이게 되었다.

그러나 오키나와 민중은 결코 독립의 의지를 포기하지 않았다. 1952년 일본에서 분리된 후 오키나와의 독립 의지는 미군정부에 대한 투쟁을 통해 지속적으로 자치를 요구하는 방식으로 표출되었다. 1950년대 초 시작된 일본복귀운동 역시 자치권 쟁취라는 목표를 촉진하는 형태로 전개되었다. 다시 말해 일본복귀를 주장하는 일부 사회운동가의 입장에서 볼 때 일본복귀는 오키나와 사회가 미점령 상태에서 더 많은 자치권을 확보하려는 책략에 불과했다.[3] 오키나와 사회는 1952년 미국의 신탁통치, 1972년 시정권의 일본반환이라는 완전히 상반된 경험을 한 탓에, 이 두 시기에 출현한 복귀와 반복귀운동의 지향점이나 그 내용 역시 달랐다. 예컨대, 이전 시기의 일본복귀운동은 민주주의 일본과 평화헌법에 대한 기대감으로 충만했지만, 이후 그러한 기대감은 환멸로 바뀌었다. 오키나와의 여론은 '핵보유 반환'과 '비핵화 반환' 문제를 둘러싸고 분열되었고, 그것은 오키나와 민중으로 하여금 원망을 분출하는 계기로 작동했다.

일본복귀를 둘러싼 문제는 단순히 복귀와 반복귀의 대립만으로 귀결되는 것은 아니다. 일견 외부인의 눈에는 단순하고 알기 쉬운 구도로 비춰질 수 있으나, 이것은 오키나와 사회운동이라는 거대한 소용돌이 속에서 떠오른 빙산의 일각에 불과하다. 조금 깊이 들여다보면 의견의 분열과 갈등, 대립이 실은 복귀와 반복귀의 대립 형태로만 전개된 것이 아니라, 그 둘이 대립하는 가운데 그 진정한 의미를 잃어버리게 되었다는 것, 더 나아가 "어떻게 하면 일본과 사이좋게 지낼 것인가"를 둘러싸고 의견이 나뉜다는 사실을 깨닫게 될 것이다. 그리고 시야를 국가에서 민중으로 돌려보면, 정치적 귀속 문제를 둘러싼 입장 차이도 발견할 수 있을 것이다. 즉, 민중 입장에서는 상대적으로 안전한 사회보장을 얻을 수 있을지, 절박한 생계 문제를 해결할 수 있을

---

3   [저자 주] 鳥山淳, 『沖縄／基地社會の起源と相克－1945~1956』, 勁草書房, 2013, 138~147쪽.

지, 그리고 좀 더 풍요로운 생활을 영위할 수 있을지의 여부가 중요했다. 미군기지의 오키나와 주둔이 장기화되면서 일그러진 기지경제를 만들어내었고, 현지 주민들의 안전에도 심각한 위협을 가하게 되었다. 빈발하는 성범죄와 각종 형사사건, 미군기지 훈련으로 인한 사고와 환경오염 등은 오키나와가 일본으로 돌아간 이후에도 전혀 개선되지 않았다. 일본 정부가 마땅히 져야 할 책임 있는 태도도 찾아보기 어려웠다. 오키나와 민중들은 일관되게 후텐마 기지 이전에 반대 의사를 표해 왔으나, 이 목소리에 그나마 귀 기울였던 민주당의 짧은 집권 시기를 제외하면, 자민당이 정권을 잡았던 시기는 줄곧 미국 편에 서서 후텐마 기지 이전을 추진해 갔다.

오키나와인은 자신을 미국과 일본 어느 한쪽에 귀속시키는 것을 원하지 않았다. 미일 양국이 오키나와 사회에 안전과 행복을 가져다준다고도 믿지 않았다. 현실적으로 정치적 독립이 불가능하다는 것 또한 잘 알고 있었다. 만약 독립의 가능성이 있다면, 그것은 아마도 코소보 전쟁 같은 형태가 되지 않을까? 제2차 세계대전 말기 일본 내 유일한 지상전을 경험한 오키나와 민중은 전쟁이 무엇을 의미하는지 그 누구보다 잘 알기 때문이다. 아름다운 섬 오키나와는 전쟁으로 초토화되었다. 슈리성首里城은 폐허로 변했고, 산 능선은 깎여나가 평지가 되었고, 주민들이 즐겨 찾던 후텐마 신사 앞 가로수길은 무참하게 파괴되었다. 미군은 상륙과 함께 곧바로 기지건설에 착수했다. 만약 독립을 위해 다시 전쟁이라는 대가를 치러야 한다면 오키나와인 그 누구도 전쟁 대신 독립을 선택하지는 않을 것이다.

반세기 넘는 세월을 자주자결과 진정한 독립 정신을 확립하는 데에 힘을 기울여 온 것은, '오키나와 독립'이라는 말이 독립과 자결이라는 두 단어만으로는 오키나와의 굴곡진 역사를 형언하기 어려울 것이다. 나아가, 세계사적으로 정치적 분리주의가 강화되고 있는 작금의 상황에서, 오키나와 사회의 민족자결 의식을 일반적인 분리주의와 하나로 묶어서 사유하는 것도 경계해야 할 것이다. 고난의 역사와 불평등한 현실을 겪어온 오키나와 사상가들에게는 어쩌면 선택의 여지가 없었을 테지만, 민족 이데올로기에 얽매이지 않는 방식을 우리들 앞에 제시해 주었다. 「류큐공화사회헌법」이 그것이다.

사상 텍스트로서 「류큐공화사회헌법」

「류큐공화사회헌법」의 머리말은 인류의 흥망성쇠를 논하는 박진감 넘치는 문장으로 채워져 있다.

> 우라소에浦添에서 흥한 자들은 우라소에로 망하고, 슈리首里에서 흥한 자들은 슈리로 망했다. 피라미드로 흥한 자들은 피라미드로 망하고, 만리장성으로 흥한 자들은 만리장성으로 망했다. 군비軍備로 흥한 자들은 군비로 망했고, 법으로 흥한 자들 역시 법으로 망했다. 신에 의존한 자들은 신에 의해 망했고, 인간에 의존한 자들은 인간에 의해 망했으며, 사랑에 기댄 자들은 사랑으로 망했다.

과학으로 오만해진 자들은 과학으로 망하고, 식食을 탐한 자들은 식으로 망하며, 국가를 추구하면 국가의 감옥에 갇혀 살게 된다. 집중되고 거대화된 국가권력 하의 착취와 압박, 살육, 불평등, 빈곤, 불안의 끝에는 전쟁이 기다린다. 석양에 물든 모래 먼지 자욱한 고도古都의 서역西域을, 그리고 새가 채 날개도 펴기 전에 무너져버린 잉카의 수도를 잊어서는 안 된다. 그렇다, 우리들은 여전히 초토화된 땅 위에 발을 딛고 서 있다.

(…중략…)

호전국 일본이여, 호전적인 일본 국민과 권력자들이여, 가고 싶은 길로 멋대로 가시오. 이제 우리는 인류 파멸로 가는 동반자살의 길을 더 이상 함께 가지 않으리.

우라소에는 12~14세기 고류큐시대 3대에 걸친 왕조의 고도였고, 슈리는 그 뒤를 잇는 류큐왕국의 고도였다. 가와미쓰는 류큐의 역대 왕조가 지나온 흥망성쇠의 역사에서 어떤 가치에 자만하게 되면 그로 인해 멸망에 이르게 되리라는 인류사회의 딜레마를 포착한다.

나는 2013년 오키나와에서 가와미쓰 선생을 만났을 때 중국 독자들에게 「류큐공화사회헌법」을 소개하고 싶다는 제안을 했다. 그러자 머리말이 너무 어려우니 조금 손을 봐서 보내주겠다고 했다. 그런데 결국 단 한 줄도 손대지 못했다고 한다.

그도 그럴 것이 「류큐공화사회헌법」 자체가 난해한 것도 있지만, 그보다는 당대 특유의 시대적 사명감, 역사적 사명감이 피력되어 있었기 때문이리라. 그로부터 30년이나 흘러버린 지금, 가와미쓰 자신도 수정이 불가능한 이유이다.

「류큐공화사회헌법」 머리말 가운데 '흥한 자'라는 표현이 등장하는데, 이것은 '교만하다'라는 의미로 뿌리 깊게 박힌 인류의 저열한 근성을 압축하고 있다. 타인과 자신을 비교하여 우월한 시선으로 내려다보고 무시하는 태도가 사회에 만연하게 되면 치명적인 재난을 초래할 수 있다. 우월감 자체가 차별이나 배타적 태도를 수반하지 않더라도, 지나치면 사회적 병폐로 작동하기 십상이며, 전쟁으로까지 이어질 수 있다.

여기서 흥미로운 것은 「류큐공화사회헌법」 머리말에서 언급하고 있는 '흥한 자'의 네 가지 사례 안에 강한 힘을 갖는 서양의 사회나 문화는 포함되어 있지 않다는 점이다. 가와미쓰는 자신이 속한 류큐 문명과 인류의 4대 문명 가운데 근대 열강에 유린되지 않은 두 개의 제3세계 문명을 언급하고 있다. 이들은 모두 자신의 문명에 도취되어 쓰라린 결과를 초래한 경험을 갖는다. 가와미쓰는 문명을 대할 때 자칫 감상에 빠지기 쉬운 점을 경계한다. 이에 동정을 보내기보다 엄격한 태도를 취해야 하며, 이것은 '군비'와 '법'을 대할 때도 마찬가지라고 말한다. 이어서 '군비'와 '법'이 좌절시킨 네 가지 사례를 병치시킴으로써 글의 흐름을 일거에 역전시킨다. 한 문명의 몰락을 단순히 외부의 적이 침입했기 때문으로 보는 시각은 부분으로 전체를 판단하는 격이며, 이집트나 중국과 같은 거대한 문명이든, 우라소에나 슈리와 같은 작은 문명이든, 자만하고 교만하게 굴면 쇠락의 운명을 면치 못할 것이라고 강조한다.

더 나아가, '흥한 자'와 '의존하는 자'를 반복적으로 대비시키면서 신, 인간, 그리고 사랑에 의존하게 되면 그로 인해 치명적인 타격을 입을 수 있다고 말하는데, 이쯤 되면 모든 가치를 부정하는 허무주의자로 오해하기 쉬울 것이다. 훗날 가와미쓰가 머리말을 수정하고 싶다고 말한 것도 그 때문이 아닐까 한다.

그런데 1970년대 시대 분위기로 돌아가 생각해 보면, 난해하게 보였던 글귀도, 머리말에 선뜻 손 대지 못한 이유도 이해하게 될 것이다. 앞서 언급한 것처럼 「류큐공화사회헌법」을 구상한 시기는 오키나와와 일본 모두 극도의 혼란에 빠져 있었을 때였다. 오키나와 민중은 일본복귀 이후의 상황에 강한 불만을 느끼고 있었고, 오키나와 지식인들 또한 지금까지 겪어 보지 못한 긴박한 현실 과제에 직면해 있었다. 정체성 문제에 관해서도 스스로 선택할 여지를 제공하지 않았다. 1960년대 말 사토-닉슨 회담을 전후해 오키나와 자치 문제가 부각되기도 했지만, 오키나와 사회의 여론은 어떤 방식으로 일본에 복귀할지를 둘러싼 논쟁에 집중되었다.[4] 이렇듯 오키나와 자치에 대한 요구가 일본 복귀 문제로 방향을 틀면서 오키나와 정체성 문제는 굴절된 형태를 띨 수밖에 없었다. 오키나와 사회의 당면 과제 또한 다른 현과 평등

---

4   [저자 주] 예컨대, 일본복귀 후 핵무기를 포함한 군사 장비를 오키나와에 배치하는 것을 오키나와 측이 수용할 것인가, 본토와 동일한 수준에서 미일안보조약 및 지위협정의 조건을 향유함으로써 미군기지를 오키나와에서 철수시킬 것인가를 둘러싸고 치열한 논쟁이 벌어졌다. 원폭의 고통을 겪으며 비핵국가를 향한 의지가 강해진 상황에서 오키나와에 핵무기를 배치하려 한 것은 오키나와를 불공평하게 대우했던 일본에 대한 일종의 복수라는 극단적인 시각도 등장했다.

한 권리를 쟁취하는 것으로 수정이 불가피했다. 일본과의 관계에서는 미군기지를 둘러싼 문제가 뜨거운 감자였다. 미군기지로 몸살을 앓고 있던 오키나와로서는 이 문제를 해결하기 위해서는 일본 정부에 기댈 수밖에 없었고, 자치를 실현하기 위해서는 어떻게든 미군기지를 축출해야 했다.

「류큐공화사회헌법」과 함께 두 편의 헌법이 발표된 해는 마침 오키나와 시정권 반환 협정 체결로부터 10년이 되는 해였다. 이 세 편의 헌법 사이에는 큰 차이가 존재한다. 특히 「류큐공화사회 헌법」과 다른 두 편의 헌법헌장은 지향점이 크게 달랐다. 하지만 전체적인 맥락에서 볼 때 일본 정부에 대한 실망감을 표명하고, 자치가 불가능한 상황을 비판하며 자치에 대해 사유하고자 한 점은 공통된다. 이 세 편의 헌법은 선택의 여지가 없는 혼돈의 상황 속에서 내려진 고통스러운 선택이었다고 할 수 있다. 무엇보다 이들 헌법은 1980년대 초 오키나와 사회 특유의 시대적 분위기, 요컨대 오키나와 사회가 한창 자치를 모색하던 시기에 출현했다는 점에서 주의를 요한다.

「류큐공화사회헌법」은 오키나와 사회의 자치 요구를 반영하고 있기는 하지만, 자치를 둘러싼 동시대 논의와는 거리를 두었다. 머리말에서 보듯이, 가와미쓰의 헌법은 미일 양국의 강권 정치를 향한 강한 항의 표명이자, 피해자로서의 오키나와 정체성에 대해 고민하는 질문을 던진 것이었다. 또한, 신에게 배반당할 것이고,[5] 인간에게 의존한다

5 [저자 주] 여기서 말하는 '신'은 일본 천황제로 상징되는 신도(神道)를 가리키는 듯하다. 실제로 1970년 일본복귀 분위기가 한창일 때 오키나와 사회를 이끌어 간 엘

면 자연을 경시하거나 파괴를 초래할 수 있으며, 사랑에 의존하면 그 사랑이 위협적인 적으로 바뀔 것이라는 주장에서 그의 날카로운 문제의식을 엿볼 수 있다.

오키나와의 일본복귀 과정에서 출현한 일련의 글들은 가와미쓰의 지적대로 사상의 함정을 드러내었다. 숭고한 것으로 치부되던 가치가 인류사회에 종종 예기치 못한 재난을 초래했듯, 가와미쓰는 약자가 재난을 당하는 것 역시 강자의 헤게모니와 직접적인 관계가 있다고 말한다. 더불어 약자 스스로가 이러한 헤게모니에 반대하려면 과연 어떻게 해야 하는지 진지하게 묻는다. 다시 말해 약자가 기대고 있는 사상이라는 무기에 대해 비판을 거치지 않는다면 강자와 공모하는 것과 다를 바 없다는 주장이다. 가와미쓰는 훗날 여기서 한 발 더 나아가, "자유라는 이름하의 자발적 예속"[6]이라는 문제를 제기한다. 또한, 교만함이 일상화된 사회 분위기와 전쟁이라는 극단적인 상황을 연결시켜 문명이 붕괴하는 원인이 약하기 때문이 아니라, 자만심에 기인한다고 지적한다. 비판 정신으로 충만한 머리말과 대조적으로 「류큐공화사회헌법」 본문에서는 이 '자발적 예속'이라고 지적한 현대사회 형태에 대한 문제를 제기하고 있다. 아울러 국가의 존재 방식이 아닌 인류

리트 가운데 독실한 신도 신자이자 일본 천황을 경애하는 이들도 상당수 존재했다.

6 [저자 주] 2013년 12월, 도쿄외국어대학에서 「자발적 예속을 거부한다(自發的隷從을 撃つ)」라는 주제로 토론회가 개최되었는데, 여기에 가와미쓰도 참석했다. 프랑스 사상가 에티엔 드 라 보에티(Étienne de La Boétie)가 제기한 '자발적 예속'이라는 용어는 그야말로 가와미쓰가 오랫동안 천착해 온 문제의식을 드러내는 것으로, 그의 「류큐공화사회헌법」을 이해하는 데에도 큰 도움이 될 것이다.

의 생존 방식에 대한 성찰적 질문을 던지고 있다.

「류큐공화사회헌법」은 사상사 연구 분야에도 흥미로운 논점을 제공한다. 「류큐공화사회헌법」은 현실에 직접적인 투쟁 전략을 제공해 주지는 못했지만, 이것을 리얼리즘이라는 측면에서 읽는다면 머리말에 제시한 비판은 현실에 그대로 적용될 것이며, 오키나와 독립을 둘러싼 논쟁을 불러일으킬 것이다. 또한, 유토피아라는 비판, 즉 현실감이 결여되었다는 비판이 있을 수 있다. 실제로 이 두 가지 비판은 「류큐공화사회헌법」이 발표된 이래 줄곧 제기되고 있는데. 이 역시 오키나와의 엄혹한 상황을 염두에 둔다면 이해할 수 있을 것이다. 주목해야 하는 것은, 30여 년의 세월이 흐른 지금, 오키나와는 여전히 미군기지의 영향하에 놓여 있다는 사실과, 일본 정부의 우경화가 심화되는 상황에서 오키나와와 일본의 양심적 지식인들이 「류큐공화사회헌법」에 다시 주목하기 시작했다는 점이다. 그러나 오키나와 독립운동으로 추동해 가지는 못했다.[7] 그렇다면 「류큐공화사회헌법」은 오늘날 어떤 의미로 다시 읽히게 될까?

---

7   [저자 주] 오키나와 독립이라는 현실운동의 관점에서 본다면, 「류큐공화사회헌법」
     은 다른 두 편의 헌법 및 헌장과 다소 거리가 있을 듯하다. 반도가적이고 철저한 반
     폭력에 입각한 「류큐공화사회헌법」은 독립파들에게 사상적 두기를 제공하기 어렵
     기 때문이다.

오키나와 '공동체의 생리'라는 정신

「류큐공화사회헌법」은 현실정치를 반영한 헌법이 아니다. 헌법이라는 형식을 빌린 사상의 한 형태라고 말할 수 있다.

「류큐공화사회헌법」이라는 명명 자체가 이미 국가를 부정하는 것이다. 이 헌법은 사회의 총체적 의지의 구현이지 국가 통치를 위한 도구가 아니라는 의미이다. 우라소에와 슈리가 자만심으로 멸망했다는 헌법 전문의 표현에서 알 수 있듯이, 가와미쓰는 강대국만 부정하는 것만으로는 충분치 않다고 판단하고, 약소국을 포함한 모든 국가, 혹은 강권에 대항하는 수단의 하나로 자신을 강화하는 것을 긍정하는 약소국의 논리를 부정한다. 그렇다고 「류큐공화사회헌법」을 반국가적으로 바라보거나, 가와미쓰를 무정부주의자로 간주해서는 안 된다. 「류큐공화사회헌법」은 그 어떤 폭력도 반대한다는 취지를 분명히 하고 있다. 거기에는 국가뿐만 아니라 사회의 폭력에 대한 반대도 포함된다. 이 점에서 가와미쓰의 '류큐공화사회'는 '류큐공화국'의 대립물이라기보다 여러 다양한 폭력적 지배와 자발적 예속의 대립물이다. 만약 어떤 '주의'라는 이름을 붙여야 한다면, 「류큐공화사회헌법」은 평화주의에 해당할 것이다.

그런데 평화주의라는 틀 안에서 이해하려고 한다면 이는 지엽적인 해석에 불과할 것이다. 왜냐하면 「류큐공화사회헌법」 속 평화주의의 이념은 분명 반폭력을 기조로 하고 있지만, 그 핵심을 명확히 제시하고 있지 못하기 때문이다. 요컨대, 평화주의의 핵심이라고 할 수 있는 평화와 폭력의 관계를 다루고 있지 않으며, 평화를 구성하는 기반 그 자체에만 관심을 기울인 탓에 외부의 강권적 폭력에 저항하기 위한 수단을 제시하거나, 절대적 평화주의와 상대적 평화주의에 대한 언급까지는 이르지 못했다. 폭력, 특히 군사 침입에 어떻게 대응할 것인지에 관해서는 극히 일부, 예컨대 제13~15조에서 간략하게 언급하는 데 그친다. 반면, 개개인의 마음속에 똬리 튼 권력의 뿌리를 뽑는 방법이라든가, 과도한 탐욕과 거리를 두는 방법에 대해서는 세세한 규정이 제시되고 있다. 가와미쓰는 기본이념에서 자연거 만물의 자비의 원리에 기대어 호혜호조의 사회제도를 창조한다고 선언하고 있는데, 이것은 과학 이데올로기를 기반으로 한 오늘날의 세계와 인간 중심 현대 소비사회에 대한 날카로운 비판이라고 할 수 있다. 예컨대, 제 4·6·35·36·50·51·52·53조에서는 소비와 생산이 인간의 기본 생존 수요를 초과하거나 자연계의 평형을 파괴해서는 안 되며, 인간과 자연이 신중하게 공존하는 사회를 건설해야 한다고 강조한다. 또한, 제6·7·18·19·22조와 같이 차별철폐와 상호부조 조항을 규정했다. 이외에도 개인의 자유 보장, 각종 형식의 강제 폐지, 사유권 폐지, 노동 분업, 교육 등에 대한 규정이 제시되어 있다.

가와미쓰는 소박하면서도 근본적인 성격을 지닌 일련의 규정들에 기초하여 국가기구가 존재하지 않는 류큐공화사회라는 조직 형태를 구상한다. 요컨대, 류큐공화사회의 구성원은 유동적인 대표제 중의기구를 지니며, 산하에 연락 및 조정기구를 갖는다. 전문가 위원회와 집행 위원회로 구성된 연락 및 조정기구를 구성하고, 비준된 정책을 집행하는 책무를 갖는다. 모든 공직은 교대제이며, 대표제 중의기구에서 해결하기 어려운 의견차가 발생할 시에는 자치체 구성원의 중의에 따르도록 한다.

좁은 의미의 정치학 개념에서 본다면, 「류큐공화사회헌법」은 정치를 소거한 헌법이라고 말할 수 있을 것이다. 이 헌법은 조화불가능한 사회충돌을 거부하고, 인류의 욕망이 초래한 탐욕과 착취, 그리고 투쟁을 거부한다. 이상과 같은 발상의 근거가 되는 '자비의 원리'는 현 정치세계의 기본논리와 결을 달리한다. 「류큐공화사회헌법」이 유토피아적이라는 비판을 받는 이유이기도 하다.

「류큐공화사회헌법」은 헌법 이념을 통해 구상한 것이 아니라, 가와미쓰 자신이 직접 경험한 촌락 공동체 생활과 경험을 기초로 한 것이다. 다시 말해 「류큐공화사회헌법」은 류큐 고유의 생활 속에서 형성된 관습법이 어떻게 다시 공유될 수 있을지 모색한 결과이다. 그런 의미에서 1971년 발표한 오카모토 게이토쿠의 뛰어난 논의 「수평축의 발상-오키나와의 '공동체 의식'」[8]과도 공명하는 지점이 적지 않다.

「수평축의 발상」 내용 가운데 특히 오키나와 민중의 '관습법'에 대한 논의에 주목할 필요가 있다. 이 글의 기본적인 문제의식은 가와미쓰의 그것과 상통하며, 근대화 이데올로기에 대한 반성에서 출발하고 있는 점도 같다. 오카모토는 오키나와 사회의 무의식화된 '근대 콤플렉스'를 구체적으로 언급하며, 오키나와의 일본복귀운동은 바로 이

---

8 [저자 주] 谷川健一 編, 『叢書 わが沖縄』 第6卷 「沖縄の思想」(木耳社, 1970)와 중국어 번역본 雷啓立 執行主 編, 『熱風學術』 第四輯(上海人民出版社, 2010) 참조.

같은 감정을 기반으로 한다고 지적한다. '오키나와학沖縄学'을 제창한 이하 후유伊波普猷, 1876~1947로 상징되듯이, 일본으로 동화하려는 욕망과 근대화에 대한 동경, 그리고 낙후된 오키나와에 대한 열등감이 복잡하게 얽혀 있으며, 이하 후유는 본토와 다른 오키나와의 문화적 풍토를 지킬 것을 주장했지만, 일본 본토의 차별에 저항하면서도 근대화라는 목표에는 의문을 갖지 않은 것을 그 하나의 예로 들었다. 바로 여기에서 오류가 발생한다. 오키나와인이 본토의 차별을 받게 되면서 열등감이 시작되었다는 발상은, 오키나와를 대표하는 시인 야마노구치 바쿠山之口貘의 「대화会話」라는 시의 오독으로도 이어진다. 본토의 차별에 대한 저항이나 오키나와인의 열등감의 발로라고 이해해 버린 것이다.

그런데 오카모토는 열등감과 차별에 반발하는 태도를 구체적으로 분석하며, 이 두 가지 모두가 저항해야 할 대상이라고 지적한다. 예컨대, 자신이 어떤 사람으로부터 차별받았다고 느끼는 것은 자신이 응당 받아야 할 물질적, 정신적 대우를 받지 못한 데 따른 것이며, 열등감은 자신을 차별하는 사람보다 자신이 못하다고 느낄 때 발생하는 법이다. 이것은 차별하는 쪽의 가치관에 과도하게 동일시하는 것을 전제로 한다. 오키나와 복귀를 둘러싸고 불거진 차별논쟁, 그리고 자주 언급되는, 이른바 "차별적 구조가 오키나와인의 열등감을 낳았다"는 식의 인식은 일본의 근대화라는 모델에 스스로를 동화시킨 결과라고 할 수 있을 것이다.

오카모토의 이 같은 분석은 방대한 사상적 자원을 바탕으로 한다.

우선, 그는 차별이나 열등감에 반발하는 심리는 근대화라는 이데올로기의 창출자 내지는 추진자로서의 일본국가를 절대화한 데에서 비롯된 것임을 정확하게 간파한다. 또한, 근대화라는 이념개인의 주체성, 이성과 같은 관념을 동경하는 과정에서 오키나와 사회가 빚어낸 결정적인 오해는 이 같은 이념이 국가를 매개로 하고 있음을 간과한 데에 있다. 그 어떤 개입 없이 이념에 다가갈 수 있다는 것은 망상에 불과하다. 이것은 오키나와 '근대'의 특징이자, 일본복귀라는 오키나와 사회운동이 지닌 맹점이다.

또한, 오키나와 혈연공동체가 가진 '전근대'성을 긴장감과 스트레스로 가득한 도쿄로 대표되는 '근대'성에 대한 저항으로 바라보는 인식은 위험하며, 그보다 중요한 것은 '근대'에 대한 상상에서 벗어나 오키나와의 '자립'이 구체적으로 어떤 의미를 가지는 되물어야 한다고 주장한다. 여기서 오카모토는 신중하게 풀어야 하는 어려운 사상적 과제를 제출한다. 현실 속 오키나와 사회는 이미 일본에 깊숙이 동화된 상태이며, 국가가 추동하는 동화 및 차별정책에 대한 본토와 오키나와 지식인들의 비판도 의미는 있지만, 문제의 핵심을 꿰뚫고 있지는 못하다며 날카로운 질문을 이어간다. 편견과 기성관념에 대한 손쉬운 비판이 아닌, '오키나와'란 무엇인지 분명하게 말할 수 있어야 한다는 것이다.

일본복귀를 앞두고 오카모토가 집요하게 던졌던 질문은, "복귀하느냐, 마느냐", "(복귀해야 한다면) 어떤 식의 복귀여야 하나"가 아닌, "오키나와라는 것은 무엇이며, 그것을 어떻게 표현할 수 있을까"라는 문제였다. 그는 이러한 질문 없이는 그 어떤 선택을 하든 진정한 자립에는 이르지 못할 것이라고 단언한다. 오키나와에 대해 확실하게 말하려 하면 할수록 그에 상응하는 표현이 궁색해지는 것은 물론, 그러한 노력이 거듭될수록 오키나와라는 실체를 상실해 버릴 것이라고 말한다.

오카모토는 오키나와가 직면한 사상적 딜레마를 피하지 않고 정면으로 마주하고자 했던 것이다. 하지만 그는 궁극에 이르러서는 자신의 표현까지 왜곡되어 껍데기만 남게 될 것이라고 자조한다. 왜곡은 점점 더 심화되어 갈 뿐이라는 경고도 잊지 않는다. 오카모토는 이러한 문맥에서 야마노구치 바쿠의 시「대화」를 읽어낸다. 시에 등장하는 남자는 사랑하는 여자로부터 고향이 어디냐는 질문을 받는다. 그러자 남자는 남쪽 섬나라라며 오키나와를 떠올리는 이미지만 피력할 뿐 오키나와라는 단어는 입 밖에 내지 않는다. 이러한 표현을 열등감이나 저항으로 읽어온 기존의 해석과 달리 오카모토는 그것을 오키나와인이 갖는 가장 본질적인 문제, 즉 적절한 자기표현을 찾지 못한 자의 고통이라고 해석한다. 오랜 세월을 거쳐 정착한 '오키나와'라는 단어를 굳이 사용하지 않음으로써 고정관념에 빠지는 것을 피할 수 있었지만, 어떻게 표현하면 좋을지에 대한 답은 찾지 못했다는 것이다.

오카모토는「수평축의 발상」결말 부분에서 본토로 취업한 오키나와 소녀의 사례를 언급한다. 소녀는 '오키나와인의 체면'을 잃지 않기 위해 열심히 일한다. 노동기본법이 정한 기준을 초과하는 착취까지 견뎌내면서 말이다. 오카모토는 노동자의 권리를 찾지 못한 소녀를 비판하는 것은 어렵지 않지만, 그럴 수 없음을 고백한다. 오히려 소녀를 설득할 만한 논리를 찾지 못한 자기 자신에게 무력감을 느낀다.

「수평축의 발상」은 '오키나와의 논리'를 모색해 간 걸작이다. 오카모토는 가와미쓰와 마찬가지로 일본과 미국 양국이 서로 결탁하면서도 다투는 실태를 비판하는 데에 머물지 않는다. 아울러 오키나와를 미일 양국의 희생양으로 바라보고 모호한 투쟁으로 일관해서도 안 된다고 말한다. 이 모든 사안을 충분히 사유하기 위해서는 또 다른 사상의 입구를 찾아야 했으며, 사유의 공간을 새롭게 개척할 필요가 있었다.

오카모토는 다음과 같은 문제를 제기한다. 오키나와의 혈연공동체가 형성한 질서감각은, 비록 류큐 강제병합 이후 천황제 이데올로기에 의해 교묘히 이용당했고, 나아가 전쟁과 전후의 복귀운동을 거치며 일본의 국가 이데올로기에 잠식되어 버렸지만, 이 질서감각은 국가 이데올로기와는 분명 다르다는 것이다. 이 질서감각이 천황제 이데올로기나 '애국주의'와 일치할 가능성을 완전히 배제할 수 없지만, 국가질서는 '공동체의 생리'와 맞바꿀 수 있는 것이 아니다. 오카모토는 여기서 '공동체의 생리'라는, 내재적 규범이나 사상, 이성 따위의 범주와 구별되는 일종의 공동체의 생존의지를 나타내는 생물학적 의미를 제시한다. 그 의미는 바로 공동체 생존의 지속을 나타낸다. 하나의 살아 있는 '생명체'인 공동체의 생리는, 예컨대 '신神'과 같은 절대화된 권위를 갖지 않는다. 공동체 내부에서 모든 개체는 다른 개체와의 거리를 근거로 하여 자신의 유동적인 도덕 및 질서의 기준을 정한다. 이것은 일종의 수평적 질서감각으로, 위에서 아래로 작동하는 외재적 강제규범과 차원을 달리한다. 일상적인 필요에 따라 질서가 만들어지는 것이다.

오카모토에 따르면, '공동체 의식'은 개인과 개인 간의 구체적인 관계 속에서만 구현될 수 있으며, '국가조국'나 '이민족'과 같은 개념은 일상생활 속에 현실적으로 존재하는 것이 아니다. 이러한 가념들은 일정한 방식으로 공동체의 생리와 연결되며 공동체의 존망에 직면할 때 비로소 모종의 작용을 발휘하게 된다. 그런 이유로, 일본은 메이지 이후 오키나와를 통치할 때 국가의지를 민중 생활 깊숙이까지 완전히 침투시키지 못했다. 제2차 세계대전 이후, 복귀운동을 둘러싸고 오키나와 내부에서 수많은 논쟁이 불거진 데에는 몇몇 이유가 있다. 이를테면, 소외 상태를 벗어나 자아를 찾으려는 운동이 공동체 생리의 기본구조를 전혀 파악하지 못했던 것, 그리고 '조국'에 대한 깊은 인식이 부족했던 것을 들 수 있다. 그것은 '이민족 통치'가 초래한 현실의 위기에서 벗어나기 위해 '조국'을 현실과 대치시켜 이상화한 것에 지나지 않았다.

오카모토는 공동체의 '수평축' 질서감각을 정확하게 파악하기 위해 민중과 엘리트 사이의 시각의 차이를 구별한다. 그와 동시에 오키나와 전투 말기에 벌어진 '집단자결' 사태를 언급하며 당시 민중들이 느꼈던 감각의 중요성을 설파했다.

오카모토에 따르면, 민중들의 공동체 의식이 결집되어 나타난 '집단자결'의 비극은, 불가항력의 극한 상황으로 내몰렸을 때, 살아남지 못할 바에는 함께 죽기를 택하겠다는 환상, 즉 '공생'을 추구한 결과이다. 이 같은 선택은 분명 개인의 자유를 중시하는 현대 이성과는 거리가 있다. 그렇다고 오키나와 혈연공동체의 '후진성'이라고 단정지어서도 곤란하다. 오카모토는 도카시키 섬渡嘉敷島의 비극을 초래한 근본 원인을 공동체의 생리가 아닌, 전쟁을 불가항력적 숙명으로 받아들였던 분위기, 고립무원이었던 도카시키 섬의 자연조건, 그리고 일본군의 강압을 거스르지 못했던 공동체 구성원의 판단 등이 작동한 데에서 찾았다. 단순히 역사적 사실을 명확히 밝히거나, 공동체의 생리를 '후진적 혈연관계'에서 찾아서는 안 된다는 것을 말하기 위함이 아니다. 복잡한 사상적 과제를 풀어가기 위해 오카모토가 고민한 흔적이라고 할 수 있다.

오카모토는, 전쟁 이후 1970년대까지 계속된 일본복귀를 주장하는 목소리는 단순한 '본토지향'이 아닌, 생과 사를 함께 해 온 공동체의 생리를 바탕으로 하고 있다고 말한다. 아울러 만약 복귀운동이 이민족 통치에 대한 저항과 생활 속 위기감이 결합해 공동체의 생리가 효과적으로 작동한 것이라면, 복귀가 실현된 이후에는 이것이 더 이상 유효하지 않고 사라졌어야 한다고 지적한다. '진보'에 대한 갈망이 거꾸로 일본 본토와 오키나와의 동질화를 촉진하는 결과가 되었다는 것이다.

오카모토는 여기서 더 나아가, 생존 감각에 기반한 오키나와 민중의 '공동체 의지'가 천황제 국가 이데올로기에 이용되는 상황에서 대체 어떤 발전을 기대하는가, 라는 도발적인 질문을 던진다. '오키나와 사상'이 존재한다고 해도 논리적인 체계를 확립하기 어려우며, 오키나와에 한정된 특수한 문제도 아니다. 대중 사상을 논할 때 빠지는 곤경이기도 하다. '근대'에 대한 환상을 폭로하고 타파하는 것, 지식층에 의해 체계화·이론화된 민중론을 거부하면서 민중의 생활 논리 그 자체에 신중하게 다가가는 것, 바로 이것이 기존의 국가론과 반국가론을 전복시키는 출발점이다. 오키나와 특유의 가혹한 환경이 가와미쓰 신이치, 오카모토 게이토쿠와 같은 사상가들을 배출했다. 이들은 고난에 빠진 비애를 표현하는 대신, 오키나와가 미일 양국의 전략적 거래 대상으로 전락한 상황을 역전시켜 국가와 '근대'의 주술에서 해방된 자유로운 사상을 창조해 냈다.

1970년대 초 가와미쓰는 「오키나와의 천황제 사상」이라는 글을 발표했다. 오카모토의 「수평축의 발상」이 실린 바로 그 책이다. 「류큐공화사회헌법」 전반에 흐르고 있는 '공동체의 생리'는 오카모토의 사상적 과제를 십여 년 후에 한층 발전된 형태로 구상한 것이라고 할 수 있다. 그는 '자비의 원리'를 이용해 당시 오카모토가 표현할 수 없어 괴로워하던 '오키나와'라는 존재에 형태를 부여했다. 그리고 여기서 한 발 더 나아가 오키나와 자립의 목표를 모색했다. 가와미쓰는 오키나와의 '독립'을 주장하는 것이 아니라 '오키나와란 무엇인가'라는 문제를 추궁해 갔다. 오카모토가 말했듯이, 직접 전쟁에 참여한 경험이 없는 오키나와 전후 세대는 그들이 국가를 상대화하면서 오키나와의 자립사상을 고민할 때, 그 사상적 기반을 오롯이 오키나와 전투 체험에 바탕을 두었다. 「류큐공화사회헌법」은 전쟁 상황에서 극단적으로 표출되는 권력욕과 폭력을 단호히 거부하고, 유린당해 온 오키나와 사회의 강력한 요구를 전달한다. 그것은 외재적인 국가 폭력뿐만 아니라 오키나와 사회 또한 포함되는 것이기도 하다. 마찬가지로 그것은 통치 계층의 권력뿐만 아니라 민중 공동체 생리의 핵심까지 가리킨다. 가와미쓰와 오카모토, 그리고 반전反戰의 최전선에서 투쟁해 온 오키나와인들 대다수가 피해자의 입장에 안주하지 않음으로써 비애의 속박에서 벗어나 정신적 자유를 획득할 수 있었다.

「류큐공화사회헌법」의 인류 정신사적 의미

평화와 전쟁, 우호와 폭력은 인류 정신사의 오래된 주제이다. 평화주의를 말하는 정치철학 관련 서적들은 셀 수없이 많으며, 평화 관련 사회운동의 변천사도 파란만장하다. 평화를 소리높여 주장하는 목소리가 전쟁을 완전히 소멸시키지는 못했지만, 인류사회에 평화를 요청하는 목소리가 없다면 상상만으로도 숨이 막힌다.

장 자크 루소의 『사회계약론』에서 임마누엘 칸트의 『영구평화론』에 이르기까지 폭력과 평화를 말하는 방식은 다르지만, 국가와 전쟁, 평화에 관해 이야기할 때 평화의 '인위적 성격'을 강조한 점은 공통된다. 다시 말해 평화는 자연적으로 생겨나는 것이 아니라, 인위적으로 만들어야 하는 일종의 '계약'이라는 것이다. 칸트는 집권자의 신경을 건드리는 이 주제가 결코 쉽게 실현되지 않으리라는 것을 잘 알고 있었다. 그렇기 때문에 그는 『영구평화론』에 '철학적 기획'이라는 부제를 붙였고, 서론에서 이론가의 공허한 관념은 국가에 어떠한 위해도 끼칠 수 없으리라는 점을 분명히 했다.

그러나 평화는 공허한 관념에 그치는 것이 아니라 반드시 현실적

에너지로 전환되기 마련이다. 20세기 인류가 두 차례의 세계대전을 겪은 후, 전쟁은 이미 루소와 칸트의 상상을 훨씬 넘어서는 인류 최악의 재난이 되었다. 제2차 세계대전 종결 후, 평화를 호소하는 목소리가 보기 드문 규모로 확산되었는데, 그 성과 중 하나가 바로 세계연방정부운동이다. 이 운동은 갑작스럽게 출현한 것이 아니라, 유럽의 세계연방정부에 대한 이론 구상그 대표적 인물이 칸트과 미국 연방주의자들의 실천, 그리고 전지구적 반전 정서에 힘입어 유럽과 미국의 지역형 운동으로 확대된 것이다.

세계연방정부운동은 산적한 현실 문제와 맞부딪혔다. 무엇보다 운동 주체가 미국인이었던 탓에 출현과 동시에 소련의 저항을 받았다. 냉전구도를 돌파하고자 한 시도가 성공하기는커녕 거꾸로 냉전구도를 심화하는 결과를 초래한 것이다. 또한, 이를 추진하는 과정에서 불거진 원칙을 둘러싼 논쟁에서 선진국 지식인과 사회운동가가 생각하는 정치의 모습이 식민지 문제와 정면으로 마주하지 못한다는 사실을 알게 되었다. 세계연방정부운동은 유럽과 미국이 구축해 온 인권이나 국제법 개념을 부정하지 않은 탓에 결과적으로 이른바 세계연방정부라는 것은 유럽과 미국 연합정부의 확대 및 수정판에 지나지 않게 되었다. 그럼에도 불구하고 논쟁으로 충만했던 이 운동이 갖는 역사적 의미는 적지 않으며, 지금 다시 새롭게 검토할 가치가 충분할 것이다.

1948년 세계연방정부운동 룩셈부르크 대회에서 세계헌법소위원회가 여러 편의 세계헌법초안과 보고서를 제출했는데, 그 가운데 가장 주목받은 것은 미국의 저명한 인문학자 11명이 치열한 토론 끝에 작성한 「세계헌법시카고초안」이었다. 이 초안 전문에는 정신적인 발전과 물질적인 풍요로움을 실현하는 것이 인류의 공동목표이며, 이를 위해서는 정의에 기반한 세계평화를 실현해야 한다고 천명하고 있다. 또한, 모든 국민의 정부는 각각의 주권과 무기를 정의에 입각해 단일정부에 위탁한다는 조항도 포함되어 있다. 이것을 세계연방공화국의 기본법으로 삼아 국민의 시대의 종언과 인류의 시대의 출발을 예고했다.

「세계헌법시카고초안」은 단일국가의 초안으로, 전쟁은 부정해도 국가는 부정하지 않는다. 마찬가지로 폭력은 부정하지만, 법률이 허락하는 폭력적 침해에 반대하는 폭력은 유지한다. 개인과 집단에 가해지는 인종적, 민족적, 교리적, 그리고 문화적 정복을 부정하고, 철학이나 종교와 같은 '위에서 아래로'의 자연법을 세계 공화국의 성문법으로 삼아야 한다는 주장을 담고 있다. 예컨대, 인류 생활에 없어서는 안 될 네 가지 요소토지, 물, 공기, 에너지 자원를 인류 자산의 공공성으로서 강조하지만, 각각 다른 규모로 존재하는 이들 요소를 어떻게 사유私有가 아닌 형태로 규정할지에 대한 논의가 빠져 있다거나, 오랜 기간 식민지였던 후발 국가가 어떻게 주권을 획득해 국제사회로 진입할 것인가에 대한 언급이 보이지 않는 것에서 그 일단을 엿볼 수 있다. 개별 민족의 독립 단계를 거치지 않고 바로 국민국가를 부정하는 인류의 시대로 돌입해 버린 듯한 느낌이다.

미국의 저명한 신학자이자 윤리학자 라인홀드 니버Reinhold Niebuhr는 「세계헌법시카고초안」 기초에 참여했지만 도중에 사퇴한다. 그리고 이 초안을 강력하게 비판하는데, 그 이유는 서로 다른 종족의 다양한 문화 차이를 간과하거나 지연地緣에 기반한 문화와 역사를 누락시켰기 때문이다. 사회의 합의가 제대로 이루어지지 않은 상태에서 세계정부를 수립한다면, 애초 기획한 것과 반대 방향으로 흘러가게 될 것이고, 인위적인 힘에 의해 정부가 만들어지게 될 것이고, 그렇게 탄생하게 될 사회를 우려한 것이다. 아울러 이 방법으로는 사회 내부의 결집력을 만들지 못할뿐더러, 권력에 기댄 연방 형태가 유지될 것이며, 질서를 위해 정의가 희생되거나, 정의를 위해 질서가 희생될 것이라고 주장했다. 이러한 이유로 니버는 세계정부가 가지는 비현실성 내지는 '신화'를 비판하고, '세계정부'를 대신해 '세계사회'를 제창했다.[9]

세계연방정부의 이념은 분명 심각한 결함을 안고 있고, 이러한 결함 때문에 단순한 유토피아로 간주되었다. 뿐만 아니라, 니버의 예언대로 강대국의 패권 확립을 미화하는 도구로 전락했다. 결과가 그렇다고 해서 「세계헌법시카고초안」의 취지를 희석해서는 안 될 것이다. 발표 당시의 헌사만 보더라도 이 초안은 기념할 만하다.

만약 1948년 1월 30일간디가 암살당한 날 이전에 (…중략…) 세계 대통령 선거가 실시되었다면 간디가 당선되었을 것이다. '약소민족'이 밀집한 곳에서 몰표가 나올 것이며, 그 가운데 서구 백인들의 표도 상당할 것이다. 다수의 국민들로부터 지지를 받는 또 다른 두 명의 후보자, 스탈린과 처칠은 간

---

9   [저자 주] 다니카와 데쓰조(谷川轍三)의 「세계정부인가, 아니면 세계파멸인가─세계연방정부운동과 세계헌법(世界政府か、それとも世界破滅か─世界連邦政府運動と世界憲法)」(『중앙공론』, 1949.10)에서 재인용. 세계정부운동 관련 정보는 모두 이 글에서 얻은 것임을 밝혀둔다.

디를 이길 수 없었을 것이다. 그는 '하나의 세계'가 선택한 가상의 초대 대통령으로 죽은 것이다.[22]

간디와 스탈린, 처칠의 대비는 1940년대 말 전쟁으로 인해 심각한 충격을 받은 동시대인들의 심경을 대변한다. 이 시기 오키나와는 샌프란시스코 강화조약 체결을 앞둔 역사적 전환기에 있었고, 세계연방 정부의 이상은 오키나와의 현실 앞에 무력하게 나타났다. 하지만 30여 년 후, 세계에서는 국지전이 빈발했고, 주도적 위치에 있는 국가가 기존의 구조를 유지하면서, 불리한 위치에 있는 국가보다 유리한 지위를 획득하기 위해 전쟁을 필요로 하는 지경에 이르렀다. 바로 이 시기 오키나와의 한 사상가가 30년 전보다 더 처절히 '인류의 시대'를 호소했다. 「류큐공화사회헌법」의 의미는 바로 여기에 있다.

당시 니버는 '세계사회'를 외치면서도 '사회'의 의미가 무엇인지는 추궁하지 않았다. 그도 그럴 것이, 세계정부를 상대화하는 '세계사회'는 서양사회학에서 주장하는 '사회'의 범주를 벗어나지 못한 한계를 가지며, '공동체의 생리'를 지적한 오키나와 사상가 오카모토 게이토쿠의 사상에 덧대어 보면 그의 사상이 '위에서 아래로' 향하고 있음을 부정하기 어렵기 때문이다. 무엇보다 그 궁극적인 목표가 '하나의 국가'를 세우는 것이라는 한계가 명확하다. 반면, 「류큐공화사회헌법」은 우리 인류로 하여금 사회에 대한 새로운 이해를 촉구한다. 국가와 국

---

10   [저자 주] 위의 글, 17쪽.

가기구에 대한 단호하고 타협하지 않는 정신은 오키나와가 겪은 백여 년의 고난과 굴욕, 그리고 공동체의 생리를 기반으로 한 오키나와 민중의 분투와 항쟁을 상징한다.

「류큐공화사회헌법」은 국가를 부정하며 폭력을 철저히 부정한다. 그런 탓에 유토피아적 성향이 30년 전의 「세계연방정부헌법초안」보다 부각되어 보일 수 있다. 그런데 달리 생각하면 「류큐공화사회헌법」쪽이 보다 현실적일 수 있다. 왜냐하면, 이 안에는 오키나와가 투쟁해 온 현실이 양분이 되어 윤택하게 녹아들어 있기 때문이다. 헤노코 기지 이전 반대운동 등 오키나와인들이 전개해 온 수많은 평화 투쟁은 이들이 비폭력을 통해 폭력에 저항하는 방법이 무엇인지 잘 알고 있음을 의미한다. 베트남 전쟁 당시 미군의 군사 행동을 견제함으로써 베트남을 지지했던 사실을 상기할 필요도 없이, 오키나와인은 전쟁에 임하지만 '국가 이익'을 넘어서는 인류주의 정신은 잃지 않았던 것이다. 이러한 토양이었기에 「류큐공화사회헌법」이 싹트고 자라날 수 있었고, 오키나와인의 공감을 끌어낼 수 있었던 것이다.

「류큐공화사회헌법」을 다시 읽게 된 지금, 우리들에게 다음과 같은 과제가 주어졌다. 오키나와 사상가들이 남긴 오키나와라는 범주를 뛰어넘는 이 중요한 사상적 자원을 우리들은 과연 어떻게 계승할 것인가? 「류큐공화사회헌법」 안에 그 답이 있다. 진정한 자립이란 강한 외부의 힘을 빌리지 않는 것, 우월감을 지운 평등한 마음과 마음에 뿌리내린 것이어야 한다. 그리고 진정한 저항이란 악으로 악에 대항하는 것이 아닌, 스스로가 평화라는 가치를 지킬 수 있는 것이어야 한다. 이것은 결코 절대적 평화주의나 박애 이념이 아니다. 오키나와 민중이 수백 년간 쌓아온 투쟁의 지혜이다. 또한, 「류큐공화사회헌법」은 인류와 전쟁과 폭력에 대처하는 동시에 조금 색다른 자립에 관한 구상의 필요성을 일깨워준다. 그것은 약해 보일지 모르나 영원히 변하지 않는 힘을 가질 것이며, 인류로 하여금 사상적 성장과 성숙을 가져다 줄 것이다.

쑨거

노모스의 소실점, 도래하는 공동체

'사자死者의 시점'에서 '이바異場 사상'까지

수치와 분노로부터의 출발

오키나와 전후 세대, 특히 1960년대 후반에서 1970년대 초 전환기에 낀 세대들은 아라카와 아키라, 가와미쓰 신이치, 오카모토 게이토쿠, 이레이 다카시伊礼孝, 기요타 마사노부淸田政信 등 『류큐문학琉大文学』[1]을 기반으로 한 지식인들로부터 풍부한 시사를 받았다. 그 강한 흡인력에 이끌려 후속 세대와 선행 세대 사이에서 비판적 공투를 벌였던 우에하라 이쿠오上原生男와 신조 다케카즈新城一도 빼놓을 수 없을 것이다.

근현대 오키나와의 민중의식을 동화주의로 물들였던 복귀사상을 넘어 '반복귀'론이라는 이름과 함께 강한 사상적 전선을 구축한 아라카와 아키라, 가와미쓰 신이치, 오카모토 게이토쿠의 투쟁은 우리에게

---

[1]   오키나와현 국립대 류큐대 학생들이 조직한 '류대문예클럽'(제4호부터는 류큐대 문예부가 주관함)이 1953년 7월에 창간한 문예잡지이다. 여러 차례의 휴간과 정간을 거쳐, 제34호(1978.12)까지 발행되었으며, 가와미쓰 신이치, 아라카와 아키라, 오카모토 게이토쿠를 비롯해 오시로 다쓰히로, 메도루마 슌, 나카자토 이사오 등 오키나와의 저널리스트, 작가, 사상가, 비평가들을 배출한 지(知)의 거점이 된 잡지이다.

는 피할 수 없는 문이었고 동시에 벽이었다. 일찍이 나는 세 사람의 영향력을 일컬어 '마魔의 트라이앵글'『세카이(世界)』, 2006.12이라고 명명한 바 있다. 우리는 이들이 제출한 사상적 '하지치針突: 류큐 전통 중 하나로 여성들이 하는 문신'에 강하게 포섭되어 갔다. 다른 한편으로는, 거기서 어떻게 하면 벗어날 수 있을지를 둘러싸고 격투했다. 우리들 세대의 사고를 강하게 흡인하면서 규정해 갔다. 의식이라는 피부에 새겨진 시대의 문신은 지우기 힘든 흔적이 되어 지금까지 우리 안으로 파고들고 있다.

그 가운데 가와미쓰 신이치의 시와 사상은 그야말로 성가신 존재였다. 이때의 성가신 존재라는 것에는 두 가지 의미가 있다. 아라카와 아키라와 오카모토 게이토쿠의 사고가 명확한 윤곽을 가지고 있다면, 가와미쓰 신이치의 그것은 혼돈과 어둠, 비약과 단절, 균열과 불명료함 등이 복잡하게 착종되어 좀처럼 파악하기 어렵기 때문이다. 단순히 복잡하고 난해한 데에서 끝나지 않는다. 이러한 무정형의 유동성이 때때로 우리를 불안하게 만드는데, 이는 가와미쓰가 내부로부터 끓어오르는 무언가를 주체하지 못하고 써내려간 탓이리라. 내부에서 불화산처럼 터져 나온 언어의 정령言靈이라고 말해도 좋을 것이다.

도모리 마사토友利雅人의 에세이 「수치와 분노含羞と憤怒」『푸른바다(青い海)』 제79호, 1979는 가와미쓰 신이치의 시와 사상에서 우리 세대가 느꼈던 '성가심やっかいさ'에 다가가려는 시도로 읽을 수 있다. 이 에세이는『가와미쓰 신이치 시집』1977과 첫 평론집『오키나와 뿌리로부터의 물음』1978에 서평 형식으로 실릴 예정이었지만, 도모리 마사토는 시와 평론을 접하고서 "언어가 되지 못한 중얼거림", "도저히 감당이 안 되는 범

위의 착종된 세계"에 놀라움을 금치 못하며 가와미쓰사상이 자아내는 원초적 세계에 대한 탐구를 시작했다고 한다. 도모리 역시 '마의 트라이앵글'에 깊숙이 경도되었다. 그는 가와미쓰와 같은 기야코 섬宮古島 출신이며, 훗날 같은 신문사 기자로 활동하게 되는데, 도모리는 가와미쓰의 가슴속 깊은 곳에서 달아오른 수치와 분노를 감지한다. 거기에는 고향 미야코 섬을 떼어놓고는 생각하기 어려운 '시공時空의식'이 자리하며, 무엇보다 침묵으로 닫힌 원한과 분노로 충만한 가시화되지 않은 영역에 사자死者들의 시선이 깊숙이 침투해 있음을 간파한다. 도모리는 수치 속 분노와 분노 속 수치가 서로 뒤엉켜 독특한 형상과 음영을 이루고 있는 문체에 주의 깊은 시선을 보낸다.

『오키나와 뿌리로부터의 물음』이 독자로 하여금 깊은 탄식을 자아내는 데에는 '원한'과 '저주'와 '분노'라는 단어가 뿜어내는 초자연적 분노의 태풍과 '사자의 시점'의 재귀성이 자리하고 있다. 그 가운데 '복귀' 직전에 쓴 「오키나와 조국복귀의 의미」『중앙공론』, 1972.5라는 글에서는 '복귀운동'을 향한 억누를 수 없는 한恨이, 비판이 아닌 수치를 뚫고 나온 분노가 붓끝을 타고 언어로 표현되고 있다. 그는 '복귀'가 일본이라는 국가에 흡수되는 것에 불과하다면 그 체제 속박과 관련 없는 곳에서 '복귀'의 의미를 찾아야 한다고 주장한다. 즉, "침묵으로 닫힌 원한과 분노로 충만한 불가시한 영역으로, 각자가 고독한 복귀를 이루는 길밖에 없다. 그것만이 우리들이 생각하는 '복귀'의 의미"라는 것. 바로 거기에서부터 침묵으로 닫혀버린 민중의 '원한과 분노', '분노와 구제의 갈망'이라는 무기를 장전하고 글쓰기 투쟁을 향해 나아간다.

삶을 사자의 눈으로 응시하는 것, 사자의 삶을 살아가는 것, 그것을 사상의 핵으로 삼는 것. 전쟁과 점령으로 짓밟힌 오키나와 땅의 정령地靈은 가와미쓰를 하루도 편히 잠들지 못하게 했다.「전후 사상과 천황제」『신오키나와문학』, 1975.4에서 가와미쓰는 "오키나와인 대부분은 살아있지만 '사망자 명부死亡者台帳'에 기재된 것이나 다름없는 상황"에 놓여 있다는 것, "오키나와 전투에서 살아남았지만 '사망자 명부'에 기재된 것이나 다름없는 존재라는 것"을 언급하며, 이러한 체험이 전후사상의 핵심이라고 말한다. 즉, 자신을 사망자로 자리매김함으로써 현실에서 해방되고, 그렇게 해야 비로소 국가, 정치, 사회, 경제, 문화 등의 현실 문제를 꿰뚫어 보는 사상이 도출될 수 있다는 것이다. 나아가, 현실 문제로부터 해방된 사자의 시점이 가지는 힘은 곧 오키나와 전투에서 희생된 사자들의 시선을 현재로 부활시켜 그 침묵을 언어화하는 방법이라고 말한다. 여기서 "사자들의 시선을 현재로 부활"시키는 것과 "침묵을 언어화하는 방법"은 두 번째 평론집『오키나와 자립과 공생의 사상』1987에 수록되어 있지만, '복귀'를 눈앞에 둔 시점에 쓴「나의 오키나와 한의 24년-사망자 명부로부터의 이의신청わが沖縄・遺恨二十四年-死亡者台帳からの異議申し立て」『전망(展望)』, 1970.1과「'비국민'의 사상」『영화비평』, 1971.7에서 전후 책임과 관련해서도 논의된 바 있다. 이 글에서도 미점령하 오키나와는 모든 살아있는 오키나와인이 '사망자 명부'에 기재된 바나 마찬가지라는 점을 거듭 강조하고 있다. 오키나와를 전략적 기지로 삼는 미국이나, 미군기지를 표적으로 삼는 사회주의 국가나 모두 그곳에서 살아가는 이들의 삶을 보려고 하지 않는다. 그러한

군사 독재자들의 눈에는 보이지 않는 사람들의 삶을 사자의 눈을 통해 이의제기하는 것이다. 즉, 오키나와 전투 체험에 기반하여 미점령 구조로부터 사자의 눈과 침묵의 언어화를 사상적 핵으로 삼았다는 데에 도모리가 간파한 가와미쓰의 '수치와 분노'의 핵심이 자리하고 있는 것이다.

뿌리, 섬, 비국가적 공생

가와미쓰 신이치의 대표적 글 가운데 하나인 「민중론民衆論」(『중앙공론』, 1972.6)의 핵심은 '공생共生·공사共死'이다. 즉, 생과 사를 함께 한다는 사상 속에 살아있지만 '사망자 명부'에 주소가 올라가 있는 것이나 마찬가지라는 주장을 담고 있다. 역사인식이 현실의 자기인식과 겹쳐진 곳에서 사자들의 눈을 통해 '공생'과 '공사'가 중첩된다. 「민중론」에서 반복해서 말하는 '과거 즉 현재', '개인 즉 전체'라는 의미는, 미야코 섬의 미크로 공동체 역사인식이 서구의 개인주의 비판을 통해 정위定位되고, 나아가 아시아적 공생으로 자리바꿈한 것이라 할 수 있다. 이 합일도 비약도 아닌 아슬아슬한 논리는 파시즘 대중심리로 경도될 우려를 안고 있던 탓에 평가가 양분되었고, 강한 거부감을 낳기도 했다.

그런데 이 삶과 죽음을, 개인과 전체를, 과거와 현재를 '공共'으로 수렴해 가는 것에 대한 위험성을 누구보다 잘 알고 있던 이는 다름 아닌 가와미쓰 자신이었다. 그럼에도 뜨거운 불 속으로 스스로를 던져 넣게

한 것은 사자들의 한이 아니었을까. 오키나와 전투에서 집단자결로 내몰린 이들의 죽음을 자신의 것으로 삼는 것은 곧 삶과 죽음이 뒤엉킨 장소로 나아간다는 의미이다. 죽음으로써 살아가고, 살아가는 가운데 죽음으로써 벌거벗겨지는, 무상無償이지만 위험천만한 행위로 근대의 함정을 덮으려 한다. 이 방법은 근원적 패러독스를 누적하는 것이기도 했다. 사람들은 이러한 급진성을 오래 참고 견디지 못했다. 가와미쓰 자신도 그랬다. '민중론'이나 '공동체론' 이후의 행보는 이 뜻하지 않은 합일의 장場을 공중에 뜨게 만들었다. 아니, 그렇다기보다 번역 행위를 통해 재탄생시켰다고 보는 편이 맞을 것이다. 이러한 재탄생은 '이념' 적인 것으로 향해 마침내 '미래의 오키나와 문장'으로 기록될 것이다.

이 번역 행위를 예민하게 포착한 것이 도모리 마사토의 에세이 「수치와 분노」였다. 도모리는 죽은 자와 산 자가 중첩된 이미지는 현실 속 관계에 대해 계속해서 이의를 제기하는 위치에 자리하는 것으로, "이 이의제기를 자신의 내부로 끌어안지 못한 탓에 그가 제기하는 미래의 지표가 이념적인 것으로 나타날 수밖에 없는 것"이라고 말한다. 그리고 현실의 총체가 부정된 탓에 모든 사고가 '이념의 공동성共同性' 을 불러일으킬 가능성이 농후하며, 그것은 "'공생·공사의 지향'으로부터 출발해 미래의 이상적 사회상으로 환원되고 있는 것처럼 보인다" 고 지적했다. 여기서 말하는 '이념적 공동성'이나 '이상적 사회상'은 그로부터 2년 후 제출한 「류큐공화사회헌법」의 바탕이 되었으며, 복귀 후 10년 동안 오키나와 현실을 반영하는 마중물이 되어 주었다.

전쟁 전까지 황민화에 깊이 경도되었지만, 오키나와 전투 당시의 집단자결과 전후 일본복귀운동 등 동화주의로 흘러간 부<ruby>負<rt>후</rt></ruby>의 유산을 척결하고 '오키나와에서 천황제란 무엇인가'라는 문제와 '군<ruby>共<rt>공</rt></ruby>'의 개념으로 생과 사를 바라봄으로써 오키나와의 중층적 역사를 다시 써내려간 「민중론」 등의 글을 담은 것이 『오키나와 뿌리로부터의 물음』이다. 이 안에는 논리의 정합성을 삼켜버린 분노를 '사자의 시선'이라는 궁극까지 몰고가 묻고 있는데, 이는 곧 민중의 '공생'과 '자립'은 무엇인가를 묻는 일이기도 했다. 도모리가 『오키나와 뿌리로부터의 물음』 저자 후기에서 발견한 다음과 같은 글귀는 그러한 사상 투쟁의 흔적이다.

> 사상적 의미로 보자면 '복귀'든 '반복귀'든 상관없어 보인다. 굳이 어느 한쪽을 택하라고 한다면 당연히 근대 이후의 오키나와 지스 계급이 빠져들어간 국가지향, 중앙지향을 거부하고 그 역방향을 지향하며 저항한 '반복귀'의 흐름이 아닐까 한다. 우리들이 손에 넣지 못한 것은 기존의 정치 문법으로 정<ruby>正<rt>정</rt></ruby>과 부<ruby>負<rt>후</rt></ruby>를 대비시켜 '본토'인가 '오키나와'인가를 구분하는 것이 아니라, 류큐처분 과정에서 부의 끝에 봉인된 민중의 기층사상이었다. 그것은 해양도서민의 노동(생활)의 장이 확대되어 가는 데에 따른 의식의 공간적 확대이며, 노동을 매개로 한 비국가적 공생의 지향이다.

첫 번째 평론집 『오키나와 뿌리로부터의 물음』이 간행된 것은 1978년이다. 이 해는 '복귀' 후 6년이 경과한 시점으로, 가와기쓰 신이치가 자신의 사상적 향방을 돌아보고, 이를 통해 근원적 장스를 다시 확인하는 시기이기도 했다. 무엇보다 '민중의 기층사상'과 타다로 열린 해

양도서 민중의 의식공간에 펼쳐진 '비국가적 공생'의 상상력이 구체적인 형태로 발현한 시기라는 점에서 의미깊다.

　이 바다를 월경하는 노동을 매개로 의식이라는 들판에 자리한 섬과 민중상은 '복귀'라는 이름으로 행해진 국가병합 이후 가와미쓰로 하여금 뿌리를 묻는 사유로 점점 더 파고 들어가게 했다. 저자 후기에는 "차별론인가 격차론인가를 둘러싼 논쟁을 불러일으키고, 국가의 중핵을 향한 본토 지향의 얼굴과 국가와 관련이 없는, 국경 따위는 의식하지 않는, 남방으로, 동중국해로, 혹은 북방으로, 단순히 노동ㆍ생활의 장을 확대해 간 얼굴이 있다"라는 글귀도 보인다. 이는 가와미쓰 자신에게도 해당되는 말이며, 오키나와 안에 두 개의 얼굴^{지향성}이 있음을 지적하며, 자신이 도달한 장은 국가와 국경과는 관련이 없는, 복수성을 살아가는 민중의 공생사상이었음을 명시하고 있다. 여기에는 '차별론'이나 '격차론'이 국가가 덧씌운 올가미에 빠지기를 거부하고, 마침내 '비국가적 공생 지향'이 '자립'을 잉태하게 될 것을 예감하고 있다. 그 이론이 바로 「류큐공화사회헌법」이라는 것은 말할 필요도 없다. '공화국'이 아닌 '공화사회'라는 카드를 꺼내리라는 것을 이미 예감하고 있었다는 의미이다. 그런데 가와미쓰가 펼쳐보이려던 '비국가적 공생 지향'은 자신이 깊게 경도되었던 불교사상의 영향으로 인해 어둡고 음울하며, 굴절되거나 우회하는 경향으로 나타나게 된다. 1980년에 발표하고, 두 번째 평론집의 타이틀로도 내세운 「오키나와 자립과 공생의 사상」『신오키나와문학』 제44호, 1980.3의 의미는, '민중론'이나 '공동체론' 내부의 불분명한 어둠을 끌어안으면서도 구심력으로 환기된 아시아적 공생을 지향한 데에서 찾을 수 있을 것이다. 말하자면 불교의 이치를 통해 아시아적 공생 지향의 윤곽을 분명히 하려는 시도이자, 1970년대에서 1980년대로 이어지는 가교를 놓았던 가와미쓰 신이치의 궤적인 동시에 기적인 것이다.

어머니의 목소리, 구전설화, 원점의 윤리

「오키나와 자립과 공생의 사상」은 1979년 8월, 오키나와 경제자립연구회의 썸머스쿨에서 발표한 내용을 정리한 글이다. 가와미쓰는 이 글 첫머리에서 어린 시절 어머니가 들려주시던 「당나라를 향해 있는 묘지를 지나며토웅카이 바카노 스눈즈[唐向いの墓の下道]」[2]라는 구전설화ユシグァ를 기술하고 있는데, 나는 이 글을 두 가지 이유에서 주목하고자 한다. 하나는, 어머니의 목소리로 들었다는 점이다. 아이가 성인이 되기 위한, 혹은 미크로한 섬 공동체에서 살아가기 위한 인도人道나 인문人文은, 교훈서나 설화 형태로 어머니에서 아이에게로 전해지는 것이 일반적이다. 이때 어머니와 아이를 연결하는 하이픈으로서의 구전설화는 가와미쓰 신이치의 '공생사상'에서 특별한 의미를 갖는 듯하다. 또 다른 하나는, 그 어머니의 목소리로 전해지는 것이 정황情況과의 대치로 상기되고 있는 점이다. "정황의 어둠을 마주할 때 기억의 밑바닥에

---

2   이 구전설화의 제목에서 과거 미야코 섬이 중국을 섬겼음을 엿볼 수 있다.

서 끓어오르는 것", "현실의 괴물 같은 모습을 직시할 때, 문득 선명하게 부상해 오는 것"이라는 표현에서 가와미쓰사상의 윤리성을 엿볼 수 있다.

"당나라를 향해 있는 묘지를 지나 미누즈마美濃島村에 가까워지면 이제 돌이킬 수 없습니다"라는 인상적인 문구로 시작하는 이 구전설화는, 미누즈마에 가면 소 같기도 하고 인간 같기도 한 흉측한 얼굴을 한 괴물이 살고 있는데, 그 괴물이 다가오는 기척이 나더라도 절대 돌아봐서는 안 되며, 길 한가운데로 뛰어나오는 새끼 고양이와도 눈을 마주치거나 목소리를 내서는 안 된다고 경고한다. 그 흉측한 얼굴을 보면 영혼이 빠져나가 두 번 다시 돌아오지 못하게 되고, 눈을 마주치거나 목소리를 내면 새끼 고양이가 거대한 고양이로 변신해 보름달처럼 빛나는 큰 눈을 하고서 정기를 빼앗아 버린다고 한다. 그리고 이리저리 날뛰는 인마人馬의 아비규환과 온 마을이 불타 사라지는 소리, 새끼 고양이와 노인이 살해당해 울부짖는 소리가 들려와도 절대 흔들려서는 안 되는데, 그 까닭은 죽임당한 사람들의 영혼이 들러붙어 말라버린 우물 안으로 밀어버리기 때문이다. 괴물의 꾐이나 재앙에 시선을 두거나 말을 섞거나 유혹에 흔들리지 않기 위해서는 "마을의 우타키御嶽:조상신을 모시는 성스러운 장소에 있는 비단야자 꼭대기에 시선을 맞추고, 말은 배꼽 안쪽으로 삼키며, 발을 땅에 단단히 딛고 앞을 향해 걸어나가야 한다"고 말한다. 왜냐하면 비단야자 꼭대기는 신들이 저세상에서 이세상으로 내려오는 통로이며 배꼽은 우리 몸에서 흔들리지 않는 중심이기 때문이다.

가와미쓰는 '해서는 안 된다'는 금기로 가득한 구전설화를 "내 행위를 통제하는 원점으로서의 윤리 통신"이라는 개념으로 새롭게 해석한다. 이 "원점으로서의 윤리 통신"은 가와미쓰의 '자립과 공생의 사상'의 윤곽선을 선명하게 하지만 더 중요한 것은, "끊임없는 저항을 통해 자립을 이루고, 궁극적으로는 국가를 폐절하는 쪽으로 묵묵히 걸어나갈 수밖에 없습니다"라는 발언에서 알 수 있듯이, 그것이 '국가 폐절'로 귀결되고 있다는 사실이다. 소나 사람의 얼굴을 한 괴물로 화하거나, 보름달처럼 커다랗고 빛나는 눈으로 변신한 거대한 고양이는 다름 아닌 미크로 공동체가 소외시킨 공동환상이라는 것은 상상하기 어렵지 않을 것이다. 오키나와 섬 전체가 일본을 '부모'나 '조국'에 빗대어 만들어낸 공동환상에 빠져 있음을 보름달처럼 커다란 눈을 한 괴물에 비유하고 있는 것이다. 가와미쓰가 구전설화에서 찾아낸 "원점으로서의 윤리 통신"은, 세계를 뒤덮은 괴생명체 리바이어던Leviathan과 극동의 소외태疎外態와의 끝없는 투쟁을 앞당기는 것이기도 했다.

이레이 다카시는 오키나와 전투 말기 이제나 섬伊是名島에서 나파ナーファー : 나하인[那覇人]와 우시마우ーシマー : 아마미인[奄美人], 이 두 '이인異人'을 스파이로 몰아 일본군 병사와 함께 살해한 실제 사건을 언급하며 가와미쓰의 논리를 반박해 보였다.「우주에 도달한 동화사상 — 가와미쓰 신이치 시론」,『신오키나와문학』제71호, 1987 그런데 이것은 오히려 "환상으로조차 국가를 그리지 않게 된" 가와미쓰의 철저한 '비국가적 공생 지향'을 선명히 드러내 준 셈이 되었다. 그렇게 1980년대를 연결하고자 한 '자립과 공생의 사상'은 먼 원점으로 돌아가 버렸다.

바다의 문체와 환상還相과 암우暗愚

「오키나와 자립과 공생의 사상」은 가와미쓰 신이치의 사상을 하나로 꿰뚫어 볼 수 있는 문제작이다. 가와미쓰사상을 깊이 있게 이해하기 위해서는 앞서의 구전설화와 함께 그가 나고자란 미야코 섬 체험을 언급할 필요가 있다. 오키나와에서는 성인이 되는 관문의 하나로 몰이잡이追い込み漁 : 어부들이 물고기를 좁은 장소로 몰아넣어 한꺼번에 잡는 어업 방식라는 통과의례를 거쳐야 했는데, 그 경험이 가와미쓰사상의 결절점이 된 듯하다. 같은 미야코 섬 출신으로 띠동갑 후배인 신조 다케카즈新城兵一와 나눈 왕복서한 「거위는 이미 사라졌다鵞鳥はもう消えた」「정황83 원점에서 묻다」, 『오키나와타임스』, 1983.2.1~5라는 글에서 그 일면을 엿볼 수 있다. 이 글은 내부로 침잠하는, 오키나와 상황에서 느끼는 괴리감과 박탈감, 대화 불가능성을 탄식하는 신조의 글「생존의 기저를 향한 응시生存の基底への凝視」에 대한 가와미쓰의 응답으로, 어둡고 격렬하게 소용돌이치던 그간의 가와미쓰 문체와 달리 경쾌한 필치가 인상적이다.

그 내용은 다음과 같다. 히사마쓰久松집락 앞에 펼쳐진 요나하만与那覇湾은 황금어장으로 썰물 때가 되면 몰이잡이를 한다. 썰물 때는 해초가 찢겨나갈 정도로 조류가 빠르다. 그 조류를 타고 소년들은 성인이 되는 의식, 즉 몰이잡이 첫 도전에 나선다. 어장인 만 안쪽 중앙 해류까지 통나무배를 타고 경주를 벌인다. 경주에서 진 사람은 알몸으로 급류 속에 내던져지는데, 첫 도전인 만큼 소년들의 패배는 예정된 셈. 여기서부터 소년들의 진짜 시험이 시작된다. 대부분의 소년들은 배를 쫓

아가려고 바다와 사투를 벌이기 마련인데, 그럴수록 몸은 점점 먼바다로 흘러갈 뿐이다. 가와미쓰와 함께 바다로 내던져진 S 군은 조류를 거슬러 앞으로 나가려 기를 써보지만 이내 팔다리에 힘이 빠져 도움을 요청하기에 이른다. 반면, 소년 가와미쓰는 조류를 거슬러 갈 수 없음을 깨닫고 물살이 흐르는대로 몸을 맡긴다. 그러자 어느덧 곳에 도달했고, 가와미쓰는 이때의 경험을 매우 특별하게 간직했다. 또한, 그는 「일본과 중국의 협곡에서日本と中国の谷間で」(『신오키나와문학』제21호, 1971)라는 글에서 이 경험을 국경과 연결시켜 소개하기도 했다.

가와미쓰는 신조 다케카즈를 조류를 거스르려 애쓰는 S 소년에 비유하며 내면을 무겁게 하는 시라든가 사상 따위는 그냥 웃어 넘겨버리라고 조언한다. 주의를 요하는 것은, 신조의 내향적 반反시대성을 단순히 끊어내려는 것이 아니라, 신조와 예전의 자신을 겹쳐보고 있다는 점이다. 지금까지의 가와미쓰 신이치가 사라지고 새로운 가와미쓰 신이치가 탄생했다고 할까.

그렇다면 조수의 흐름과 바람과 바다를 신체화한 이제 막 소년에서 성인이 된 가와미쓰는 훗날 이 경험을 어떻게 기억하고 있을까?

그는 이런 말로 답했다. "조류를 타듯 시류에 편승하라는 의미가 아닙니다. 그런 요령이라도 있었으면 우리 둘 다 지금처럼 변변찮은 인생을 살고 있진 않았겠지요"라는 자조 섞인 말과 함께, 시와 사상을 홀로 떠안는 것은 방법상의 문제일 뿐, "몸은 조류에 떠밀려 흘러가더라도 마음만은 동양의 성현들, 석가, 노자, 장자가 열었던 세계를 향해 나아가고 싶습니다. 때로는 바람에 살랑이는 나뭇가지가 되기도 하고,

또 때로는 햇빛에 출렁이는 파도가 되기도 하면서 말이죠. 그렇게 순간순간 경이로움을 느끼며 살아간다면 암우의 윤회도 조금은 즐길 수 있는 여유가 생기지 않을까요"라고.

여기에는 모종의 기연機緣이 작동하고 있는 듯하다. '왕상往相'과 '환상還相'이라는 대비를 이루는 개념이 그것으로, 가와미쓰가 터득한 것도 이렇듯 조수의 흐름을 거스르지 않고 바람과 바다의 흐름을 신체화하는 것이었다. 이른바 '환상 회향廻向'이라는 방법론으로, 조류를 거슬러 무겁게 가라앉는 것이 아닌, "바람에 살랑이는 나뭇가지가 되기도 하고, 또 때로는 햇빛에 출렁이는 파도가 되기도 하면서" "암우의 윤회도 조금은 즐길 수 있는 여유"를 갖는 것이다. 그것은 달리 말하면, 주권을 둘러싼 제로섬 게임의 끝이자 시작인 국가를 자발적으로 방기하는 것이며, '자비의 내해'를 원리로 한 「류큐공화사회헌법」의 해체 및 구축을 위한 '한방漢方'의 힘이기도 하다. 성인이 되는 통과의례를 통해 체득한 바다의 문체에 어머니가 들려주신 구전설화를 겹쳐보면, 가와미쓰 신이치의 사상의 원점이 무엇인지, 그리고 그것이 어떻게 '자립과 공생의 사상'으로 이어지는지 확인할 수 있을 것이다.

꿈꾸는 힘, 유토피아의 부활

지금까지 '자립과 공생의 사상'이니 '자립의 사상'이니 라는 용어를 별다른 설명 없이 언급해 왔는데, 이들 용어가 갖는 정치성을 지적한 이는 다름 아닌 가와미쓰 자신이었다. 가와미쓰는 '정치'니 '경제'니 '지역'이니 하는 단어를 붙여서 마치 무언가에 도움이 되는 듯한 뉘앙스를 풍기는 일체의 사상 행위를 거절한다고 잘라 말한다. 즉, 사상 행위 그 자체는 목적을 이유로 종속적인 구속을 강요받기 마련으로, 사상의 표현 영역은 부자유한 정황에 묶인 채 아무것도 못하는 상태가 되어 버린다고 지적한다. 그렇기 때문에 사상 행위 그 자체를 '자립'시켜야 하며, 나아가 "자신을 위한 사상이 아닌, 사상 그 자체의 자립"이라는 말로 정의하고, '자립-의-사상'을 '사상-의-자립'으로 재편성해야 한다고. '주체성'이라는 개념 역시 '국민'이나 '당'이나 '민족'의 '주체성'이라는 개념에 매몰된 위계를 전도시켜 '주체'를 구출하지 않으면 안된다고 말한다.

가와미쓰는 여기에서 모든 종속관계를 거부하며 '사상'과 '주체성'이 스스로 일어나 나아갈 근거를 제시한다. 즉, '사상의 자립'이 필연적으로 정황에 대한 저항의 거점이 되는 것처럼, '○○의 자립'이라는 개념은 체제의 모순을 바로잡기 위한 것이 아니며, 그 자립을 지향하는 행위 자체가 체제에 대한 근원적인 저항이라는 것이다. 따라서 '자립'은 곧 '저항'이라는 공식을 세운다. 이는 '과도기적'이라는 이름으로 정당화되는 것을 배격하고, 소비에트를 중심으로 한 사회주의 정치 단체가 '주체성'이라는 이름으로 자행하는 국가주의적 폭력 일체를 해제하는 것이다. 이와 같은 철저한 비국가·비국민사상은 "자립이란 개체의 내부에 국가를 만들지 않고 개체의 외부에 국가를 가지지 않는다"라는 말 속에 잘 녹아 있다. 이 불가능성을 띤 '궁극적인 자립'은 가와미쓰사상의 외연을 넓혀 준 인도의 불교사상과 이것이 바탕이 된 아시아적 앎을 통해 그 깊이를 더해 간다.

폭넓은 확장세를 가진 불교사상은, 가와미쓰를 비롯한 섬 사람들을 당혹시키기에 충분했다. 그리고 국가를 향한 욕망의 싹을 잘라내는 '원점으로서의 윤리 통신'은 '우주적 생리를 향한 동화'와 '관용과 자비'에 근거한 무산無産, 무경無境의 유토피아사상에 안착한다. 자신의 실천과 사상을 돌아보며, "나는 1950~1960년대 계급투쟁의 흐름을 지식 주도형, 교육 주도형으로, 1960~1970년대를 정념 주도형과 정념의 반란 소동형으로, 그리고 1970년대 후반을 정념 개혁으로 나누어 인식하고자 했다"고 말한다. 가와미쓰의 관심은 '정념의 개혁'으로 좁혀진다. 단절과 비약이 심하지만, '정념의 반란'에서 '정념의 개혁'으로 넘어가는 단계를 빌헬름 라이히Wilhelm Reich의 인식론『파시즘의 대중심리』에서 찾고자 한 것으로 보인다. 가와미쓰의 관심은 라이히의 한계를 넘어 '정념의 개혁'의 지평을 '계급 투쟁이론'의 흐름 속에서 새롭게 여는 데에 있었다. 또한, 공상적 사회주의, 불교가 분방한 상상으로 그려 낸 정토나 불국토仏国土 등 무계급사회라는 이상적 '유토피아'를 부활시켜 간다.

현실사회의 추악함과 비이념성을 우리가 생생하게 받아들여 인식하기 위해서는 인간의 꿈꾸는 능력, 그 장대한 공상 능력을 다양한 기회로 확대해야 합니다. 이로써 출중한 상상을 집약하여 20세기 말 현 단계의 '이상사회', 이념적 기준이 되는 '유토피아'의 이미지를 만들어내야 한다고 생각합니다. 이념으로서의 '유토피아'가 제대로 발현되어 유토피아에 사는 인간의 존재 방식이 안착된다면, 계급투쟁을 살아가는 이들은 먼 미래에서 보낸 '이념의 사도'처럼, 진흙탕에 빠진 순백의 백조처럼 아직 눈뜨지 못한 사람들을 매료하는 존재가 되리라고 생각합니다.

이 공상의 나라로 이끄는 터무니없는 상상력 앞에서 주춤하게 된다. 그러나 곧 다음과 같은 사실을 깨닫게 된다. 즉, 공상적 사회주의를 과학적 사회주의나 유물사관을 통해 비판적으로 전도시킨 19세기적 사고를 다시 전도시키는 이중의 전도를 말한다는 사실이다. 전도를 전도시킴으로써 얻을 수 있는 것이 '꿈꾸는 능력'이자 '유토피아'라면 이 얼마나 역설적인 행위인가. '이념의 사도'라는 것 또한 얼마나 파르타이[Partei : 정당, 당파, 결사] 적인가. 가와미쓰는 '유토피아'나 '이념의 사도'가 우리가 만들어야 할 '이상'은 아니라고 말한다. 나아가, "현재 상태를 폐기하려는 현실적 운동"[마르크스,『독일 이데올로기』]이라는 말도 공동체[코뮌]를 정의한다.

가와미쓰 신이치의 '유토피아'를 가와미쓰 신이치의 '비국가적 공생의 지향'을 통해 거스를 수 있을까? 이 질문에 대한 답은 '민중론'이나 '공동체론' 등에서 여러 번 언급된 바 있는 마르크스의 "인간의 본질을 사회적 관계의 총체"라는 정의에서 찾을 수 있을 듯하다. 요컨대, '유토피아'나 '이념의 사도'를 '현실을 지양하는 운동'과 '사회적 관계의 총체' 속에서 새롭게 만나게 하는 것. 더 나아가 '계급투쟁이론'의 흐름에서 출발하는 것 말이다.

'환상 회향'이라는 말을 여기에서 다시 만나게 될 것이다. '환상 회향'이야말로 가와미쓰의 '유토피아'를 가와미쓰의 '비국가적 공생의 지향'을 통해 거스를 수 있게 하는 잠재력이기 때문이다. '왕상 회향'이 "자신의 선행善行 공덕을 다른 이에게 돌려 그 공덕으로 정토에서 왕생하는 것"이라면, '환상 회향'은 "정토에 왕생하는 이가 다시금 이 세상에 태어나 중생을 구제하기 위해 교화하는 것"이라고 정의할 수 있다.

가와미쓰는 이 '환상 회향'을, 요시모토 다카아키吉本隆明가 『최후의 신란最後の親鸞』에서 언급한 "지知의 정상에 도달하고자 하나 '비지非知'에 한없이 가까워지는 환상의 '지'"와 연결시키기도 한다. 바꿔 말하면, '유토피아'는 '환상'과 '비지'를 통해서만 부활한다는 것이다.

가와미쓰는, 1980년대에는 다양한 이상, 이념, 공상 세계가 인간성의 회복을 위한 이미지로 구현되어야 하며, 과학적 사회주의가 회피해온 낙관적, 공상적 사회주의를 그리려는 노력을 하지 않으면 안 된다고 말한다. "낙관적, 공상적 사회주의를 그리려는 노력"은 이듬해에 「류큐공화사회헌법」이라는 열매로 결실을 맺게 된다.

복귀와 그 이후

왜 「류큐공화사회헌법」을 구상해야 했는지, 왜 '국가'가 아닌 '사회'였는지에 대해 좀 더 파고들어갈 필요가 있다. 이 헌법 초안을 쓴 1981

년이라는 시기는 '복귀'라는 이름으로 오키나와가 일본으로 병합된 지 곧 10년이 되는 해였다. '복귀' 후의 오키나와 사회는 크게 변모했는데 그 구체적인 양상은 '현민 의식조사'에서 확인할 수 있다. 그 가운데 '복귀', '자위대', '천황·황실' 등의 질문은 오키나와 사회를 파악하는 데에 중요한 참조점이 된다.

'복귀'를 앞둔 1970·1971년에 『류큐신보』가 실시한 설문조사에서 다음과 같은 유의미한 결과가 도출되었다. "복귀에 불안감을 느끼나?"라는 질문에 대해 '그렇다'고 응답한 비율1970년 56%, 1971년 65%이 '그렇지 않다'고 응답한 비율1971년 16%을 크게 상회했다. 또한, NHK가 실시한 1973년에서 1977년까지의 의식조사에서도 '그렇다'는 응답이 약 4%, '그렇지 않다'가 약 5%로 부정적인 평가가 조금 더 높게 나타났다. 긍정적 평가가 부정적 평가를 상회하는 것은 '복귀' 13년째가 되는 1982년이었다. 이것은 오키나와 사회가 변화하고 있음을 나타내는 지표이기도 했다. 정당이나 노조 등을 포함한 많은 조직과 단체는 10년에 걸쳐 야마토본토로 흡수되거나 계열화되었다. 이는 오키나와가 형성한 고유의 전투력과 문화 창출력을 깎아내리는 행위로, '복귀'에 대한 평가에도 적지 않은 영향을 미쳤을 것이다.

전후 오키나와 대중운동의 모체인 복귀協復帰協 : 오키나와현조국복귀협의회이 제대로 움직여 보지 못한 채 해산된 때가 1977년이다. '복귀'를 전후로 격동기에 끈질긴 투쟁을 통해 기지의 내부에서 기지 그 자체를 흔들어 놓음으로써 복귀운동에 집약된 오키나와 저항의 질을 바꾼 '전군노全軍労 : 전오키나와노동조합연합회'가 '전주노全駐労 : 전주둔군노동조합'와 조직을 통합한 것은 1978년 9월이다. 7월에는 "사람은 오른쪽 길, 차는 왼쪽 길"이라는 캠페인을 벌이며 교통 규칙도 본토식으로 바꿨다. 이를 '류큐처분'에 빗대어 '교통처분'이라고 통탄하거나, 계열화하지 않는 곳은 오리온 맥주와 교쿠류카이旭琉会: 오키나와현에 본부를 둔 지정폭력단뿐이라고 자조하듯 말하던 시기이다.

'복귀' 후, 오키나와 사회와 경제를 급격하게 바꾼 것은 오키나와 해양박람회 개최와 석유기지 건설이었다. 본토 기업의 토지 사재기와 대규모 개발 등으로 바다는 매립되고 산은 깎여나갔다. 개발주의는 인심에도 영향을 미쳤다. '오키나와 붕괴 위기'의 목소리가 여기저기서 터져 나오기 시작했다. 가와미쓰가 「토착 전위의 재생을 묻다土着前衛の再生を問う」『중앙공론』 9월 특대호라는 글에서 본토화를 전제로 한 국가병합이 오키나와에 어떤 결과를 초래할지 경종을 울린 것은 '복귀' 직전인 1971년이다. 그는 전후 오키나와의 고유한 정치 풍토 속에서 형성된 토착 전위 정당의 전투력 상실을 밝혀내고 해체적 재생을 급진적인 방식으로 물었다. 오카모토 게이토쿠가 「'붕괴'의 근저에 있는 것崩壊の根底にあるもの」『신오키나와문학』 제26호을 썼을 때가 1974년으로, '바다, 그 바람직한 미래海, その望ましい未来'라는 표어를 내건 해양박람회 개최를 1년 앞둔 시점이었다. 오키나와 전체가 혼란에 휩싸인 시기로, 밖으로 보이는 풍경만 바뀌는 것이 아니라, 문화의 뿌리에도 깊은 상처를 입게 되리라는 위기의식이 팽배했다. 다른 한편으로는, 오키나와 진흥개발이라는 국가 단위의 프로젝트가 붕괴의 정도를 가늠하기 어려울 만큼 어마어마한 힘으로 오키나와 사회를 뒤덮은 10년이었다. '복귀' 10

년 후의 변화는 '복귀' 즈음의 의식조사 수치를 크게 바꿔놓았다.

1981년, 『신오키나와문학』은 「류큐공화국으로 이어지는 가교」라는 제목으로 '복귀' 후 10년간의 오키나와 사회를 진단하는 특집호를 마련한다. 아라카와 아키라에 이어 편집장을 맡게 된 가와미쓰의 첫 기획이기도 하다. 훗날 가와미쓰는 "복귀로부터 10년이 지나 슬슬 복귀에 대한 강한 반성, 절망감이 보이기 시작한 때였다. 오키나와의 진정한 자립이란 무엇인가를 묻기에 가장 적절한 시기였다"「신오키나와문학을 총괄한다」라는 제목의 특집호(『신오키나와문학』 제95호, 1993.5)고 회상했다. 물론 가와미쓰의 문제의식이 편집위원 전체를 아우르는 것은 아니었다. 『신오키나와문학』에서 이런 주제를 다룬다고 했을 때, 편집위원들 중에는 "진지하지 않은, 지적 패러디 같은 것이라면 모를까"라는 의견을 낸 이도 있었는데, 이에 대해 가와미쓰는 "그렇지 않다. 패러디 같은 상황이지만, 사상적으로는 진심이다"라고 항변했다고 한다. '민중론'이나 '공동체론'에 대한 가와미쓰의 문제의식은 물론 당시 오키나와의 분위기를 엿볼 수 있는 장면이다.

그렇다면 가와미쓰의 '진심'은 통했을까? 우려와 달리 특집호는 커다란 반향을 일으켰고, 가장 인상에 남는 특집호로 꼽혔다. 위기의 심층을 정확히 건드렸기 때문이리라.

특집호를 꾸리게 된 경위를 가와미쓰는 여러 차례 글이나 강연을 통해 발언한 바 있다. 그 가운데 몇 가지를 소개하면, "반환 이후 설문조사를 하니 '복귀해서 좋았다'라는 응답이 과반수를 넘었습니다. 「류큐공화사회헌법」 같은 걸 만들어서 "이제 일본이라는 나라 따위는 필요없다"고 위세 좋게 말할 수 있는 상황이 전혀 아니었던 것이죠. 그런데 그렇게 말하는 것만이 앞으로 나아갈 수 있는 길이라고 생각했습니다. 관념적이라고 해도 어쩔 수 없어요."〈오키나와-일본을 잇는 심포지엄〉 파트 1 오키나와, 1997.11.23 / "「류큐공화국헌법F사(시)론」이나 「이질문화론」을 기반으로 한 독립론과의 차이를 확실히 하는 것과 같이 '일본국가의 특수성·일그러짐과 근대 국가의 한계'를 넘는 것부터 목표로 해야 하므로 '일본 vs. 오키나와의 도식으로는 처리할 수 없는 문제'를 안고 있다."〈오키나와-일본을 잇는 심포지엄〉 파트 2 도쿄, 1997.11.27 / "헌법개정 문제가 거론되던 와중에 자위대의 군사화 승격을 둘러싼 헌법 9조의 향방이 심상치 않아 위기감이 고조되었습니다. 그래서 일본이 전후 이념을 포기한다면, 지금이라도 단념하는 편이 낫다고, 전후 이념은 오키나와가 앞장서서 발전시켜 가겠노라고, 분노하는 마음으로 쓴 것입니다."『오키나와타임스』2008.4~5, 문화면에 연재한 사토 마사루(佐藤優)와의 왕복서한 「오키나와를 둘러싼 대화」에서

또한, 가와미쓰는 히야네 가오루比屋根薫와의 대담에서, 국정 참가 거부 투쟁을 계기로 '국가란 무엇인가'라는 과제와 계속해서 씨름해야 했으며, '복귀'가 실현되어 '복귀해서 좋았다'는 의견이 다수를 점했고, '복귀 반대'를 주장하는 이들을 세상물정 모르는 사람들로 몰아갔다고 주장했다. 그리고 '헌법안'은 패배 끝에 내몰린 이들의 마지막 카드라며 비판의 목소리를 높이기도 했다.『오키나와발-복귀운동 40년(沖縄発-復帰運動から40年)』, 情況新書, 2009(한국어판은 이지원 역, 『오키나와에서 말한다』, 이담북스, 2014)

동으로 서로, 남으로 북으로

가와미쓰 신이치가 편집장을 맡게 되면서 가장 먼저 꾸린 이 특집 기획은 가와미쓰이기에 가능한 일이었다. 특집호의 취지는, "일본국과의 결별을 고하고 이념의 '류큐공화사회' 건설을 지향하는 것은 절망을 희망으로 바꾸기 위한 불가피한 시도였다. 다만 이것을 시행하는 데 있어 최대의 장벽은 일본국가 권력과 오키나와 내부의 무기력함이다"라는 문구에 잘 피력되어 있다. "일본국가 권력"과 함께 장벽으로 지적한 "오키나와 내부의 무기력함" 안에는 "진지하지 않은, 지적 패러디 같은 것이라면 모를까"라며 조소 섞인 말을 아무렇지 않게 건네는 편집위원에 대한 불편한 심기도 포함되어 있었을 것이다.

「류큐공화국으로 이어지는 가교」라는 제목으로 특집을 기획한 배경이나 취지에 대한 설명은 이 정도로 하고, 지금부터는 한 국제심포지엄에서 「'류큐공화사회헌법 초안'의 사상」이라는 제목으로 발표한 내용에 주목해 보고자 한다.발표문은 『점령과 문학』, 오리진(オリジン)출판센터, 1993에 수록되었다 여기서 가와미쓰는 복귀운동이 반미 내셔널리즘으로 흘러가는 것을 비판하며 쓴 「오키나와 '비국민'의 사상」1971에 기대어 논의를 전개한다.

그 내용을 요약하면 다음과 같다. 첫째, 1950년대 토지 투쟁을 거쳐 생성된 에너지는 1960년대에 이르러 조국복귀운동으로 집약되어 나타났는데, 그 과정에서 '국가'란 무엇인가를 제대로 사유하지 않은 채 일본을 '모국'이나 '조국'이라고 칭하며 심정적으로 접근하는 것은 위험하다고 지적했다. 그리고 그로 인해 1960년대 후반에는『류대문학』동인들 간의 의견 대립이 불거지게 되었다고 말한다. 둘째, 복귀운동을 본격적으로 비판하기 위해서는 복귀하고자 하는 일본이란 무엇인가를 국가론적 관점에서 사유하지 않으면 안 된다고 강조했다. 천황을 중심으로 한 종교국가적 측면이 강한 일본 역사의 특수성을 문제시했다. 셋째, 그러한 단일민족·단일국가를 표방해 온 일본 입장에서 볼 때, 류큐사람, 민족란 대체 무엇인가라는 의문이 들지 않을 수 없다는 점을 지적했다. 그도 그럴것이 일본인에게 오키나와라는 존재는, 메이지기 류큐처분 당시 오키나와 섬 북위는 일본 영토로, 미야코, 야에야마는 청나라의 영토로 분할되었고, 패전 후에는 샌프란시스코 강화조약으로 미군 점령하에 놓이게 되면서 또다시 분리되었기 때문이다. 넷째, 그러한 국가 지배의 도구로 전락한 오키나와로부터 국가 이데올로기를 초극해 가기 위해 불거진 '오키나와 이족론異族論'이나 '반反국가론'이 또 다른 국가를 만들어버리는 결과가 된다면 근대민족국가주의의 틀을 벗어나지 못하게 된다는 사실을 문제시해야 한다고 주장한다.

  '국가론'을 가지지 못한 '복귀운동'의 문제점과 그 초극을 모색한 「오키나와 '비국민'의 사상」은 '오키나와 이족론'이나 '반국가론'에 대한 가와미쓰 나름의 응전 방식이라고 할 수 있을 것이다. 이러한 사유에 다다른 데에는 패전 후 대만과 요나구니与那国[3] 사이에서 경험한 비

3   일본 최서단 섬. 대만으로부터 불과 110km 떨어진 곳에 위치한 탓에 대만과 경제·문화적으로 관련이 깊으며, 센카쿠 제도(중국명 댜오위다오) 영유권 문제로

국가적, 무경계적 교류가 큰 영향을 미쳤을 것으로 보인다.

지금과 같이 일본국가의 근경에 자리매김되고 국경선이 구획되어 버린 것은, 이쪽에서 보자면 한 손을 묶어버린 것이나 마찬가지입니다. 우리들 생활권역은 그로 인해 반원형 안에 갇혀 버렸습니다. 자유롭지 못하며 구속받고 있습니다. 이것은 부당합니다. 그 구속에서 벗어나려면 요컨대 비국민 입장을 취하면 됩니다. 비국민 입장이라면 국경도 무엇도 사라지게 되니까요. 실로 우리들의 발상은 남으로 서로 동으로 자유자재로 넓혀갈 수 있게 됩니다. 그 동서남북으로 확장해 가는 발상을 바탕으로 우리들의 생활권역을 지금부터 창조해 가지 않으면 안 됩니다. 이 비국민사상이 향후 어떻게 발현될지 기대해도 좋을 것입니다.

배타적 주권과 국경이 개입되지 않는 '사회'의 자유토운 조합으로 만들어지는 공동체, 즉 가와미쓰의 '비국민'사상은 국민국가 체제가 뒤덮어온 현대세계의 정치 지도로 보자면 불가능성을 뛴, 아니 오히려 유토피아적 색채를 더욱 농후하게 하는 결과로 이어질 우려도 없지 않다. 다만, 그 '비-국민'의 사상은 오키나와 역사의 더두운 부분에 틈입해 슬픈 노래에 귀 기울이고, 공생共生과 공시共死라는 양검의 칼날을 두려워하지 않고 감수하는 것에서 시작되리라는 믿음을 갖지 않으면 안 된다. 그리고 '사자死者의 시점' 또한 잊어서는 안 된다.

대만, 중국, 일본 간의 영토분쟁이 끊이지 않는 곳이다.

「류큐공화사회헌법 초안'의 사상」 결론 부분에서 거듭해서 확인하고 있는 것처럼, 냉전하 오키나와 기지가 동양 제일의 전략거점이었다는 것, 그로 인해 끊임없이 핵의 표적이 되고 있다는 것, 미일안보조약의 요석이 됨으로써 국가의 시점에서 보자면, 그곳에서 살아가는 주민은 없는 존재처럼 취급한다는 것이다. 즉, 오키나와 주민은 "산 채로 모두 사망자 명부에 기재되어 있다"고 하는 날카로운 인식을 보여주고 있다. "우리들은 요컨대 비국민이 아닌가. 국적도 없는 '사망자 명부'에 기재된 자들이 아닌가. 거기에서부터 사상을 출발시킨다면 우리들은 국가가 만들어내는 그 어떤 이데올로기에도 속아넘어가지 않는 자유로운 사상을 전개할 수 있을 것이다"라며 '사자의 시점'으로 사태를 파악할 필요성을 토로한다. "산 채로 모두 사망자 명부에 기재되어 있다"고 하는 발상과 "국가가 만들어내는 그 어떤 이데올로기에도 속아넘어가지 않는 자유로운 사상"이야말로 「류큐공화사회헌법」의 원리이며 그 실천인 것이다. '사회'를 자유롭게 하는 것을 통해 출현하는 '사이-주체'화된 민중들의 교통은, 경계를 짓는 국가와 주권의 도그마로 일방통행하는 것이 아닌, 동으로 서로, 남으로 북으로 다원적으로 접촉하고 통교할 수 있는 길을 확보해 가는 것이리라.

자비와 비-장, 국가에 저항한다는 것

푸가의 대위법을 연상시키는 기법으로 '우라소에浦添', '슈리首里', '피라미드', '만리장성', '군비', '법', '신', '인간', '애욕', '화학', '식食' 그리고 '국가' 등 권력과 욕망이 팽창하고 물상화로 인한 교만함이 극에 달해 망해 가는 것을 경계하는 격조 높은 전문과 '국가 폐절'^{제1장 제1조}과 '법률을 폐기하기 위한 유일한 법'^{제2조}을 주장한 부분이야말로 「류큐공화사회헌법」 이념이 갖는 탁월함이라고 하겠다. 그리고 제2조에서 7조까지 1장 전반을 지배하는 것은 '자비의 형률'과 '자비의 내해'라는 법이 아닌 법은, '비지非知'에 가깝게 다가가는 환상還想의 '지知'를 통해 출현한 공동성이며, 그것은 말할 것도 없이 '국가에 저항하는 사회'의 완충지대가 되고 있다. 특히, "그렇다, 우리들은 여전히 초토화된 땅 위에 발을 딛고 서 있다"라는 문구는 이 헌법이 오키나와 전투로부터 배태된 '사자의 시점'의 중요성을 자각하는 데에서 출발하고 있음을 일깨워준다. 무엇보다 '비국가적 공생의 지향'을 가장 잘 나타내는 것은 "류큐공화사회의 인민은 정해진 센터 영역 내 거주자에 한정하지 않으며, 이 헌법의 기본이념에 찬동하고 이를 준수할 의지가 있는 자는 인종, 민족, 성별, 국적 여하를 불문하고 그 소재지에서 자격을 인정받을 수 있다"고 규정한 '공화사회 인민의 자격'^{제11조} 부분이다. 아울러 "망명자, 난민 등의 취급"에서 "각국의 정치, 사상 및 둔화영역에 관계된 사람이 망명 허용을 요청할 경우 조건 없이 받아들인다"^{제17조}라는 조항도 마찬가지다. 이른바 국민국가의 주권권력을 정초하는 인종이나 민족, 국적 등을 해체하고, 조건 없이 환대하는 것이야말로 강력한 비국가성의 표출일 터이기 때문이다.

이 헌법은 분명 가와미쓰 자신도 인정하는 것처럼 '유토피아'적이다. 그러나 "그렇다, 우리들은 여전히 초토화된 땅 위에 발을 딛고 서 있다"라는 이 한 구절만으로도 '유토피아'에 이의를 제기하는 '코뮌'

비판이라는 것, "현 상황을 타파하는 현실운동"마르크스으로 돌아감으로써 '현실운동'을 계속해 가리라는 의지의 피력이라는 것을 간파할 수 있다. 「류큐공화사회헌법」의 모체가 되는, 그런 이유로 냉소 받기도 하는 양분된 평가를 낳았던 '자비의 원리'나 '자비의 내해'는, 유소년기에 어머니의 품에서 들었던 구전설화 「당나라를 향해 있는 묘지를 지나며」를 먼 원점으로 삼아 오키나와 전투로 초토화되어 버린 땅을 딛고선 발의 기억으로 이해되어야 할 것이다.

그런 의미에서 유토피아적이라는 비판을 받는 「류큐공화사회헌법」이 실은 "현실사회로부터 격리된 것이 아닌, 현실정치 속에서 몇 가지의 '요소'를 잠복시킴으로써 기왕의 질서를 붕괴시켜 가는 효과를 가진다"「오키나와에 내재하는 동아시아의 전후사」는 쑨거의 지적은 타당하다고 하겠다. 아울러 '유토피아'라는 어원이 그리스어의 토포스특정 장소 및 지역에 부정의 접두어 'ou'를 붙여 "어떠한 존재 이유도 존재 목적도 나아가 어떠한 가치도 갖고 있지 않은 것에서 유래했다는 사실과, 유토피아적 장소가 모든 사회의현실의 모든 정치적, 경제적 관계의 중심에 보이지 않게 놓여 있다고 지적한 장 뤽 낭시Jean-Luc Nancy의 「유토피아의 장場에 / 대신하여」도 좋은 참고가 될 듯하다. 예컨대, "유토피아는 이 세계 안에 '비非−장場'을 열고, 이 '비−장'은 임의의 (주어진) 의미의 부재화의미로부터의 이탈의 상흔 같은 것을 만든다"든가, "무엇이 유토피아의 장에 /대신하여 도래해야 하는가를 물어야 한다는 발상은 중요하다. 이때, 헌법을 구성하는 정치체를 '국가'가 아닌 '사회'로 삼음으로써 '사자적 시점'과 '비국가적 공생'은 '공共'을 서로 나누어 가진다. '비−장' 내지는

'장-외바깥'의 것을 부단히 그리고 동사적動詞的으로 열어가고 있다는 것, 국가라는 '장-외바깥', 다시 말해 국가를 '대신'하는 것이야말로「류큐공화사회헌법」이 가지는 잠재력이다.

무인도, 주권의 리비도, 법외

한 시인의 자유분방한 상상력쯤으로 치부하면 그 뿐이겠지만 그러기에는「류큐공화사회헌법」이 가지는 월경성, 추진력은 상당하다. "국가가 만들어내는 그 어떤 이데올로기에도 속아넘어가지 않는 자유로운 사상"을 좇다 보면 분명 설득당할 것이다.

잡지『정황情況』이 기획한「오키나와 센카쿠尖閣 특집」2012년 1·2월 합병호에 실린「센카쿠 우오쓰리 섬이란?−알바트로스의 낙원은 알바트로스에게 돌려줘야 한다尖閣·魚釣島って?−アホウドリのものはアホウドリに返せ」라는 글에도 가와미쓰가 관철하고자 한 비국가적 민중공생사상이 피력되어 있다. 이 특집에는 아라카와 아키라新川明의「'센카쿠'는 오키나와에 귀속한다」와 마쓰시마 야스카쓰松島泰勝의「센카투 제도는 '일본 고유의 영토'인가」 등도 실렸다.

여기서 가와미쓰는 센카쿠 제도는 오키나와에 귀속해야 한다는 아라카와나 마쓰시마와 다른 견해를 제출한다. 그 뿐만이 아니라, 2013년 5월, '류큐민족독립종합연구학회'의 설립이나 오키나와 독립론의 대두로 전경화된 국가와 독립을 둘러싼 문제가 어디로 향하고 있는지 날카롭게 질문함으로써 우리들을 어려운 시험에 들게 했다.

가와미쓰는 에세이에서 센카쿠 제도를 둘러싼 역사와 일본, 중국, 대만의 관계, 그 사이에서 휘둘려 온 오키나와, 그리고 풍부한 지하자원의 보고라고 조사 결과를 발표한 국제연합아시아극동경제위원회, 그로 인해 영유권이 동아시아의 정치와 외교의 전면으로 부상하게 된 경위를 좇으며 문제점을 지적하고 그 해결책을 제언한다. 그 가운데 눈길을 끄는 것은, 일본 정부의 "영토 문제는 존재하지 않는다"는 주장에 대해 세 가지 측면에서 문제 제기하고 있는 점이다. 첫째, 청일조약을 전후한 계약, 둘째, 실효지배의 근거로 삼은 개척사, 셋째, 오키나와를 미군 점령으로 분리할 당시의 샌프란시스코 조약이 그것이다. 첫 번째로 언급한 '청일조약을 전후한 계약'이란, 앞서 언급한 것처럼 일본과 청나라가 류큐열도를 남과 북으로 양분한 '분도조약分島条約'을 일컫는 것으로, 만약 이 조약이 실현되었다면 센카쿠뿐만 아니라 미야코, 야에야마까지 중국령이 되었을 것이라고 말한다.

가와미쓰는 이 '분도조약'을 들며 미야코 섬 출신인 자신은 어쩌면 중국인으로 살았을지도 모른다는 말을 자주 하곤 했다. 충분히 일어나고도 남았을 이 사태를 '어쩌면'이라는 가정을 통해 국가 문제와 연결함으로써 현재와 미래를 사유하고자 한 점, 영유권을 괄호에 묶어 골방에 처박아둔 당면 현실을 비판하고 자원개발을 재고하며 에너지혁명과 공동개발을 위한 동아시아공동체 창설의 필요성을 주장했다는 점 등은 귀 기울여 들을 만하다. 나아가, 제주도와 류큐제도, 대만을 횡단하는 비무장 완충지대를 구상하며 "전쟁을 통해서만 사태를 해결하려는 반동反動정치상황으로 미루어 볼 때 실현 불가능한 잠꼬대 같은 소리에 지나지 않을지 모른다. 영토권을 둘러싼 전쟁을 피하기 위해 남겨진 방법이 있다면, 카이잘의 것은 카이잘에게 돌려주고, 알바트로스의 낙원은 알바트로스에게 돌려주면 된다. 20억 엔은 섬 자연을 회복하는 데 돌려줘야 한다"라는 말로 끝을 맺고 있다.

"그렇다, 우리들은 여전히 초토화된 땅 위에 발을 딛고 서 있다"라는 문구에는 류큐호 섬들을 자의적으로 분할한 국가에 대한 저항과, 자칫하면 중국인이 되었을지도 모른다는 혼란스러운 현실, 그리고 패전 후 어째서 요나구니 섬과 대만 사이를 자유롭게 오갈 수 있게 된 것인지에 대한 근원적 질문들이 담겨 있다. 이 아무런 조건 없는 증여 내지는 주권의 방기는「류큐공화사회헌법」의 '자비의 나 해' 사상과도 일맥상통한다. 요컨대, 제5장 제50조의 '산업·개발' 조항을 두어 "생태계를 교란하고 자연환경을 파괴한다고 인정되거나 예측되는 여러 종류의 개발을 금지"하며, 제51조 '자연의 섭리에 대한 순응', 제51조 '자연환경의 복원'과 같은 조항의 인간-국민중심주의, 제13조 '부전不戰'이나 제16조 '외교' 조항의 절대평화주의 주창이 그것이다.

그런데 이러한 개별 조항을 들기보다 국가주권을 자발적으로 방기하고자 하는「류큐공화사회헌법」속 '사회'의 급진성에 주목할 필요가 있다. 예컨대, 칼 슈미트는『정치신학』에서 "주권자란 예외상황에 결정을 내리는 자"라고 정의한 바 있는데, 여기서 '예외상황'을 리바이어던Leviathan[4]이 잉태한 파시즘이나 스탈리즘이라는 전체주의의 지고성至高性이라는 말로 정의한다면, 그 지고성에 숨겨진 무시무시한 폭력을 폐기하는 것은 과연 무엇일까를 생각해 봐야 한다. 그것은 '환상 회향'과 '암우의 윤회'라는 무위無爲의 힘이 아닐까 한다.

센카쿠 제도다오위다오의 영유권을 둘러싼 일본, 중국, 대만의 대립은 우리로 하여금 시대를 앞서간 「류큐공화사회헌법」의 실천성을 엿볼 수 있게 한다. 센카쿠 제도의 영유권을 「류큐공화사회헌법」을 통해 질문하는 것, 질문을 통해 도출되는 국가와 주권의 함정에 세심히 주의를 기울이는 것, 그것은 센카쿠 문제에서 바다 괴물로 비유되는 국가로서의 리바이어던, 그 리비도의 근본을 뒤흔드는 것에서부터 시작될 것이다. 어째서 무인도에 국가주권이 그토록 강력한 힘을 발휘하게 되었는지, 그리고 어째서 국가의 이해관계가 얽혀 과도한 관심을 받게 되었는지 말이다. 동중국해를 '고유한 영토'라면서 파문을 일으키고 있는 무인의 섬들은 무인이기 때문에 오히려 국가의 욕망이 노골적으로 투사된다. '무인-섬'은 주권과 국민-인간주의의 욕망을 역설적으로 형상화하는 거울인 셈이다. 리바이어던에게는 주권이 미치지 않는 '무인-섬'이란 존재하지 않는다. 섬은 선점되고 영유되어서는 안 된다. 주권의 리비도는 법의 형태로 표출되며, 네시아nesia는 네이션nation에 의해 능욕당한다. 바로 여기에서 '무주지無主地 선점론'을 앞세운, 영토, 영해, 영공이라는 현대 국가의 노모스무질서를 둘러싼 신화가 탄생하는 것이리라. 「류큐공화사회헌법」이 "법률을 폐기하기 위한 유일한 법"이라면, 그리고 그 자기해체적인 법 테두리 안에서 '사회'의

---

4   국가를 리바이어던(물속에 사는 거대한 괴수)에 비유해 국가주권에 대한 절대복종을 논의한 철학자 홉스의 용어.

비국가적 공생을 분유할 수 있다면, 이 헌법이야말로 세계 속 섬=시원始元의 장이자 '유토피아'일 것이다.

이바異場사상과 「월경헌법」, 다시 '비-장'으로

「류큐공화사회헌법」 전문에는 무자비한 파괴와 살상 끝에 '전쟁 방기'와 '비전, 비군비'를 첫 줄에 내건 헌법을 가지게 되었음에도 일본 국민의 반성은 깊이가 너무도 얕아서 가랑눈처럼 사라져 버렸다고 탄식한다. 그리고 이어지는 글에서 "호전국 일본이여, 호전적인 일본 국민과 권력자들이여, 가고 싶은 길로 멋대로 가시오. 이제 우리는 인류 파멸로 가는 동반자살의 길을 더 이상 함께 가지 않으리"라고 천명한다. 바로 이 천명으로부터 대만2·28, 제주4·3과 같은 국가 테러리즘을 중단하고 제주도, 류큐, 대만으로 이어지는 고도를 자유가 충만한 새로운 공간으로 바꿔갈 것을 제안한다. 이러한 월경의 상상력은 1970년대 초 「민중론」에서 피력한 '공생·공사'사상으로부터 비롯되었다. 이후 「오키나와 자립과 공생의 사상」에서 언급한 '환상 회향'과 '암우의 윤회'의 시각을 1980년대로 끌어와 「류큐공화사회헌법」을 발표했다. 나아가, 세기가 바뀌는 2000년대에는 '이바사상'을 통해 동아시아 「월경헌법」에 이르는 사상적 행보를 보였다.

무릇 헌법이 '국가'의 기본법이라고 한다면, '사회'를 구성한다는 것은 그 출발점부터 자기동일성에 상처를 내는 딜레마를 끌어안는 것을 의미할 것이다. 그런데 이 딜레마가 국가와 국민의 경계를 바꾸고, 흡수하면서 배제되어 온 오키나와의 역사와 경험에서 오는 것이라면, '이異-비場'는 가능성 있는 중심이 될 수 있을 것이다.「류큐공화사회헌법」은 근대를 정초한 노모스를 끊임없이 질문하면서 국가와 주권의 '외바깥'를 열어간다. 이것이 바로 국가를 방기함으로써 도래할 공동체인 것이다.

우리들은 귀 기울여 듣지 않으면 안 된다. "알바트로스의 낙원은 알바트로스에게 돌려줘야 한다"는 목소리를. 그것은 주권권력과 국민인간주의라는 영토에 출입구를 뚫는 일이자, 근대가 낳은 괴물인 리바이어던국민-국가의 한계를 생각하고, 그 한계리미트를 살아가는 것이기도 함을 말이다. 국가주권과 영토를 자발적으로 방기함으로써 만나게 될 공동체는, 말할 필요도 없이「류큐공화사회헌법」이 기초를 만든 '비-장' 혹은 '장-외바깥'이자, 그 어떤 주권적 리비도로도 환원되지 않는 것에 다름 아니다.「류큐공화사회헌법」은 그야말로 국가를 내던지는 것放擲을 통해 도래할 공동체인 것이다.

독립은 발명되어야 한다고 생각한다. 그렇다면 그 공동성은 국민과 국가로 납치되지 않을 것이다.「류큐공화사회헌법」은 오키나와 전후 사상의 가장 끄트머리에서 지금도 계속해서 우리들의 사고에 질문을 던지고 시험한다. 가와미쓰 신이치의 '비국가·비국민'사상은「류큐공화사회헌법」으로 결실을 맺었다. 그리고 그것은 '국가 폐절'로 향하는 영속의 혁명과 '모든 법을 폐기하기 위한 유일한 법'으로 대지를 포획하고, 바다와 하늘까지 포획하려는 노모스를 적나라하게 드러내 보여

줄 것이다. "그렇다, 우리들은 여전히 초토화된 땅 위에 칼을 딛고 서 있다"라는, 국가를 방기해야 비로소 들려오는 목소리. 「류큐공화사회 헌법」은 바로 이 목소리로 류큐호의 '호弧'를 아시아의 역사와 기억을 향해 외치며 현대사의 최전선을 맴돌고 있다.

나카자토 이사오

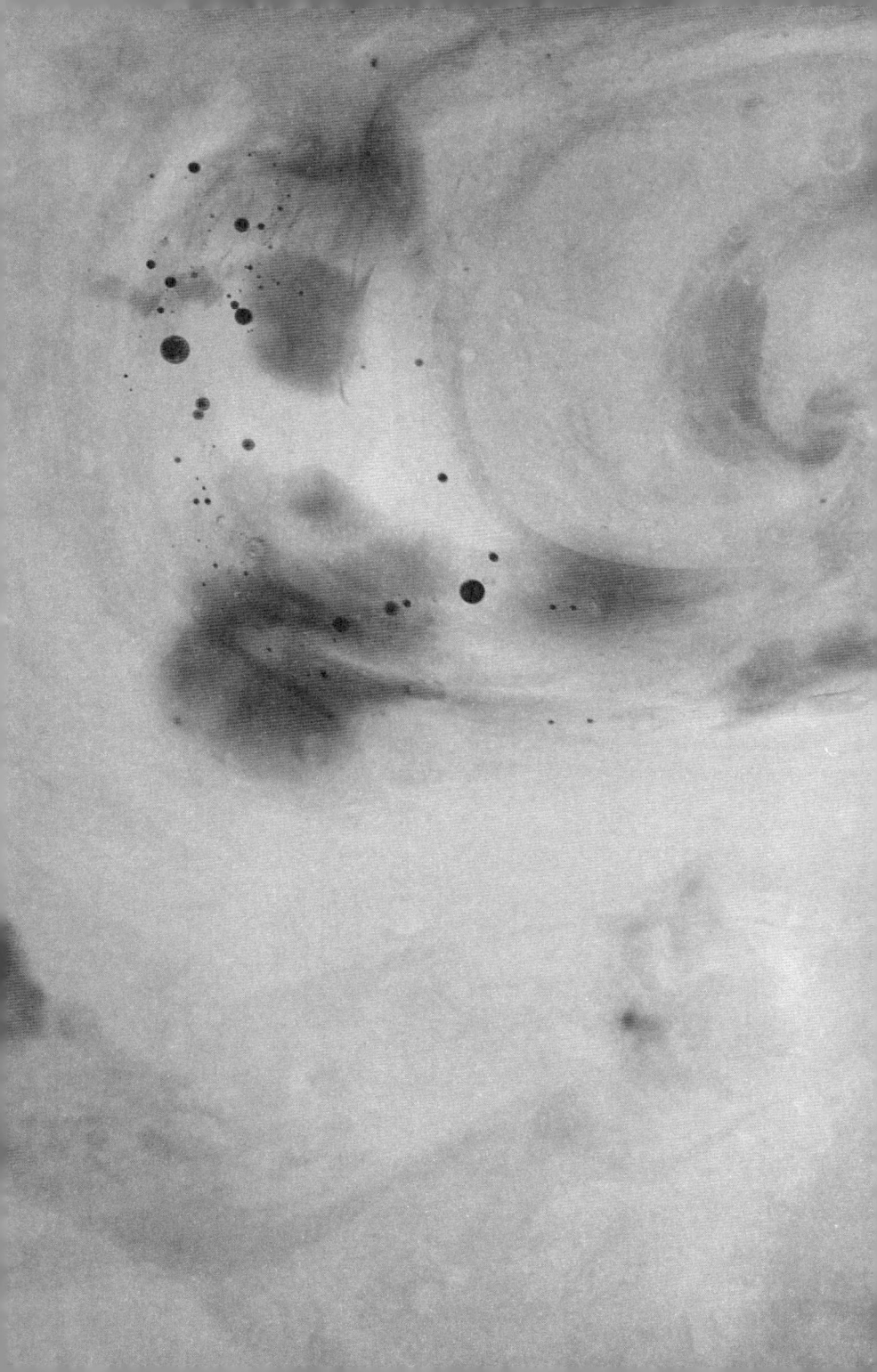

제2부

지금-여기에서,
교차交差와 교향交響

'고도고孤島苦'와 '유동고流動苦'

「류큐공화사회헌법C사(시)안」의 근거와 가능성

들어가며

가와미쓰 신이치 씨의 「류큐공화사회헌법사안」[이하, 「류큐공화사회헌법」]을 강하게 의식하기 시작한 것은 2007년 9월이다. 이 책의 집필자이기도 한 나카자토 이사오 씨 일행이 중국사회과학원 쑨거 교수의 베이징 자택을 찾았을 때였다(이 자리에는 베이징에서 텐트연극을 공연하던 사쿠라이 다이조桜井大造 씨도 함께 했다). 차를 마시며 진솔한 이야기를 나누던 중 나카자토 씨가 불현듯 「류큐공화사회헌법」 이야기를 꺼냈다.

「류큐공화사회헌법」을 『신오키나와문학』에 게재한 것이 1981년이니 벌써 26년이라는 세월이 흘렀다. 이 오래된 이야기를 나카자토 씨가 베이징까지 와서 꺼낸 이유는 무얼까? 그 이유를 알기 위해서는 지금으로부터 2년 전으로 거슬러 올라가야 한다. 베이징과 상하이에서 각각 1만 명과 2만 명이 모인 대규모 반일 시위가 있었다. 고이즈미 총리가 야스쿠니신사 참배를 강행하고, 일본이 유엔 상임이사국으로 승격하려는 움직임을 둘러싸고 중국인들의 거센 반발이 분출한 것이다.

이른바 영토 문제 등 중국과 일본 간의 알력이 대규모 시위 형태로 나타나기 시작한 초기 단계였다. 당시 시위 구호 중에는 중국어로 쓴 "류큐를 반환하라"는 슬로건도 보였다. 물론 이러한 요구는 정부 측에서 나온 것은 아니다. 그렇지만 나카자토 이사오 씨를 비롯한 오키나와 사람들은 이 모습을 보고 적잖은 당혹감을 느꼈을 터다.

오늘날 논란이 되고 있는 센카쿠 제도댜오위댜오 문제, 오키나와 본토 미군기지 문제, 이시가키지마 등 국경 방위 거점화 문제 등 류큐호 섬들은 동아시아의 내부를 꿰뚫는 특수한 장소로 싫든 좋든 부각될 수밖에 없었다. 이 섬들은 변경, 고립, 무원과 같은 이미지에서 일거에 쟁투, 개입, 원조 등의 이미지로 크게 바뀌었다. 류큐호는 그야말로 동아시아의 준準분쟁지역으로 변모하고 있었다.

내가 「류큐공화사회헌법」에 대해 무언가를 논의할 필요성이 있음을 깨닫게 되기까지는 이러한 사정이 자리한다. 무엇보다 나카자토 씨의 열의와 쑨거 씨의 발언에 대해 무언가 반응을 보여야겠다고 생각했다. 『오키나와타임스』 지상에 이 두 사람이 「류큐공화사회헌법」을 둘러싸고 주고받은 왕복서한이 게재되기도 했다.『오키나와타임스』, 2008.4~5 「류큐공화사회헌법」이 중국과 한국에도 꼭 소개되기를 바라는 마음으로 이 글을 시작해 보고자 한다.

'자비慈悲'의 논리

나카자토 씨가 한 시민운동 강연회에서 '비폭력', '자비', 그리고 '민중자치·자립', 이 세 가지가 「류큐공화사회헌법」의 사상적 계보이자 핵심이라고 언급한 바 있는데, 매우 정확한 통찰이라고 생각한다. 여기서 '비폭력'이나 '민중자치·자립'의 경우, 일본 시민운동과 관련이 깊을 듯하다. 요컨대, '비폭력'이라는 용어에는 반식민지 투쟁을 이끌어간 간디의 사상이 담겨있다. 또한, 양속제兩属制를 유효하게 기능시켜온 쇼尚 왕조는 무력을 갖추고 있지 않는데, 이것이 오히려 류큐처분 당시 쇼 왕조가 깊은 비극으로 빠지는 것을 막을 수 있었다. 류큐호를 둘러싼 근대 이후의 강제적이고 반복적인 폭력을 견뎌온 주체성의 또 다른 표현이기도 할 것이다. '민중자치·자립' 또한 1970년대 이후의 새로운 사회운동의 흐름을 상기시킨다. 특히 오키나와에 있어서는 전쟁 전의 강력한 문화통제同化를 경험해 온 것에 대한 반응, 강한 무력을 배경으로 한 대국의 논리에 대한 저항을 내포한 '비폭력'에 가까운 개념이다. 무엇보다 '민중자치·자립'와 '비폭력'을 하나로 연결하는 것이 '자비'의 개념으로 이를 특히 중요시했다.

'자비'는 「류큐공화사회헌법」에서 종교적 의미의 '원리'나 '계율' 등의 용어로 연결되며, '바다'와 '내해'로 이어지는 특징을 갖는다. '자비'는 불교 용어로 두 개의 산스크리트어를 한문으로 표기한 것이다. 즉, '자'는 'maitrī'로 행복을 부여한다는 의미이며, '비'는 'karuṇā'로 고통을 배제한다는 뜻을 가진다.

가와미쓰는 어째서 불교의 '자비'라는 용어에 끌린 걸까? 그 이유가 무척 궁금하다. 우선 지적할 수 있는 것은 류큐호에서 불교의 영향은 그다지 크지 않았다는 사실이다. 쇼 다이큐尚泰久가 즉위해 쇼 도쿠尚德의 뒤를 이었던 시대는, 교토의 오산승五山僧이 오키나와로 건너와 불교를 전한 시대이기도 하다. 그런데 쇼 왕조 측이 기대한 것은 불교 전파보다 오산 승려들이 갖추고 있는 무역과 관련된 교섭 능력이었다고 한다. 쇼 왕조의 번영이 중계무역에서 비롯된 것임을 상기할 때 당연한 일일지 모른다. '자행복을 부여하는 것'의 벡터는 이러한 교역의 역사에 적응한 결과라고 할 수 있다. 그런데 「류큐공화사회헌법」에서는 '비고통을 배제하는 것' 쪽에 비중을 더 두었다. 그 이유가 중요한데, '자비'를 '바다'와 같이 지형적 맥락에서 논의하는 것이 「류큐공화사회헌법」의 가장 큰 특징이기도 하기 때문이다.

'섬'의 논리

「류큐공화사회헌법」 전문은 "우라소에浦添에서 흥한 자들은 우라소에로 망하고, 슈리首里에서 흥한 자들은 슈리로 망했다"라는 문구로 시작해, "과학으로 오만해진 자들은 과학으로 망하고", "국가를 추구하면 국가의 감옥에 갇혀 살게 된다"와 같은 동어반복적인 문구가 이어지다가, 마지막 단락에 이르러 "그렇다, 우리들은 여전히 초토화된 땅 위에 발을 딛고 서 있다"라는 말로 끝을 맺는다. 1919년 3·1독립운동에 가해진 탄압을 목도하며 "힘에 기댄 자는 힘으로 무너지고 검에 기댄 자는 검으로 무너진다"고 경고한 미야자키 도텐宮崎滔天의 발언을 상기시킨다. 역사는 반복된다는 사실을 말하고자 함이리라. 평화로운 섬들인 류큐호에 폭력적인 근대일본가 침입했다는 단순한 구조를 밝히려는 게 아니다. 앞서 언급했듯이 쇼 다이큐가 불교를 들여온 이유 중에는 그가 왕위를 잇기 직전 상속 싸움이 낳은 전란 때문에 슈리성이 불타버린 사정이 자리한다. 역사적으로 미야코나 야에야마 등의 류큐호 섬들은 인류학에서 말하는 소규모 전쟁이 잦았다. 규모는 다를지라도 역사가 거듭되는 가운데 늘 불타버린 '초토'의 광경에 노출되었다는 의미이다. 그리고 마지막 부분에서는 무려 "이제 우리는 인류 파멸로 가는 동반자살의 길을 더 이상 함께 가지 않으리"라고 선언한다.

헌법이란 명백하게 근대적 산물이다. 그런데 「류큐공화사회헌법」은 근대를 넘어선 역사 감각으로 '인류'를 말하고, 거기에 '자비'라는 종교적 용어를 끌어들였다. 이 지점에서 1921년 오키나와, 미야코, 야에야마를 방문하고 '섬'의 논리를 제출한 야나기타 구니오柳田国男를 떠올리지 않을 수 없다. 흔히 오키나와와 야나기타의 접점을 그가 쓴 『해상의 길海上の道』에서 찾곤 하지만, 당시만 하더라도 일본과 오키나와를 잇는 바닷길을 건너기란 쉽지 않았다.

1920년대 무렵 야나기타는 두 가지 사안에 관심을 가졌다. 하나는, 일본 산인山人을 둘러싼 문제이고, 다른 하나는 남태평양 섬들의 국제 관리에 관한 문제이다.

가라타니 고진柄谷行人은 『유동론遊動論』이라는 저술에서 야나기타의

'섬'의 논리는 '산인'이라는 존재를 '류큐호'라는 시각으로 재해석한 것이라고 기술했다. 대륙이라면 다른 곳으로 쉽게 이동해 갈 수 있지만, 섬은 특유의 내부 역학으로 인해 내분이 발생하기 마련이고, 내분을 피해 일본 열도로 도망친 사람들이 바로 '산인'이라는 것이다. 이렇게 '섬'을 지리적으로 해석한 결과, 외딴섬의 괴로움을 뜻하는 '고도고 孤島苦'라는 개념이 탄생했다는 것이다.

야나기타는 이것이 류큐호에만 해당하는 것이 아니라 일본 열도상황 역시 다르지 않았다고 말한다.

이것은 일개 역사가 아닌, 흔히 말하는 인문지리적 현상이었다. 남태평양의 많은 큰 섬들이 차례로 근대화해 간 것을 보면 알 수 있다. 옥야천리沃野千里 : 비옥한 땅이 천 리나 이어져 있다는 뜻 대륙이었다면 이처럼 절박한 사정이 있기 전에 이미 주민들이 터를 잡았을 것이다. 또한 종교가 우리 선조들을 흥분시켰던 시대였다면, 쪽배를 타고 와서라도 미지의 바다로 뛰어들었을 것이다. 처음 이 섬에 발을 들여놓았을 때의 환희 섞인 안도감과 행복했던 기억이 대대손손 전해져 내려오면서 자신들의 섬을 사랑하지 않을 수 없게 되었을 터다. 사람들을 쫓아내야 살 수 있는 세상이 도래한다면, 피를 나눈 친척들 사이에서도 다툼이 끊이지 않을 것이다.

일본 역사에도 그러한 사례가 없지 않다. 남북조 이후 아시카가足利 시대를 거쳐 영주는 일족이 번영하면서 나눌 수 있는 것은 나눴지만, 본가만의 격식이 있어 그 격식을 잃으면 본가가 될 수 없었다. 어느 집이든 두 세대를 지나면 반드시 골육상쟁이 일어나는 법이다. 오닌의 난応仁の乱[1]으로

잠시 멈췄지만, 얼마 안 가서 다시 같은 일이 반복되었다. 이것을 민족성이라는 말로 설명한다면 큰 오류를 범하게 된다. 섬은 이웃 간의 다툼이 적은 탓에 비교적 안정적이다. 따라서 번영한다. 인구증가가 탄력을 받는다. 쉽게 바깥으로 나가기 어려워 쇄국정책이 자연스럽다. 내분이 쉽게 일어나는 이유가 되기도 하지만 이를 평화로 입막음하려 한다면 음도와 허위가 난무하게 된다. 거기다 외부세력이 밀고 들어오기라도 하면 새로운 고통을 맛보게 될 것이다.

1926년, 도쿄고등사범학교 지리학 강연회에서

이상의 야나기타의 논의에 따르면, 류큐호가 짊어진 '고도고'는 지리적인 영향에서 비롯된 것으로, 추상적인 '민족성'이라는 개념으로 환원할 수 없다. 그렇게 볼 때, 「류큐공화사회헌법」 제1조 '공화사회 인민의 자격'에 "인종, 민족, 성별, 국적 여하를 불문하고"라고 명시한 것은 타당하다. '자비'의 개념 또한 거기에서 나온 것이리라. 어찌 되었든 '섬'은 야나기타의 지적대로 '새로운 고통'을 거듭하는 장소에 다름 아니다.

흥미로운 것은, 류큐호 문제를 일본 열도와 연결짓고자 한 야나기타의 시도가 다케우치 요시미竹内好로 답습되고 있는 점이다. 다케우치는 오키나와 문제를 일본의 축소판으로 바라봤다. 1950년 안보투쟁

---

1   오닌 원년인 1467년부터 1477년까지 쇼군 후계 문제를 둘러싸고 일어난 내란. 이후 전국시대(戦国時代)가 도래했다.

이 있기 전으로, 미군기지 문제가 당면 현안으로 대두되고 있었다. 다케우치 요시미는 그러한 시기에 "오키나와는 내일의 일본 운명이기도 하다"는 우려 섞인 목소리를 냈다(그런데 1960년 안보투쟁 이후, 본토 내 미군기지는 극적으로 줄어 미군기지를 둘러싼 문제 제기는 유효하지 않게 되었다). 주의를 요하는 것은, 다케우치의 발상이 단순히 미군기지에서 비롯된 것이 아니라는 점이다. 그의 시야는 줄곧 중국대륙과 일본섬을 향해 있었고, 류큐호와 중국의 관계를 살피려 할 때 당연히 일본을 참조해야 했다.

다케우치는 일본의 '전향轉向' 문화가 '탈아입구脫亞入歐' 속성 때문이라고 비판했지만, 그 안에는 중국으로부터의 문화적 독립도 포함한 것이었다.

잘 알려진 것처럼, 근대 일본은 '처분處分'이라는 폭력적 방법으로 류큐왕조를 무너뜨렸다. 게다가 청나라와 류큐호의 소속 문제를 논의하기도 했다. 결과적으로 일본이 청일전쟁에서 승리함으로써 류큐호의 지배권은 일본으로 넘어가게 되었다. 류큐호의 입장에서 보면, 외세에 의해 수동적으로 운명이 결정된 셈이다. 게다가 제2차 세계대전 말기에는 일본이 일으킨 전쟁에서 유일하게 지상전이 벌어진 무대가 되었다. 그런 의미에서 다케우치가 말한 '운명'은 일본이 근대국가로 발돋움해 간 과정과 깊은 관련이 있다.

전후 헌법의 핵심은, 제1장 '천황'의 지위를 규정하는 데에 있다. 요컨대, '천황'을 국민통합의 '상징'으로 정하고, '주권'을 '국민'으로 바꾸는 형태로 성립되었으며, 이는 전후 헌법이 법리상 메이지 제국헌법을 정현법을 수정하는 형태로 성립되었음을 보여준다. 반면, 왕조가 존재하지 않았던 류큐호의 경우는 사정이 달랐다.

전후 헌법에서 말하는 '상징'이란 무엇인지, 무엇이 무엇을 상징하는 것인지, 그것은 과연 정당한 것인지를 둘러싸고 사상적 투쟁을 전개해 왔다. 그리고 이 광의의 '상징'이 갖는 폭력성은 1990년대에 들어서면서 한층 더 현실적인 문제로 다가왔다. 그 이전까지 법적 지위가 애매하던 '기미가요君が代'와 '히노마루日の丸'의 법적 지위가 정해졌다. 게다가 충성심을 보이지 않는 이들에게 '비국민'이라는 딱지를 붙이는 사회가 도래했다.

1990년대에는 걸프전을 앞두고 일본이 주저하는 태도를 보이자, 미국은 "깃발을 내보이라"며 목소리를 높였다. 바야흐르 정부 주도하의 '국제화'가 요청되기 시작한 것이다. 기미가요·히노마루의 법제화는 그러한 '국제화'에 다다른 결과이다. 이러한 일본사회의 변화를 염두에 둔다면「류큐공화사회헌법」에 대한 해석이 보다 흥미로워질 것이다. 제12조 '류류공화사회의 상징기'와 제13조 '부전' 조항을 각각 이렇게 규정하고 있다. "류큐공화사회의 상징기는 어리석은 전쟁의 희생양이 된 '히메유리 학도'의 역사적 교훈을 되시기는 뜻에서 흰 바탕에 백합 한 송이를 넣은 디자인으로 한다", "공화사회의 센터 영역에서 무력 및 그 외 수단으로 침략행위가 벌어졌을 경우라도 무력으로 대항하거나 해결하려 해서는 안 된다. 상징기를 내걸고 적의敵意가 없음을 나타내 보이고, 해결 방법은 임기응변으로 전체 인민의 뜻을 모아 결정하도록 한다"라고.

여기서 떠오르는 이미지가 있다. 대중매체에서 자주 접하는 미군이 촬영한 오키나와 전투 기록이다. 하나는, 깎아지르는 듯한 바다 위 낭떠러지에서 히메유리 소녀들이 뛰어내리는 장면이고, 다른 하나는, 흰 깃발을 들고 동굴에서 소녀가 걸어나오는 장면이다. 두 이미지 모두 오키나와 '섬'을 뒤덮은 극한의 고통, 즉 '고도고'를 상징한다. 「류큐공화사회헌법」은 바로 이 오키나와 전투 체험의 극한 고통을 '자비'라는 개념으로 드러낸 것이기도 하다.

그렇다면 이번에는 일본야마토 측의 광의의 '상징'에 대해 생각해 보자. 예컨대, 히노마루. 일본인의 입장만이 아니라, 일본 열도 외부에서 어떤 기능과 역사 기억을 가졌는지가 중요하다. 앞서 언급한 1990년대부터 시작된 '국제화' 움직임이 어째서 동아시아에서 실패했는지에 대한 답을 찾을 수 있을 것이다. 적절한 비유일지 모르겠으나, 히노마루는 투항하려고 마음먹은 말단 일본 병사들에게조차 방해 요소로 작동했다. 또 하나의 중요한 상징으로 쇼와 천황의 목소리를 들 수 있다. 잘 알려진 것처럼, 일본의 항복선언「만세를 위하여 태평을 열고자 한다万世ノタメ二太平ヲ開ク」는 이른바 옥음방송玉音放送을 통해 이루어졌다. 이 완벽한 신체성의 소거가 의미하는 바는 중화 왕조에서 빌려온 기만에 다름 아니다(다케우치가 말하는 중국으로부터의 문화적 독립이라는 문맥과도 상통한다).

나카자토 이사오가 언급한 「류큐공화사회헌법」의 '비폭력'성을 겹쳐보면「만세를 위하여 태평을 열고자 한다」라는 말이 폭력성을 은폐하는 왕의 기만이라는 사실을 확인할 수 있을 것이다. 야나기타가 규정한 '고도고'의 감각을 불식시키는 '허위'의 '옥음방송'이라는 것을 말이다. 그리고 천황 측과 GHQ^{연합국총사령부}의 합작이며, 이후 추진된 '음모'의 역사로 전후 일본의 질서가 유지되어 왔음을 말이다.

「류큐공화사회헌법」은 「일본국헌법」과 여러모로 대비를 이룬다. 그 가운데, 두 가지 지점이 전후 헌법과 큰 차이를 보인다. 하나는, 사유재산과 상거래에 대한 제한이다. 즉, 자본주의의 부정이다. 다른 하나는, 납세의 의무 폐지와 사법기관을 설치하지 않는 것이다. 근대국가의 부정이다. 요컨대, 아나키즘 혹은 국가장치를 매개로 하지 않는 사회주의, 즉 어소시에이션^{association}이다. 일본 전후 헌법에는 존재하지 않는 요소들이다. 다만, 아나키즘이든 어소시에이션이든 유럽사상에서 가져온 개념이기 때문에 「류큐공화사회헌법」을 이해하는 데에는 적합하지 않을지 모른다. 이보다는 나카자토 이사오 씨가 제안하는 '민중자치·자립' 사상이 유효할 듯하다. 이 '민중자치·자립' 사상 안에는 노동이나 의식주, 그리고 교육 문제가 야마토 시민운동의 그것보다 유기적으로 얽혀 있다. 이것을 밝히기에는 필자의 역량이 턱없이 부족하다. 가와미쓰 신이치가 '민중자치·자립'이라는 사상을 창출할 수 있었던 것은 '섬'의 원풍경 ― '^{자행복을 부여하는 것}' ― 이라는 것. 그 원풍경 속에 자리한 민중의 생활이 뿌리 째 뽑혀 파괴되어 버리는 감각으로서의 '비고통을 ^{배제하는 것}'가 자리할 것이다. 가와미쓰 신이치가 시도하고자 한 것은 그 원풍경을 '헌법'이라는 근대적 틀 안에서 회복하려는 행위에 다름 아니다.

동아시아의 논리 구조

2000년대에 들어서면서 오키나와와 한국은 미군기지 재편이라는 공통 사안을 두고 교류가 깊어지고 있는 듯하다. 냉전체제를 넘어 연대가 모색되고 있는 것이다. 제주도에서는 미 해군기지 건설 반대운동이 한창이다. 이러한 움직임은 세계 냉전 구조 재편이 있었던 1993년부터 시작되었지만, 2010년대 오늘날은 미군의 이른바 '아시아 회귀' 분위기와 함께 한층 더 큰 힘으로 부상하고 있다. 미 해군기지 건설은 북한에 대한 감시와 중국의 부상을 견제하기 위한 것임은 말할 것도 없다. 그러나 제주에서 기지 건설 반대운동이 벌어지고 있음을 보도하는 일본 미디어는 찾아볼 수 없다.

이같은 한반도의 불안정한 정세와 함께 동아시아의 또 하나의 중요한 현안으로 부상한 것은, 중국과 일본의 센카쿠 제도^{다오위다오}를 둘러싼 영토 문제이다. 이 문제는 안전보장, 즉 군사 관련 일에 종사하는 소수에게만 맡겨서는 안 된다. 그런 의미에서 1980년대에 제출된 「류큐공화사회헌법」을 다시 읽는 작업은 오늘날의 동아시아를 바라보는 새로운 시각을 제공하는 일이기도 할 것이다. 다만 주의할 것은, 이 헌법안이 제출된 1981년 당시는 북한의 핵 개발은 일어나지 않았고, 중국은 소련과 강한 적대 관계에 있으면서 미일 협력을 우선시했다는 점이다. 일본사회 또한 중국과 협력하던 시기로, 당시 일본인의 중국에 대한 호감도는 놀랍게도 70%를 상회했다.

어찌 되었든 「류큐공화사회헌법」은 위기에 직면한 현 동아시아의 구도 안에서 새롭게 읽힐 필요가 있을 것이다. 일찍이 야나기타 구니오와 다케우치 요시미가 일본과 류큐호를 '섬'의 논리로 연결해 사유했듯이 말이다. 예컨대, '섬'과 '대륙중국'을 어떻게 유효하게 연결할 수 있으며, 어떻게 유효하게 연결할 것인가에 대해서는, 앞서 언급한 "옥야천리 대륙이었다면 이처럼 절박한 사정이 있기 전에 이미 주민들이 터를 잡았을 것"이라는 야나기타의 생각과도 일치한다. 대륙의 경우, 불합리한 억압이 쌓이면 이웃 땅으로 이동해 버리면 그만이다. 그렇기 때문에 대륙은 매우 유동적이다. 중국에서 발생하는 혁명이나 사회적 혼돈 또한 유동성 탓일 수 있다. 야나기타의 '섬'의 '고도고'를 대륙에 적용시킨다면, '유동고流動苦' 즉 '유동하는 고통'이리라. 민중들은 이 '유동고'를 제어하기 위해 당이나 국가중앙정부가 개입해 줄 것을 요청한다. 앞서 소개한 나카자토 씨와 쑨거 씨의 왕복서한은 이를 이해하는 데에 좋은 참조점을 제공한다. 쑨거 씨는 다음과 같이 말한다.

자유의 대가가 얼마나 무거운 것인지 오키나와를 통해 알게 되었습니다. 그 눈으로 저는 중국사회를 보고 있습니다. 오늘날 세계로부터 '인권 문제'와 '언론의 자유'를 요청받고 있는 중국 또한 지세학地勢学 문제를 결코 간과해서는 안 됩니다. 그것은 나카자토 씨의 날카로운 지적대로 "국가가 개입하지 않는 민중 차원의 이異집단과의 접촉사상"이라는 측면에서 본다면 지세학은커녕, 이른바 '반체제'의 지정학에 그칠 뿐, 그 이상의 원리적인 정신을 만들어내는 것은 불가능하겠지요…….

방대한 인구를 가진 중국은 냉전기에 형성된 국제적인 불평등한 환경에서 글로벌 자본에 견제당하고, 국내 격차와 국제 격차라는 이중의 한계 상황에 직면해 있습니다. 그러나 형해화된 '인권 이데올로기'에 말살된 '민중'의 의지는 역설적이게도 국가를 개입시키는 형태로만 표출할 수 있었습니다. 만일 오키나와가 고통의 자유로부터 아시아성을 잉태했다면, 혼돈의 중국 대륙은 '내재화된 근대'에 저항하는 것을 통해 비로소 고통의 자유를 잉태하고, 아시아를 향해 나아갈 수 있을 것입니다.[2]

중국과의 대화를 모색할 때, 대륙에 사는 일반 민중들의 의견은 빠져있기 마련인데, 그 역할을 중국의 지식인^{민간 활동가 포함}들이 대신하고 있다. 우선은 이들 지식인과 어떤 의미있는 대화를 나눌 수 있을지, 과도기의 대화 형태라고 생각하고 일단 추구해야 한다.

그와 동시에 일본과 동아시아 사이에 있었던 가까운 과거 사건들을 돌아볼 필요가 있다. 특히 동아시아 공동체의 구상이 좌절되는 과정을 성찰해야 할 것이다. 몇 년 전, 하토야마鳩山由紀夫 정권이 그 가능성을 보여주었다. 하토야마 정권이 몰락한 주된 원인도 실은 오키나와의 미군기지 이전 문제에 있었다. 우리는 이 교훈을 잊어서는 안 된다. 그 해결책 또한 대륙 중국과의 관계에서 찾아야 할 것이다(물론 대만과의 관계도 포함해).

거듭 말하지만, 대륙과 '섬'은 유사점을 찾기 어려울만큼 다른 점이 많은 사회이다. 이렇게 다른 둘을 연결하기 위해서는 과거의 조공을

---

2   [저자 주] http://www7b.biglobe.ne.jp/~whoyou/ofukushokan0805.htm.

표방한 교류도 생각해 볼 수 있겠지만, 그보다는 공통의 이상을 만들어 가는 것이 더 긴요하다. 어떤 이상인지도 중요하다. 그것이 확인된 지점에서 서로가 서로에 대한 인식의 전환이 생겨날 것이다. 쑨거 씨가 제안하는 이상에 다가가기 위한 하나의 방법은 '내재화된 근대'에 저항하는 것이리라. 그리고 그것은 「류큐공화사회헌법」이 추구하는 바이기도 하다.

나가며

내가 「류큐공화사회헌법」의 존재를 알게 된 2007년으로부터 4년이 흐른 2011년, 우연히 가와미쓰 신이치 씨와 만날 기회가 있었다. 루쉰 탄생 130년을 기념하기 위해 베이징 루쉰 박물관이 주최한 한 행사장에서였다. 가와미쓰 씨는 심포지엄 발제자로 참가했다. 심포지엄과 함께 케테 콜비츠Kathe Kollwitz의 작품 전시회도 열렸다. 콜비츠의 판화 작품은 1930년대에 루쉰과 그의 제자에 의해 소개되어 반제국주의 저항운동의 상징이 되었으나, 중국에 보관된 것이 거의 없었기 때문에 오키나와의 사키마佐喜真 미술관 소장 작품들을 대여해 전시회를 연 것이다.

심포지엄에서 가와미쓰 씨는 다음과 같은 감동적인 발언을 했다.

역사를 돌이켜 보면, 민중은 깨달음도 없이 스스로의 무덤을 파는 잘못을 반복하고 있습니다. 민중은 그러한 어리석음에 괴로워하고 슬퍼하며 스스로 채찍질해야 합니다. 그럼에도 불구하고 민중은 희망이자 사상의 보석입니다. 논밭이나 산림, 강이나 바다에서 양식을 구하는 민중은 인간이 생존하기 위한 순수한 기쁨을 체현하고 있습니다. 그러나 그 순수함은 못된 꾀에 감염되기 쉬운 법. 결국 자신의 무덤을 파는 꼴이 됩니다. 루쉰 선생이 그토록 민중을 애석하게 여겼던 마음은 나의 피와 살이 되고, 나의 사상과 살아가는 방법을 결정짓게 했습니다. 여러분은 『아Q정전』에서 어떤 것을 배웠습니까?

(…중략…)

일본의 사상이 아시아 식민지 침략에 대해 깊이 반성하고 아시아 공동체적 발상으로 국제관계에 임하지 않는 한, 아시아의 위기를 피하기는 어렵다고 봅니다. 오키나와는 동아시아 전쟁의 불씨가 되었기 때문에 국가와 국가의 관계라는 커다란 문제에도 관심을 가지고 발언도 해야 합니다. 그 어려운 시대에 독일에서 케테 콜비츠의 작품을 사들여 청년들에게 살아갈 희망을 보여준 루쉰 선생의 사상과 용기를 뒤늦게나마 이어받아야 합니다. 이번 루쉰 탄생 130년 기념전을 기회로 아시아의 문화 창구를 크게 열어 새로운 역사를 쓰게 되기를 바라마지 않습니다.[2]

"여러분은 『아Q정전』에서 어떤 것을 배웠습니까?"라는 가와미쓰 씨의 질문에 대해 어떤 대답이 오갔는지는 아쉽게도 기억나지 않는

---

3   [저자 주] 심포지엄 당일 배포한 자료에서 발췌했다.

다. 그러나 이러한 질문을 던진 것 자체가 새로운 동아시아 시대를 예견한 것이리라. 그런데 심포지엄 이듬해인 2012년에 영토 문제가 터졌다. 가와미쓰 씨의 발언대로 "국가와 국가의 관계라는 커다란 문제"를 피해갈 수 없는 시대가 도래한 것이다.

나는 「류큐공화사회헌법」을 이렇게 정의하고 싶다. "국가와 국가의 관계라는 커다란 문제"에 대한 '섬'의 응답이라고. 무엇보다 가와미쓰 씨의 응답에서 루쉰의 사상을 확인한 것은 큰 성과가 아닐 수 없다. 이것은 오키나와의 저항사상과 중국의 저항사상에 공통의 뿌리가 있고, 공통의 사상이 있다는 사실을 확인하는 일이기도 했다. 나는 그렇게 「류큐공화사회헌법」을 이해했다.

마루카와 데쓰시

지친 휘파람

산이 녹아내린다

바다가 육지를 뒤덮으며 밀려든다

건물은 무너지고

군사기지에서는 대폭발이 일어난다

핵도 폭발

사람도

개도

고양이도

나무도

꽃도

불이 쏟아져 내리고 마그마가 모든 것을 집어삼킨다

흐물흐물하게 녹아내린다

이젠 끝이다……

○○억 년, 구름으로 덮인 은하에 떠오르는

죽음의 구체球体는

유성 무리와 충돌하여 산산조각이 나

암흑의 우주 속 쓰레기가 된다

거기서는 인류의 흔적 따위 찾아볼 수 없었다

종종 이런 꿈을 꾸며 잠에서 깬다. 퇴직하고 나서는 그림을 그렸다. 그러던 와중에 일어난 3·11동일본대지진. 거대한 쓰나미는 나에게 큰 충격을 안겨주었다. 그림도 손에 잡히질 않고 무력감에 휩싸였다. 장대한 우주의 역사에서 보면 인류의 역사 따위는 하잘것없다. 어둠 속에서 밝게 빛나는 푸른 구체. 그 속에서 펼쳐지는 인간의 꺼림칙한 날들. 인간의 탄생과 죽음처럼 지구 역시 언젠가 죽음을 맞이할 것이다. 한정된 인간의 생명. 그 속에서 살육이 반복되는 인간의 역사. 내가 바라던 것은 에덴동산에나 가야 있을 법하다. 그 옛날 '복귀운동'을 하면서 일본국에 에덴동산이 있으리라고 한 점 의심 없이 믿었다. 그렇지만 나는 곧 "일본은 조국이 아니다"라며 히노마루를 마른 수수더미와 함께 활활 태워 떠나보냈다. 반복귀론이나 20년 전쯤 읽었던 가와미쓰 신이치의 「류큐공화사회헌법」은 나를 흥분시켰지만, 그것도 잠시. 어른들의 몽상에 불과하다는 생각에 냉소를 보냈다. 내가 유치하고 무지한 탓일지 모른다. 당시에는 아나키즘에 심취해 제대로 읽지도 않고 가와미쓰 신이치, 아라카와 아키라 씨 등의 '반복귀론'은 요시모토 다카아키의 「이족의 논리異族の論理」 위에 오키나와 역사와 무정부주의의 외피를 덮어씌운 것에 불과하다는 결론을 내렸다.

그런데 몇 년 전, 자위대 교관 다카이 미쓰오高井三郎가 촉발시킨 센

카쿠 제도댜오위댜오 분쟁을 접하고 미·중·일 사이에 전쟁이 벌어지면 이시가키 섬이 가장 먼저 공격 대상이 될 것이라는 한 우파 잡지의 시뮬레이션을 읽고 충격을 받았다. 이런 좁쌀만 한 섬이 표적이 된다면 섬사람들은 모두 죽고 말 것이다. 적이 공격해 오면 아무런 저항도 하지 말고 백기를 들고 항복해야 한다. 그런 심정으로 나는 당시 편집을 맡고 있던 월간지 칼럼에 "목숨이야말로 보물우치두다카라[ウチドゥタカラ]"이라고 썼다.

얼마 후, 자료를 정리하던 중「류큐공화사회헌법」복사본을 발견했다. 다시 읽어보니 놀라운 내용이었다. "공화사회의 센터 영역에서 무력 및 그 외 수단으로 침략행위가 벌어졌을 경우라도 무력으로 대항하거나 해결하려 해서는 안 된다. 상징기를 내걸고 적의敵意가 없음을 나타내 보이고, 해결 방법은 임기응변으로 전체 인민의 뜻을 모아 결정하도록 한다"제13조라고 적혀 있는 것이 아닌가. 이는 민중의 시선을 중시하지 않으면 나올 수 없는, 국가의 시선으로는 절대 나올 수 없는 발상이다. 왜냐하면 국가권력은 국민이 죽더라도 국체를 보존하는 것이 우선이기 때문이다. 그렇게 군대가 국민을 보호하지 않는 건 지극히 당연한 일이 되어버렸다.

이와 같은 이유로 나는 이 헌법사안을 다시 들여다보기로 했다.

최근 몇 년 동안, 류큐오키나와 독립론이나 자치론, 주론州論에 관한 기사가 자주 오르내리고 있는 듯하다. 동아시아 정세가 어수선할 때면 어김없이 시대의 변환기에 늘 대두하는 사안이다. 그리고 어수선함이 잦아들면 언제 그랬냐는 듯이 사라져 버린다. 책장 한구석에 거미줄

과 먼지를 뒤집어쓰고 처박혀 있다가 다시 사태가 긴박해지면 스리슬쩍 망령처럼 기어 나온다. 오기미 조토쿠大宜味朝德의 '류큐국민당', 노카 다케히코野底武彦의 '독립당', '오키나와인의 오키나와를 만드는 모임沖縄人の沖縄をつくる会' 등처럼. 오키나와 근현대사는 마치 지하수가 솟아올랐다 사그라들기를 반복하는 것 같다. 반복귀론,「류큐공화사회헌법」역시 역사의 분기점 혹은 미군 지배나 다름없는 일본 시정권 현실 속에서 등장했다.

그런 가운데 류큐독립이 빈번히 언급되었다.『우루가네시아うるまネシア』라는 류큐호의 자주·독립을 둘러싼 논쟁적 잡지가 출판되고, 2013년에는 '류큐민족독립종합연구학회'가 발족되기도 했다. 이 학회의 회칙을 보면, "본회는 류큐의 섬들에 민족적 뿌리를 둔 류큐민족의, 류큐민족에 의한, 류큐민족을 위한 학회이자, 류큐독립의 가능 여부를 의심하기보다 류큐독립을 전제로 류큐독립에 관해 종합적으로 연구하는 동시에, 그 연구에 관여하는 회원의 연구성과 발표와 상호교류를 통해 류큐독립 실현에 이바지함을 목적으로 삼는다"제2조, "회원은 류큐의 섬들에 민족적 뿌리를 둔 류큐민족으로 제한한다"제4조고 규정하고 있다. 나는 이 조항들을 읽고 적잖이 놀랐다. 회의나 집회에 나가면 "나이차내지인가 들어오면 모임이 엉망진창이 된다"는 불평들을 자주 접하곤 했는데, 그런 이유로 류큐인이라는 '민족'만으로 학회를 구성한 것일까? '일본인 사절 학회', '류큐 내셔널리즘에 뿌리를 둔 학회'를 노린 것일까? 아니면, 우선 우치난추오키나와인끼리 오키나와를 생각해 보자는 시도일까? 왠지 현인회県人会, 향우회, 섬우주사회島宇宙社

会, 야케노얀바치ヤケノヤンバチ : 모든 걸 포기한 상태, 막가파가 떠오른다.

학회 대표인 마쓰시마 야스카쓰松島泰勝 류코쿠대학龍谷大学 교수는 다음과 같이 말한다. "류큐 내셔널리즘이란 무엇인가. 역사나 문화, 토지나 관습을 공유하는 민족nation은 자신의 나라states를 가진 쪽과 가지지 않은 쪽으로 나눌 수 있다. 현재 류큐는 국가를 가지지 않는 민족stateless nation이다. 1878년까지 국가를 가진 민족이었지만 그다음 해 류큐 합병 후, 나라를 잃고 지금은 미일 두 나라의 식민지가 되었다. 류큐는 마이너리티 네이션minority nation이기도 하다. 일본국의 머저리티는 일본인이며, 류큐인은 마이너리티인데다 미군기지를 강요당해 왔다. 일본 내셔널리즘과 류큐 내셔널리즘을 혼동해서는 안 된다. 전자는 중심이 주변을 지배하기 위한 폭력이지만, 후자는 저항하기 위한 무기이다. 과거에도 현재에도 식민지 상태에 놓여 있지만, 독자적인 역사나 문화를 다른 류큐인과 공유하고 있다는 자각만 있다면, 스스로 민족이라 칭할 수 있다. 일본인이 정한 기준으로 류큐인이 존재하는 게 아니라 류큐인 스스로 민족이라 칭하는 것이다" 『우루마네시아』 제12호라고.

류큐인은 나라를 병합당하고, 차별당하고, 식민지 상태에 놓여 있다. 일본인은 류큐를 지배하고 차별해 왔으며, 류큐인은 식민지 피지배자이다. 둘은 물과 기름 같은 관계이다. 단언컨대, 류큐인이자 동시에 일본인이라는 것은 자기분열이다. 오키나와의 근현대사를 알면 마쓰시마의 마음을 이해할 수 있을 것이다. 그런데 겁쟁이인 나는 그렇게까지 딱 잘라 말하지 못한다. 마쓰시마는, "구체적인 지배 · 차별의 실태가 있음에도 일부 류큐인 지식인 · 문화인은 '류큐 내셔널리즘은 위험하다', '코스모폴리탄 입장에서 상황을 냉정하게 바라보자'라고 쉽게 말하곤 한다. 식민지와 류큐의 현실을 직시하고 그로부터 벗어나고자 하는 주체성이 결여된 주장이 아닐 수 없다. 일본인 지식인 편에 서서 류큐인이 가진 저항의 싹을 뽑는 행위와 무엇이 다르단 말인가"라며 날선 비판을 가하기도 한다. 마쓰시마는 왜 그토록 신경이 곤두선 걸까. 일본 지식인이나 민중 중에도 오키나와를 위해 저항하고 운동해 온 이들이 있다. 너무 한쪽으로 기울지 않았으면 한다.

류큐민족독립종합연구학회는 민족자결을 이루고 일본으로부터 독립하기 위해서는 류큐국가를 건설해야 한다는 것을 주장하고 싶은 걸까? 그렇다면 류큐민족국가의 청사진이나 헌법의 뼈대 같은 건 만들어 둔 걸까? 국가가 아니라면 어떤 사회 형태를 생각하는 걸까? 가와미쓰가 제창하는 비국가 사회를 말하는 걸까?

류큐민족독립종합연구학회의 설립 취지와 가와미쓰의 「류큐공화사회헌법」에서 정한 공화사회 인민의 자격은 일본으로부터의 독립을 목표로 하고 있다는 점에서 유사해 보이기도 하고 아니기도 하다. 예컨대, "류큐공화사회의 인민은 정해진 센터 영역 내의 거주자에 한정하지 않는다. 이 헌법의 기본이념에 찬동하고 이를 준수할 의지가 있는 자는 인종, 민족, 성별, 국적 여하를 불문하고 그 소재지에서 자격을 인정받을 수 있다. 단, 류큐공화사회헌법을 승인한다는 것을 센터 영역 내의 연락조정기구에 보고하고 서명지를 송부하도록 한다"고 규정한 제11조가 그러하다. 폐쇄적으로도 해방적으로도 보이는데, 그 구체적인 비교는 다음 글로 미루고, 일단 문제 제기만 하두고자 한다.

「류큐공화사회헌법」의 특징은, 일본 국가와 국민에게 작별을 고하고 독립국 형태가 아닌 국가 자체의 폐지, 비국가, 자치사회, 코뮌 건설을 제창한 데에서 찾을 수 있다. 사유재산을 폐지하고 국가권력의 기반인 군대, 경찰, 국가적 관리기관, 관료체제, 사법기관 등 권력이 집중된 조직체를 철폐한다. 직접민주주의를 실시하며, 류큐호에 속한 땅에 주州를 설치하여 연합체를 총괄하는 중의기관을 둔다. 사유재산의 폐기라는 조항에서 공산주의사회를 떠올릴지 모르겠지만, 이 헌법사안은 자본주의가 고도로 발달한 사회를 이미지화한 것이 아니다. 자치사회를 어떻게 실현할 것인가를 둘러싸고 첫 공선公選 주석 선거 당시 이른바 '고구마와 맨발 논쟁'[1]이 불거졌다. 일본에 복귀하면 전쟁 전처럼 빈곤ヒンス-사회로 후퇴해 고구마가 주식인 비참한 생활로 돌아갈 것이라는 주장이 제기됐다. 당시 '고구마 세상'을 옹호하는 쪽 주장은 내가 알기로는 없었다. 독이 든 소철蘇鉄[2]을 먹어야 했을 만큼 빈곤했던 생활로 다시 돌아가는 것은 아닐지 두려워한 것이리라. 사람들은 '복귀'가 가져오는 풍요로운 생활을 바랐다. 「류큐공화사회헌법」은 다

---

1   맨발. 여성의 손등에 문신을 새겨 넣는 하지치(ハジチ), 묻은 시신을 다시 꺼내어 뼈만 추려 다시 묻는 장례의식 세골(洗骨), 돼지 변소(フール) 등의 풍습은 오키나와의 미개함을 상징하는 것으로 혐오의 대상이자 교화의 대상이었다. '고구마'는 오키나와 대표 작물 중 하나로 빈곤한 오키나와를 상징한다. 1968년 10월, 주석 공선에서 보수진영의 니시메 준지(西銘順治) 후보가 내건 캐치프레이즈. 그는 미군기지 철거와 즉시 무조건 반환을 내건 혁신통일 후보 야라 초뵤(屋良朝苗)가 승리하자, 고구마나 먹고 맨발로 생활하던 때로 다시 돌아가게 될 것이라고 목소리를 높였다.

2   다이쇼 말기에서 쇼와 초기에 걸쳐 난세이(南西)제도를 덮친 경제공황을 일컬어 소철지옥이라고 했다.

소 빈곤해지더라도 국가 폐절을 우선시한 듯하다. 단언키는 어렵지만 반ᵰ근대사회이다.

「류큐공화사회헌법」 전문은 교만한 자들의 영고성쇠의 역사에서 시작된다. 거대한 미군기지에 맞서 비무장 저항을 하고, '전쟁 방기', '비전·비군비'를 첫머리에 내건 「일본국헌법」과 이를 준수하는 국민에게 연대를 구하며 마지막 기대를 걸었지만, 무참하게 배신당했다. "호전국 일본이여, 호전적인 일본 국민과 권력자들이여, 가고 싶은 길로 멋대로 가시오. 이제 우리는 인류 파멸로 가는 동반자살의 길을 더 이상 함께 가지 않으리"라는 가와미쓰의 단호한 어조는 오키나와 전투, 그리고 전후 체험에서 비롯된 것이자, 오키나와인이라면 누구나 가슴 속에 품고 있는 것이리라.

이러한 일본이라는 국가에 물건을 팔고, 사고, 위협당하고, 속고, 모멸당하고, 차별당해 온 것이다. 이 교활하고 시의심猜疑心 많은 일본국_{일본인} 따위는 어떻든 상관없다는 심정은 우치난추오키나와인라면 누구나 이해할 것이다. 「류큐공화사회헌법」 제1조에 "이 헌법이 공화사회 인민에게 보장하고 확정하는 것은 만물에 대한 자비의 원리에 기대어 호혜호조互惠互助의 제도를 부단히 창조하는 행위뿐이다. 자비의 원리를 넘어서서 일탈하는 인민 및 조정기관과 그 당즈자 등에 대해 어떠한 권리도 보장하지 않는다"고 명시하고 있다.

국가 폐절을 선언하고 자비의 원리를 인민에게 호소한다. 자비란 무엇인가? 사전적 정의는, 첫째, 불교의 부처가 중생들에게 즐거움과 복을 주고, 고통과 괴로움을 없게 하는 것, 둘째, 서로 사랑하고 가엾게 여기는 것이다. 즉, '마음'의 문제이다. 검고 어두운 마음이 국가권력을 낳고, 결국엔 그 권력에 의해 말살당하게 되는 국가환상을 깨고, 자비 사회를 확립하고자 한 것이리라.

"군대, 경찰, 고정적인 국가 관리기관, 관료체제, 사법기관 등 권력을 집중하는 조직체제는 철폐하고, 이를 만들지 아니한다. 공화사회 인민은 개개인의 마음속 권력의 싹이 자라지 못하도록 밟아야 하며 주의를 기울여 솎아내어야 한다"라는 조항을 둔 제2조에서는, 권력체제를 만들려는 기관을 사전에 차단하며, 개개인의 정신을 강조한다.

나아가 제3조에서는 "그 어떤 이유로도 인간을 살상해서는 안 된다. 자비의 계율은 불립문자不立文字이며, 자신의 계율을 파할 시 스스로를 벌해야 한다. 법정은 인민 개개인의 마음속에서 열린다. 어머니 달마, 아버지 달마에게 끊임없이 묻고, 자비의 계율로 사회 및 타인과의 관계를 바로잡아가야 한다"고 명시하고 있다. 요컨대, 사법이나 경찰을 폐지한 사회이므로 타인이 타인을 심판하지 않고, 자신이 자신을 스스로 심판해야 한다는 것이다. 「류큐공화사회헌법」은 매우 높은 수준의 윤리의식과 자의식을 요구한다. 아나키즘의 아버지로 불리는 피에르 조제프 프루동Pierre Joseph Proudhon이 말하는 "개인에 의한 개인의 통치"가 가능한 세계를 꿈꾼다.

"상징적인 센터 영역으로서 지리학상의 류큐호에 속한 섬들과 해역국제법상의 관례에 따른 범위을 정한다"라는 제2조의 경우, 미래 지향적인 헌법으로 영역을 설정하고자 하는 시도로 보이는데 과연 그럴 필요가 있을까? 지상에도 해역에도 눈에 보이지 않는 철조망을 펼쳐놓고 아쿠자처럼 늘 세력권 다툼을 하는 근대국가를 거부하고 반근대적인 국가 폐절을 목표로 하는 헌법이 굳이 영역 범위를 정할 필요가 있는가 하는 의문이 든다. 영역, 해역에 소유권을 주장하는 것이야말로 근대나 국가권력의 발상 아닌가?

"공화사회의 센터 영역을 출입하거나 통과하는 항공기, 선박 등은 사전에 별도의 인허가를 요한다. 인허가의 조건은 따로 정한다. 군사와 관련된 모든 항공기, 선박, 그 외 것들은 출입과 통과를 엄격히 금한다"라는 제14조 규정 또한, 군사를 두지 않는, 평화롭고 매력적인 자치사회에 어울리지 않는다. 가와미쓰는 센카쿠 제도 군제를 언급하며 "알바트로스의 낙원은 알바트로스에게 돌려줘야 한다"『정황』, 2013년 1·2월 합병호고 목소리를 높인 바 있다. 공화사회를 꿈꾼다면 새가 자유롭게 하늘을 날고 물고기가 자유롭게 헤엄칠 수 있어야 하지 않을까?

"센터 영역 내에 아마미주奄美州, 오키나와주沖縄州, 미야코주宮古州, 야에야마주八重山州 등 4개의 주를 설정한다. 각 주는 적절한 규모의 자치체로 구성된다"고 명시한 헌법 제9조의 구상은 근세 류큐의 구라모토 제도蔵元制度, 전후 미군이 설치한 난세이南西 제도의 아마미, 오키나와, 미야코, 야에야마 제도의 민民정부와 군도群島정부를 환기시킨다. 주를 설치하게 된 배경에는 당연히 각 제도가 가진 독자적인 역사나 문화가 작용한다.

"자치체, 자치주, 공화사회는 직접민주주의의 이념에서 벗어나서는 안 된다. 중의를 기초로 각각의 조직 규모에 걸맞은 대표제 중의기관을 설치한다. 단, 대표제 중의기관은 고정하지 않는다. 의견을 모을 때는 세력 다툼을 금하며, 합의제로 결정한다. 대표제 중의기관에서 합의가 이루어지지 못하면 다시 자치체의 중의를 따른다"라는 제42조의 경우, 직접민주주의 제도를 기반으로 하는 사회임을 나타내고 있다.

주 설치나 연락 조정기관, 직접민주주의 등은 아나키즘의 직접행동이나 자유연합론의 영향을 받은 듯하다. 대표제 중의기관을 고정하지 않는다는 점은 전쟁 전의 아나·볼 논쟁[3]을 상기시킨다. 해당 논쟁의 쟁점은 수단과 목적, 과도기적 권력 투쟁, 프롤레타리아 독재를 인정할 것인가, 부정할 것인가였다. 헌법사안의 "중의기관은 고정하지 않는다"라는 조항은 확립, 고정된 국가권력이 권력으로 인해 스스로 소멸한다는 아나키즘의 무정부론이나 영구혁명에 가깝다고 볼 수 있다.

류큐독립 혹은 자치주론에서 가장 우려되는 것은 경제를 어떻게 이끌어 갈 것인가이다. 제53조에서는 "개인의 납세의무는 철폐한다"고 규정하고 있다. 세금을 내지 않아도 된다니, 이토록 기쁜 소식이 있을까? 꿈이라면 깨고 싶지 않을 만큼 말이다. 또한, "토지, 수자원, 삼림, 항만, 어장, 에너지 등 기본적 생산수단은 공유"제19조하며, "공화사회의 인민은 아동에서 노인까지 각자에게 맞는 노동의 기회가 보장되어야 한다. 노동은 자발적, 주체적이어야 한다. 주체적인 노동은 생존의 근본이다"제23조라는 조항도 눈에 띈다.

나아가, "식食을 넘어서는 살상은 자비의 계율에 어긋난다. 따라서 배고픔을 참고 견디며, 생존을 위한 생물·식물·동물의 포획과 살상

---

3   1920년대 초 일본 운동권에서 아나파(아나르코생디칼리슴파)와 볼파(볼셰비즘, 레닌주의파) 사이에 벌어진 사상적·운동론적 논쟁과 대립을 일컫는다.

은 개인과 집단을 불문하고 오직 자비의 내해內海에서만 행한다"라는 제4조는, 도서 지역에 사는 인간의 지혜가 낳은 조항이다. 살생을 금하는 계율은 다소 터무니없을지 모르나, 생물을 모두 잡아버리면 자신의 생활 기반을 스스로 무너뜨리는 꼴이 되기 때문이다.

"류큐공화사회는 풍요로워야 한다. 의식주와 정신, 생존의 모든 영역에서 풍요로워야 한다. 다만, 항상 자비의 바다에 비추어 보며 풍요로움의 의미를 고민하기를 게을리해서는 안 된다"라는 제6조는, 풍요로움이 무엇인가를 자비의 바다에 따져 물으며, 달마의 정신에 귀 기울일 것을 촉구한다. 동남아시아의 습윤 지대나 조엽수림 지대를 살아가는 사람들, 태평양 섬사람들을 염두에 둔 조항인 듯하다. 포식이나 신을 두려워하지 않으며 원자력이라는 형태로 펼쳐지는 인간의 끝없는 욕망을 꿰뚫어 보고 있다. 생산성이 떨어지더라도 정신의 풍요로움을 택한 헌법이라고 할 수 있다.

「류큐공화사회헌법」을 지금 돌아봐야 하는 의미는 이렇듯 차고 넘친다. 섬나라인 데다가 자원도 없는 일본이 미국과 중국, 러시아, EU라는 초강대국과 기구, 그리고 부상하는 인도와 동남아시아 지역 사이에서 나아가야 할 방향성은 군사 국가가 되는 것이 아니다. 아베安倍 晋三 내각이 들어서면서 일본은 급속도로 우경화되어 위안부 문제, 야스쿠니 신사 참배, 센카쿠 제도, 독도 영유권 등을 둘러싸고 중국, 한국, 북한과 긴장관계를 형성하고 있다. 동맹국 미국에서도 우려와 비판의 목소리를 내고 있다. 아울러 헌법개정, 집단적 자위권, 전쟁 전의 「치안유지법」이나 마찬가지인 「특정비밀보호법」, 무기 수출 3원칙을 재검토해야 한다는 목소리도 부상하고 있다. 후쿠시마 원자로와 제1원자력 발전소의 방사능 처리도 완전하지 않은 상태에서 원자력 재가동과 핵 수출이 오르내리는 등 제멋대로인 정책을 펼치고 있다. 교육위원회 제도 개혁안이 곧 국회에 상정된다고 한다. 이 법률안은 지방자치단체장에게 교육장을 임명·면직할 수 있는 권한을 부여한다. 전쟁 전 교육투쟁에서 "교육이 제압당하면 끝장이다"라고 외쳤듯이, 국가는 학교 교육을 통해 국가권력을 철저히 주입하고 세뇌해 왔다. 권력을 의심하면 압살당한다. 권력을 가진 측이 늘 써오던 수법이다. 오키나와에서는 현민의 반대에도 불구하고 오스프레이 군용기V-22 Osprey 배치를 비롯해 헤노코辺野古 기지 건설, 다카에高江 헬리패드 기지 건설을 국가가 앞장서서 강행하고 있다. 나카이마 히로카즈仲井眞 지사, 자민당 국회의원단, 자민당 오키나와현연합의 변절과 배신의 결과이다.

해 뜨는 나라의 해 지는 섬 오키나와. 센카쿠 제도 영유권 문제를 내세워 중국 위협론을 입에 올린다. 이어서 요나구니 섬, 이시가키 섬 등에 자위대를 배치하는 계획이 속속 진행되고 있다. 또한, 이시가키에서는 해상자위함 첫 입항을 환영하기 위해 이시가키시 상공회가키야다카시[我喜屋隆] 회장, 이시가키시 관광교류협회미야히라 야스히로[宮平康弘] 회장를 비롯해 야에야마 방위협회미키 겐[三木巖] 회장 등이 앞장서서 실행위원회를 결성했다고 한다. 요나구니초与那国町에서는 자위대 기지용 토지 매수와 함께 건설 계획이 급속도로 진행되고 있다. 배치는 이제 시간 문제이다.

2011년 8월에는, 교과용 도서 야에야마채택지구협의회가 이쿠호

사육붕사社의 공민公民교과서를 채택했다. 그런데 다케토미초竹富町 교육위원회는 지방교육행정법을 이유로 이쿠호사판 채택을 기각하고 도쿄서적東京書籍판을 채택했다. 그 배후에는 다마즈玉津 이시가키시 교육장의 교활한 선동이 있었다. 같은 해 9월, 야에야마 지구 전체 교육위원이 참가하는 협의회에서도 이쿠호사판 대신 도쿄서적판을 채택했다. 그러나 이번에는 요나구니초, 이시가키시가 거부했다. 문부과학성은 다케토미초 교육위원회에 교과서무상조치법 위반을 이유로 교과서 배부를 거부했다. 그로 인해 다케토미초 학생들은 주민들이 기증한 도쿄서적판을 배부받아 사용했다. 민주당 정권 당시, 문부과학성 대신大臣은 다케토미초에 교과서를 무상으로 배부할 수는 없지만, 초의 채택 행위를 무효로 볼 수 없다고 밝혔다. 초에서 임의로 교과서를 구매, 배부해도 법률에 위배되지 않는다는 말도 덧붙였다. 교과서를 배부하지 않는 것은 교육받을 권리를 침해하는 것이다.

자민당으로 정권이 교체된 후, 문부과학성은 다케토미초에 압력을 가해 오키나와현 교육위원회를 패스하고, 3월 14일에 직접 제정 요청을 하기에 이르렀다. 다케토미초 교육위원회는 이를 거부하고, 도쿄서적판을 배부하기로 했다. 정치권력의 부당한 개입이 명백하다. 국가가 가하는 압력이 갈수록 심해지고 있음을 실감한다.

황혼의 섬 바닷가에 서서 눈앞에 펼쳐진 섬들을 바라본다. 지금 여기서 「류큐공화사회헌법」을 떠올리니 허무함이 밀려온다. 근세 시대의 야에야마 사람들은 작은 섬들의 인구가 증가한 탓에 먹고살기 힘들어 다른 섬으로 이주해 갔다고 한다. 머릿수에 따라 세금을 부과하

기 때문에 밭이 없는 섬사람들은 납세를 피해 위험을 감수하고 바다를 건너야 했다. 때로는 하이도난ハイドナン, 파이파테로마パイパテローマ·南波照間[6]와 같은 환상의 섬으로의 도피를 꿈꾸기도 했다. 근대에 접어들면서는 대만이나 남양으로 이주했다. 이들이 돈을 벌어 고향으로 보내오지 않았다면 야에야마 경제도 살아나지 못했을 것이다. 전후, 무정부 상태가 된 야에야마에서는 야에야마 자치회를 조직했지만, 대만이나 암시장에 기대지 않으면 생활이 곤란한 상태였다. 지금은 일본 정부의 막대한 보조금 덕에 경제가 돌아가고 있지만, 「류큐공화사회헌법」을 실현하려면 굳은 결의와 각오가 필요하다. 오늘날의 류큐호 사람들에게 그런 각오를 기대할 수 있을까? 유감이지만 불가능하다고 생각한다.

민속학자 다니가와 겐이치谷川健一는 오키나와 바다를 바라보면서 일상과 비일상의 공간이 혼재한다며 감탄했다고 한다. "현세에 대한 애착과 사후세계의 비애뿐만이 아닌, 현세의 슬픔과 선조의 영혼이 머무는 사후세계에 대한 사모"가 혼재되어 있음을 비애라는 의미가 담긴 '가나시かなし'라는 용어로 표현하기도 했다.『일본인의 영혼은 어디로(日本人の魂の行方)』

바다는 현세와 사후세계를 연결하는 접점이다. 일본에 압살당하고 있는 현세에서는 「류큐공화사회헌법」을 갈망하면서도, 다른 한편으

---

4   '하이도난'은 오키나와현 야에야마 제도의 요나구니 섬(与那国島) 남쪽에 있다고 전해지는 전설의 섬이다. '대(大)요나구니 섬'(우후도난, 우후두난)이라고도 불린다. '파이파테로마'는 야에야마 제도의 최남단에 자리한 하테루마 섬(波照間島) 남쪽에 있다는 이상향.

로는 동떨어진 현실에 낙담하기도 한다. 이 글을 쓰고 있는 이 순간에
도. 러시아가 크림자치공화국을 강제 편입시켜 버리는 일이 터졌다.
크림자치공화국에 사는 러시아인들이 편입을 요구했고, 이에 러시아
정부가 무력으로 편입시킨 것이다. 점점 드세지는 민족주의 앞에서
우리는 폭력에 맞설 수 있는 말을 찾아야 한다. 과연 「류큐공화사회헌
법」은 사람들로 하여금 폭력에 대항하는 말을 찾게 할 수 있을까? 금
환일식으로 붉게 물들며 저물어가는 태양을 바라보고 있자니 무력감
이 엄습한다.

　세상사 영고성쇠이기 마련. 내일을 믿어보자. 기다린 내일에 보물
같은 생명이 있을지.

오타 시즈오

「류큐공화사회헌법C사(시)안」에 대한 단상

최근 미래사未来社에서 가와미쓰 신이치 씨가 기초한「류큐공화사회
헌법」을 검증하는 작업을 시작한 모양이다. 반가운 일이다. 이 헌법사
안은 1981년『신오키나와문학』제48호에 처음 게재되었고, 1987년
『오키나와 자립과 공생의 사상—미래의 조몬으로 이어지는 가교』라
는 제목의 단행본에도 수록되었다.『신오키나와문학』제48호에 나란
히 실렸던「류큐공화국헌법F사(시)안」과 함께 읽어보면 이해가 더 쉬
울 것이다.

나는 가와미쓰 씨의 풍부한 감성과 스스로에게 던지는 거침없는
질문과 비판에 깊은 감명을 받았다. 전후 오키나와가 직면한 고난을
피하지 않고 맞서려는 자세가 특히 그렇다. 점령 지배자인 미군정은
1953년에「토지수용령」이라는 악법을 공포해 농민의 토지를 말 그대
로 '총검과 불도저'로 강제 접수했다. 이 같은 미군정의 기지 확대·강
화 움직임에 맞서 기노완시宜野湾市 이사하마伊佐浜 주민들은 온몸으로
저항했다. 가와미쓰 씨의 헌법 초안은 바로 이러한 패전 후의 고난과
'복귀' 후의 비참한 오키나와 현실을 목도하는 가운데 탄생했다. 시대
가 낳은 소산이라는 말이다. 가와미쓰 씨는 이러한 사정을 시와 글을

통해 이야기해 왔다.

그는 헌법 초안을 기초한 동기에 대해 이렇게 말하고 있다.

"지금까지의 오키나와에 대한 정치적 처리 과정에서 말한 것이나 이룬 것이 모두 독이 되어 돌아옴에 따라 우리들의 정신은 기묘한 광기를 품게 되었다. 이 광기가 나 자신을 정신병원 철창살 속에 던져넣지 않도록 그 억제 수단으로 몇 개의 언어를 통해 대상화하고자 한 것이다. 정치권력을 고발하고 항의하고 규탄한다 한들 더 이상 기대할 것이 없다. 그러나 고발이나 규탄은 내가 광기로 질주해 가지 않도록 붙잡는 궁극의 카타르시스다"라고.

가와미쓰 씨는 또 이렇게 말한다. "주오대학中央大学에서 마르크스를 배워 50년대 토지투쟁 국면에서 뛰어난 사상가의 역할을 맡았고, 장차 모某 정당의 이론적 지주로서 기대받았던 H 씨는 지금 나하시 근교 정신병원 창살 안에서 공허한 시선을 하고 무언가 충동질 당한 사람처럼 벽을 때리거나 괴성을 지르며 날뛰고" 있으며, "1960년대에 류큐대학 문예부에서 시와 하이쿠를 썼던 M 군은 오래전 자살했다. 그와 같은 세대이자 걸출한 시집을 간행하는 등 한때 오키나와 시인 가운데 가장 영향력 있는 인물로 꼽혔던 K 군은 일상에서의 관계 형성이나 작금의 상황을 완강하게 거부했다. 취업 전선에서 온갖 이유로 문전박대 당하다가 결국에는 광기만 남았다"고.

그런데 이러한 일은 개개인의 체험에 국한되지 않는다. 내 주변에도 히토쓰바시대학一橋大学을 나와 미국 시카고대학에서 수학한 유능한 친구가 있었는데, 미군 CIC의 감시를 받다가 결국 자살로 생을 마감했다. 이것이 오키나와의 거짓 없는 실상이다.

이전 오키나와 전투 때는 현縣 내에 소재한 남자 중학교 12개교, 여학교 10개교에서 차출한 10대 학생들을 전장으로 내몰았다. 그 결과 남학생 2,344여 명 가운데 1,545여 명이 전사했고(교사 67명 포함), 여학생은 984여 명 가운데 545여 명이 희생당했다(교사 33명 포함). 게다가 10대 학생들은 아무런 법적 근거 없이 군에 동원되어 반 이상이 허망하게 소중한 생명을 빼앗겼다(본토에서 「의용병역법」이 공포된 것은 오키나와 수비군의 조직적인 저항이 종결된 1945년 6월 22일의 일로, 이 법률에 의거해 처음으로 10대 청년들이 전투원으로 전장에 동원되었다).

나도 학교 다니다가 반소매에 반바지 차림의 군복을 입게 되었다. 38식 소총 한 정과 120발의 탄약, 2발의 수류탄으로 무장하고 전투에 동원되었다가 말 그대로 구사일생으로 살아남았다. 그렇기 때문에 가와미쓰 씨의 절대평화주의사상에 동의하지 않을 수 없다.

가와미쓰 씨의 주장 안으로 조금 더 들어가 보자. "사토 내각은 1972년, 일본의 새로운 군국주의 부활을 꾀하며 헌법 개악과 6조 엔의 군사 예산을 포함한 제4차 방위력 정비계획을 수립했다. 미국과의 군사 동맹 체결 및 자동 연장을 구실로 오키나와 반환을 통해 핵 안보, 아시아 안보를 구상하고자 일미 교섭을 개시했다. 사토-닉슨 회담을 앞두고 이미 일본 정부는 B-52 상주, 해외 출격 태세를 승인했다고 보도된 바 있다. 오키나와 반환은 그야말로 미국이 원하는대로 이루어졌던 것이다. 오우라만大浦湾에 핵폭뢰 서브록SUBROC을 비축하는 거대한 저장고를 만들고, 지바나知花 폭탄 저장 지역에 군용도로와 거대한 시설을 건설하면서 입으로만 본토 수준 반환이라고 떠들어대는 것을 이제 더는 묵과할 수 없다. 우리에게 주어진 과제는 체제에도, 그리고 낡아빠진 반체제사상에도 끌려다니지 않는 자유와 평화를 강인한 무기로 삼아 우리의 사상을 표출하고, 프롤레타리아의 자기권력에 기초한 오키나와 코뮌사상을 제시하는 것이다"라고 주장한 바 있다.

이상의 발언으로 미루어 볼 때, 그가 단순히 현 시국에 매인 것이 아니라, 머나먼 미래의 인류사회까지 시야에 넣고 있음을 알 수 있다. 『신오키나와문학』 제48호에 「류큐공화국으로 이어지는 가교」라는 제목의 특집호를 꾸려 다이라 고지 씨 등의 글을 게재하기도 했다. '헌법 '초안'의 시좌'라는 제목의 좌담회도 열었는데, 여기서 가와미쓰 씨는 이런 발언을 한다. "우선 생각할 것은 백 년 후의 오키나와가 어떻게 이미지화될 것인가라는 문제입니다. 공업 유치나 나카구스쿠만中城湾 개발과 같이 공업화 사회를 목표로 하는 지금의 오키나와가 백년 후 어떤 이미지로 남게 될 것인가라는 문제의식에서부터 출발해 현 상황에 대한 비판과 근본적인 파악한 후, 그것을 반영한 헌법 초안을 구상하고 싶습니다"라고.

이로카와 다이키치 씨는 가와미쓰 씨의 이 같은 문제의식에 공감을 표하며, 「'류큐공화국'의 시와 진실기본구상」『신오키나와문학』 제48호이라는 글에서 「류큐공화사회헌법」에 포함되었으면 하는 10개 항목을 다음과 같이 제언했다.

하나, 상비군 폐지, 궁극적으로는 군비 철폐. 세계를 향한 평화 생존권
　　선언

둘, 토지 공유, 가까운 미래에 국경 및 국가 폐지

셋, 위계질서 등 서열 표시 일체 폐지, 봉건 잔재 근절

넷, 모든 회의 및 위원회는 보통선거를 통해 진행

다섯, 기본 인권 무조건적 보장, 일체의 차별 금지

여섯, 모든 관리를 선거로 선출, 인민에 의한 임면任免제도 보장, 인민의
　　불복종권 승인

일곱, 재판관을 선거로 선출, 검사 공소권 제한, 배심원제 채용

여덟, 인민의 학습권 보장, 교육비 면제, 시험 입학제도 폐지

아홉, 사형 폐지, 고문 및 기타 잔혹한 형벌 폐지

열, 언론출판집회결사의 자유, 표현의 자유 보장

이상의 10개 항목은 표현을 조금 달리했을 뿐 큰 틀에서 보면 가와
미쓰와 나카소네 두 헌법사안과 다르지 않다.

한편, 오타 류太田竜 씨는 자신의 저서 『류큐호의 독립과 만류 공존琉
球弧の独立と万類共存』1983에서 「류큐공화사회헌법」을 언급하며 다양한 관
점에서 공감을 표한 바 있다. 그 가운데 나카소네 이사오의 F사안과
비교하며 평가한 몇몇 구절을 소개해 보자.

가와미쓰의 C사안은 만물에 대한 자애의 원리, 자치의 원리를 통해 인
간사회를 제시하고 있다. 생태계를 교란하는 개발을 금하고 자연의 섭리를

따르고자 하는 노력, 자연을 숭배한 고대인의 사상을 되살리고, 파괴된 자연환경을 복구하고자 하는 것들을 명기하고 있다.

반면, 나카소네의 F사안의 특징은 '곤민주의 혁명'을 상정한 데에 있다. F사안의 '주석'에 따르면, 곤민주의란 (…중략…) 민주주의 혁명의 역사적 임무 종료, 그 뒤를 잇는 사회주의 혁명을 앞세운 관료제 국가는 자본주의로 타락했다는 역사적인 현실에 입각해 과거의 아나르코 생디칼리즘,[1] 그리고 사회주의 국가 연합군에게 살해당한 1980년대의 폴란드 노동자운동의 역사적인 통분을 짊어지고 인민의 참가와 자주 관리를 통한 '코뮌'을 수립하려는 역사철학이다.

나아가 F사안은 "19××년, 제3차 세계대전으로 인류 멸망 위기에 처한 여러 나라는 지구연합정부 구상에 인류 존속의 꿈을 걸었"으며, "지구연합정부 구상은 한때 국제연합과 같은 약소한 권한을 지닌 국제기구가 아닌, '모든 인류는 형제'라는 유례없는 인류애에 기초해 기존 국가들을 하나의 인류정부로 탈바꿈시키는 분트 조직이다"라고 명기하고 있다.

이 두 개의 헌법 초안은 공히 국가 권력을 폐절하고, 지구의 생태계, 생명계와 공생·공존하며, 지구연합, 인류정부 구상이라는 세 개의 기둥을 축으로 한다. 이것이 실현될 때 비로소 류큐민족의 독립도 가능하리라.

---

1   아나키즘과 생디칼리즘이 결합된 정치 및 경제 이념으로, 노동자들의 자주 관리와 산업별 노동조합을 통해 국가와 자본주의를 대체하려는 운동.

오키나와는 미일중소 강대국의 세계대전이라는 틀 안에 단단히 매여 옴짝달싹할 수 없다. '오키나와 현민의 옥쇄'가 다시 일어난다 해도 이상하지 않을 것이다. 이 틀에서 벗어나는 것, 무엇보다 이 위험한 올가미에서 벗어나는 것만이 내일의 오키나와를 생각할 수 있는 현실적이고 유일한 선택일 것이다. 이 이탈을 정치적으로 표현하자면 오키나와가 일본에서 독립하는 것, 일본과 손절하는 것, 더 나아가 오키나와의 미군기지와 손절하는 것이리라. "우리는 이제 완전히 정나미가 떨어졌다. 호전국 일본이여, 호전적인 일본 국민과 권력자들이여, 가고 싶은 길로 멋대로 가시오. 이제 우리는 인류 파멸로 가는 동반자살의 길을 더 이상 함께 가지 않으리"라고 「류큐공화사회헌법C안」 전문에 밝히고 있듯이 말이다.

우리는 스스로 전쟁책임을 추궁하기를 포기했고, 오히려 패전 순간부터 낯빛을 바꿔 승자 미국에 영합해 미국식 과학기술 문명과 배금주의를 받아들이는 데 광분했다. 과연 그 끝은 어디일까? 우리 일본인은 보수와 혁신, 우익과 좌익, 노인과 청년, 남성과 여성, 아이와 어른을 가리지 않고 유물주의, 금권주의, 배금주의로 점철되고 말았다. 가장 비참한 것은 거의 모든 종교단체가 돈벌이 수단으로 전락해 금권 교단화되어 버린 것이다. 그렇게 우리 일본인은 마음을 잃고, 정을 잃고, 모든 것을 돈으로만 환산하게 되었다. 돈으로 환산되지 않는 것은 쓰레기 취급당하며 버려졌다. 오키나와가 '복귀'한 '조국 일본'은 실로 이러한 일본이었다.

지금 우리에게는 일본 열도에 국가가 발생하기 이전에 성립된 일본 원주민의 정신문화, 자연관, 우주관, 윤리, 식문화 전통을 되살리는 과제가 주어졌다. 아이누모시리ｱｲﾇﾓｼﾘ : 옛 아이누족의 거주지로 오늘날의 홋카이도를 가리킴와 오키나와 독립운동의 관련성을 추구해 간다면 우리의 진정한 자치와 해방도 가능하다는 사실을 확인할 수 있을 것이다.

이상의 오타 씨의 지적대로 이 두 헌법사안은 단순한 몽상에 머물지 않는다. 일찍이 다이라 고지, 마쓰시마 야스카쓰松島泰勝, 도모치 마사키友知政樹 등 사키시마先島 출신으로 경제학을 전공한 교수들이 '류큐독립론'을 주창한 바 있으며, 류큐 사상 최초로 '류큐민족독립종합연구학회'를 설립해 독립을 주제로 한 심포지엄을 개최하기도 했다. 그런 의미에서 이 두 헌법 초안은 백년도 더 먼 꿈나라의 이야기로 끝나지는 않을 것이다.

오키나와에 거주하는 주민이 직접 주민 자치 이념을 기반으로 한 「류큐공화사회헌법」을 기초한 것은 실로 의미 있는 일이다. 다만, 일반 대중들이 조금 쉽게 다가갈 수 있도록 헌법, 행정법 전문가의 의견도 수용했으면 하는 생각이 든다. 아울러 이 초안을 어떻게 실현할 것인지 구체적인 방법론에 대해서도 제시할 필요가 있을 것이다.

여담이지만, 1978년 도쿄대학에서 오키나와국제대학으로 자리를 옮긴 다마노이 요시로玉野井芳郎 교수가 오키나와 지역주의 집단회를 조직해 생존과 평화를 근간으로 하는 「오키나와 자치헌장」을 만들어 자신이 활동하던 '평화를 만드는 오키나와 100인 위원회' 멤버들에게 소개하자, 일본복귀를 주장하는 이들로부터 "독립할 셈이냐"라는 비판을 받았다고 한다. 오키나와 독립론으로 받아들여진 탓에 교각살우처럼 100인 위원회 자체가 와해되고 말았다. 하지만 이 헌장이 지역공동체 분권을 지향했던 많은 자치체에게 강렬한 영향을 준 점은 부정할 수 없을 것이다.

이 자치헌장과 가와미쓰의 헌법사안을 비교해 보면, 어느 쪽이 실현 가능성이 더 높은지 가늠할 수 있을 것이다. 「오키나와 자치헌장」의 취지는 다음과 같다.

"우리는 오키나와를 살아가는 주민과 이들 생활자의 자치, 자립을 위한 이상과 권리를 보유한다. 그 원리 및 권리는 류큐호의 무덥고 습한 아열대 도서 지역의 자연환경, 그리고 '예의 나라守禮之邦'로 상징되는 비폭력 전통, 평화적 지역 교류의 역사와 함께 깊이 뿌리내린 것이다. 우리는 제2차 세계대전 당시 오키나와 전투 하에서 군민軍民이 뒤섞여 치른 국토전이 어떤 것인지 뼈저리게 체험했다. 그것은 참상이라는 한 단어로밖에 설명할 길이 없다. 나아가 우리는 전후 미 점령하에서 인간으로서의 자유와 권리를 구속당하고 이루 말할 길 없는 고난을 체험했다. 우리의 평화를 향한 희구는 이러한 마땅한 이유로부터 나왔다. 그러나 우리가 평화를 실현하고자 하는 이 세계는, 자연생태계의 황폐화와 전 지구적 및 우주적 규모의 핵 위협으로 인해 중대한 위기에 봉착했다. 일본 최남단에 위치하며, 현재 어마어마한 미군 기지를 끌어안고 있는 오키나와. 이 위기감은 실로 심각하다. 오키나와의 전후, 특히 복귀운동 및 평화운동의 역사를 생각할 때, 일본국헌법 및 본 헌장이 정하는 권리를 확대, 보완하여 후대에 길이 전하는 것은 우리 오키나와 주민의 의무이다. 여기서 우리는 생명과 자연에 대한 존중을 선언하고, 생존과 평화를 뿌리로 삼는「오키나와 자치헌장」을 제정해 차후 자치·자립 이념과 목적을 달성할 수 있기를 진심으로 기원한다."

또한, 제13조에서는, "오키나와 주민은 영구불변의 평화를 희구하며 자위적 전쟁을 포함한 모든 전쟁을 부정하며, 오키나와 지역에서 전쟁을 목적으로 하는 모든 물적, 인적 조직을 금한다. 오키나와 지역에서 핵병기를 제조하고 저장하거나 반입하는 것을 금한다. 또한 핵병기를 탑재할 수 있는 선박, 항공기의 기항 및 해협·공역 통과를 금한다"라고 규정하고 있으며, 제18조에서는, "이 헌장에 따라 보장되는 기본권이 국가 및 자치체에 의해 침해당할 경우, 주민은 이에 저항할 권리를 가진다. 자치체의 자치권이 국가의 행위로 인해 침해되었을 경우, 자치체는 이에 저항할 권리를 가진다"고 명시하고 있다.

그밖의 조항들도 비교적 알기 쉬운 표현으로 이루어져 있어 대중적인 이해를 도모할 수 있으리라 기대된다.

오키나와가 다시 전장의 섬이 되지 않기 위해
오키나와 기지 문제와 향후 투쟁의 방향성

들어가며

전쟁 가능한 국가를 목표로 폭주하는 아베 내각의 움직임이 심상치 않다. 국회의 압도적 지지를 등에 업은 모습은 흡사 독재 정권을 연상케 한다.

오키나와에서는 현 선출 자민당 국회의원단인 현의단縣議団에 압력을 가해 선거공약인 '후텐마 기지 현외 이설 요구普天間基地県外移設要求'를 '헤노코 기지 건설 용인辺野古基地建設容認'으로 바꿔치기 했다. 또한 나카이마 히로카즈仲井真弘多 현지사에게 공약을 어기고 정부에 굴복하는 추태를 보이도록 강요했다. 권력이란 참으로 무서운 것이다. '민주주의'와 거리가 먼 정치폭력의 본성을 드러내고 오키나와의 숨통을 조여왔다. "기지를 만들라", "전쟁의 선두에 서라"고 말이다. 오키나와는 지금 정부의 권력에 맞서고 있다. '안보의 최전선'이라는 꼬리표를 달고 정부가 준비하는 '새로운 전쟁'의 공포에 떨고 있다.

1969년 11월, 미국에서 사토 수상과 닉슨 미 대통령이 합의한 「오키나와반환협정」은, '조국복귀'운동에 힘쓰고 있던 오키나와에 큰 충격을 안겼다. 군정권하에서 무수한 폭력과 부조리함에 고통받고 있던 오키나와가 미군지배와 군사기지로부터 해방을 외치기 시작했지만, 미일 양 정부의 주도면밀한 계산과 합의로 인해 무참히 짓밟혀갔다. 그로부터 1972년 5월의 오키나와 반환에 이르기까지, 오키나와는 사상과 행동이 뒤섞이는 혼란을 강요당했다. 한 치 앞을 나다볼 수 없는 암흑 속, 미래에 대한 전망이 불투명한 시대. 오늘날의 정치상황과 겹쳐 보인다.

복귀운동에 내재되어 있는 '조국'에 대한 환상으로 인해 사상과 운동은 한계에 봉착했다. 이러한 시대 흐름 속에서 아라카와 아키라, 가와미쓰 신이치, 오카모토 게이토쿠가 '반복귀'론을 주장하며 등장했다. 오키나와와 야마토본토의 관계를 역사 안에서 고증하는 한편, 야마토 정부의 오랜 오키나와 차별 정책이 오키나와 전투를 거쳐 오늘날의 미군 지배로 이어져 온 것임을 분명히 했다. 그 차별은 천황제라는 특수한 지배 장치가 오키나와를 통째로 '교화가 미치지 못하는 지방의 백성化外の民'으로 규정하고 '동화'를 강제하는 가운데 점점 더 심화되었다. 그렇게 국가에 포섭된 오키나와는 국가의 무모함을 규탄하는 것도 불가능해진 '복귀'운동의 한계를 날카롭게 파고들었다. 그것은 오랜 차별로 위축된 오키나와의 영혼을 해방시키는 일이자, 국가에 포섭되더라도 국가 안으로부터 국가를 공격할 수 있는 힘을 확립하고자 하는 전례 없던 사상 행위였다.

나는 이 충격적인 반복귀론에 대해 그 누구와도 의견을 나눠보지

못했다. 그런데 가와미쓰 신이치의『오키나와에서 말한다―복귀운동 후 40년의 궤적과 동아시아沖縄発―復帰運動から40年』출판을 기념해 열린 '4·9 오키나와 패널 디스커션'2011.4.9에 발제자로 참여하게 되어 이제 야 생각을 정리할 기회를 얻었다. 그 자리에서 발언한 내용의 일부를 옮겨 적는 것으로 이 글을 시작하고자 한다.

　제 개인적인 이야기를 말씀드리면, 고등학교에 입학한 해가 1968년이 었는데, 바로 그 해에 B-52가 가데나嘉手納 기지에서 폭발사건이 발생했습 니다. 핵에 대한 공포, 오키나와가 섬째로 날아가지나 않을까 하는 걱정에 사로잡힌 채 고등학교 시절을 보냈습니다. 2학년 때는 오키나와 반환협정 이 체결되었고, 이듬해부터 오키나와 반환이라는 것은 속임수이며, 발목을 잡게 될 것이라는 말들이 나오기 시작했습니다. 그리고 3학년 때는 70년 안보 등, 매우 혼란스러운 시대였습니다. 2학년 때 학우들과 반환협정에 반 대하며 일주일 동안 단식투쟁을 했습니다. 3학년 때는 안보에 반대하며 학 교를 바리케이드로 봉쇄했죠. 그러다가 6월에 제적 처분을 받고 말았습니 다. 그런 와중에도 오키나와의 앞날에 대한 걱정이 끊이지 않았습니다. 바 로 그 시기에 가와미쓰, 아라카와, 오카모토의 반복귀사상을 접하게 되었 고, 아라카와 아키라의『반국가라는 차별과 낙인의 땅反国家の兇区』에 피력 된 사상을 열심히 읽었습니다.

　1968년부터 1970년에 이르는 격변기를 어떻게 보냈는지 조금 더 이야 기를 이어가 보겠습니다. 그렇게나 기대를 걸었던 복귀운동이 미일 양 정 부의 손아귀로 넘어가게 되면서, 1969년 반환협정은 "핵무기 없이, 본토

수준으로核抜き本土並み"라는 캐치프레이즈가 무색하게 오키나와 기지를 자유롭게 사용하는 등의 내용이 포함된 제멋대로의 협정으로 전락해 버렸습니다. 그 결과가 현재 우리가 눈앞에서 목도하고 있는 기지 문제입니다. 당시 우리는 반복귀파의 주장에 대해 이렇게 생각했습니다. 오키나와의 이질성이나 위화감 같은 것들을 '우치난추오키나와인'나 '류큐인'과 같이 우리 부모 세대가 들으면 졸도할 만한 단어들로 표현하자. 오키나와와 본토 간의 이질성, 위화감 같은 것들을 애써 피하지 말고 당당히 마주하자. 우리를 차별하기 위해 사용해 온 용어들을 역이용해서 우리를 궁지로 몰아넣는 국가에 대항해 가자는 식의 주장이었는데, 이것이 제게 매우 강렬하게 다가왔습니다. 우치난추, 류큐인, 비국민 등, 말하자면 오키나와의 부정적인 유산을 거꾸로 국가로 향하는 사상의 근간으로 자리매김하고자 하는 움직임이었는데, 그렇게라도 하지 않으면 우리는 그 시대를 온전히 살아낼 수 없었을 겁니다.

오키나와가 자신들의 사상을 발신한다는 사실에 전율을 느꼈고 힘을 얻었습니다. 그때 영향을 받은 또 한 권의 책이 있는데 바로 나카야 고키치中屋幸吉 씨의 『이름이여, 일어나 걸어라名前よ立って歩け』1965입니다. 오키나와의 절망적인 상황에 좌절해 스스로 목숨을 끊은 사람의 이야기로, 저자는 학생운동에 몰두하던 류큐대 학생이었습니다. "이름이여, 일어나 걸어라"라는 제목처럼 당시 우리는 과연 일어나서 걸을 수 있을까? 불투명한 미래와 함께 회의에 빠져 있었습니다. 우리를 소외시키고 차별하고 억압하는 국가란 무엇인가? 오키나와 사회를 변방 취급하고 국가에 포섭시키면서도 내부 식민지 취급하며 채찍질을 멈추지 않는 야마토란 무엇인가? 그런 생각들에 휩싸여 있었습니다. 오키나와의 젊은 세대에게 이러한 사유가 계승되고 있다는 사실은 고무적인 일이 아닐 수 없습니다. 최근 지넨 우시知念ウシ 씨, 다나카 야스히로田仲康博 씨, 메도루마 슌目取真俊 씨의 책들을 읽었는데, 우치나오키나와를 비하하지 않고, 차별받더라도 위축되지 않고, 당당하게 오키나와를 말하고, 오키나와의 입장과 오키나와의 해방을 주장하는 목소리를 들을 수 있었습니다. 가와미쓰 씨 세대가 이루어 놓은 선구적인 작업이 없었다면 이처럼 꽃필 수 없었으리라 생각합니다.

다소 긴 인용이었으나, '반복귀'론을 둘러싼 시대 분위기가 잘 전달되었기를 바란다. 시대는 바야흐로 새로운 국면으로 향하며 또다시 격랑 속으로 빠져들고 있다. 단련을 거듭해 온 오키나와의 강인한 사상을 양식 삼아 드높은 기개로 그 흐름에 맞서야 한다. 또한, 오키나와의 자립과 해방에 대한 논의도 게을리해선 안 된다.

그렇긴 하지만 나 역시 「류큐공화사회헌법」을 지금 우리 시대가 어떻게 마주해야 하는지 논의할 만한 능력은 갖추지 못했다. 다만, 현재 운동에 관여하고 있는 사람으로서, 오키나와 기지 문제, 지금도 여전히 국가권력과 대치 중인 오키나와의 현재를 진단하고 향후 과제에 대해 생각해 보고자 한다.

폭주하는 아베 내각

전쟁 가능한 국가로 치달아 가는 아베 내각의 맹렬한 위세가 전국으로, 그리고 오키나와로 퍼져가고 있다. 안보의 최전선에 자리한 오키나와에서는 센카쿠 문제를 둘러싼 중일 간의 긴장이 고조되고, 이와 함께 전쟁의 위협이 현실로 다가오고 있다. 오키나와를 다시금 전쟁터로 만들 수는 없다.

2012년 12월 출범한 제2차 아베 내각은 헌법 '개정' 특히 제96조의 선행 '개정'을 강하게 밀어붙였다. 목적은 자민당 헌법개정 초안에 나와 있듯 헌법을 전면 수정하여 옛 천황제 군국주의사회를 부활시키는 것이다. 헌법개정 문턱을 통상 법안 수준으로 낮추고, 그 위에 '국민주권', '평화주의', '인권존중'을 대원칙으로 하는 헌법 체계를 전면 해체하려는 흉악한 음모를 꾸미고 있다. 2013년 7월에 있었던 참의원의원 선거에서 헌법개정 발의에 필요한 3분의 2 이상의 의석을 차지할 수 없게 되자, 서둘러 집단적 자위권 행사 용인 검토로 방향을 틀었다. 이는 모든 역대 내각이 위헌으로 규정해 온 사항이다. 교전권을 부정하고 무력 보유를 금지하는 헌법 9조의 나라가 어째서 '동맹국'이라 칭하는 외국 군대와 함께 전쟁 행동을 취할 수 있다는 식의 '해석'이 가능하단 말인가. 그런 일이 가능하다면 헌법 '개정' 따위는 필요 없지 않을까? 모든 헌법 규정이 그 의미를 잃게 되는 극단적 발상이자 폭력적 사고라고밖에 볼 수 없다. 국민의 압도적 다수가 '해석' 개헌을 통해 '전쟁 국가'로 진입하는 것에 반대하고 있음에도 아베 내각은 폭주를 멈추지 않고 있다. 더욱 경계해야 할 것은, 2013년 말 특별국회에 서 체결된「특정비밀보호법特定秘密保護法」이다. 국민의 알 권리와 보도 의 자유를 빼앗고 국회에서 자유롭게 토의하거나 질의할 권리조차 압 살해 버리는 무시무시한 국가비밀법. 그리고 이번 정기국회에서는 이 「특정비밀보호법」에 한술 더 떠서「공모죄共謀罪」[1]를 제안할 예정이라 고 한다. 군사 국가 '재생'을 향한 움직임을 더욱 활발히 할 뿐만 아니 라 정부 반대 세력을 단속하는 치안 입법 정비까지 빈틈없이 처리하 고 있다. 가공할 만한 사태다.

아베 내각은 또 다른 한편으로 야스쿠니 신사 참배를 강행하고 고 노 담화와 무라야마 담화에 대한 재검토를 진행해 전후 레짐을 청산하 려고 안간힘을 쓰고 있다. 당연하게도 아시아 주변 국가, 특히 한국과 북한, 중국의 거센 반발로 인해 정상적인 외교관계가 불가능한 사태에 이르렀다. 돌이켜 보면 전후 민주주의 교육의 이상을 담은 교육기본법 도 제1차 아베 내각에 의해 전면 수정되었고, 교육의 중심에는 '공공公 共 정신'과 '향토애', '애국심'이 자리잡았다. 히노마루와 기미가요가 '국 기'와 '국가'로 법제화되었다. 고등학교 역사교과서에서 오키나와 전투 당시의 '집단자결集団強制死' 사태에 일본군이 관여한 사실을 삭제시킨 것도 아베 내각이었다. 진실을 겸허히 마주하는 역사 인식을 '자학사 관'이라고 맹렬히 공격하고, 오늘날 재일교포 조선계 인사들에게 '헤이

---

1 범죄를 실행에 앞서 준비 행위를 처벌하는 것으로, 범죄 집단이 중대한 범죄를 계 획하고 실행 준비를 하는 단계에서 처벌을 가능하게 한 법. 주로 조직 범죄와 테러 를 예방하기 위한 목적으로 도입되어「테러 등 준비죄(テロ等準備罪)」로 알려져 있다. 아베 내각의 추진으로 2017년 6월 15일에 법으로 제정되었다.

트 스피치'를 가하는 우익 배외주의 행태에 적극적으로 가담한 것도 아베 내각이었다. 아베 총리의 자세는 한결같다. 이 무시무시한 '우익 군국주의자'가 다시금 내각을 조직했다. 더구나 이번에는 국회에서 압도적 다수의 여당을 등에 업고 등장했다. 우리는 지금 더 없이 반동적이고 흉악한 내각과 마주하고 있다. 마음을 단단히 먹어야 한다.

사회 어디를 둘러보아도 밝은 뉴스라고는 찾아볼 수 없다. 아베 내각이 하는 일이라고는 군 확대와 전쟁을 준비하기 위한 법 정비, 그리고 원전 재가동과 경제정책으로 빈부격차만 심화시킬 뿐이다. 특히, 후쿠시마福島 원자력 발전소 사고 이후 일본 정부와 관련 기관들이 오염수 관리와 관련하여 상황이 통제되고 있으며, 오염수가 차단되고 있다는 메시지를 IOC 총회에 전달한 것은, 아베 총리가 국민의 생명과 삶에 아무런 관심을 기울이지 않는다는 사실을 증명했다. 이는 간과할 수 없는 범죄적 발언이라고 보아야 한다. 눈꼴 사나운 우익 매파 정치 강행과 지지부진한 원전사고 대응에 대한 비판을 회피하기 위해 '아베노믹스'[2]를 요란하게 선전하고 있지만 일반 국민에게 돌아오는 것은 없다. 실체 없는 머니 게임에 불과하다. GDP의 2배가 넘는 국채를 발행하고, 시중은행에 일본은행日銀을 인수하게 한다. 자금이 넘치면 경제가 활성화되리라는 위험천만한 전망. 일부 수출기업의 주가가 오

---

2   일본 아베 신조 전 총리가 침체된 경기를 부양하기 위해 실시한 경제정책을 뜻하는 말로 '아베'와 '이코노믹스(economics)'의 합성어다. 2012년 총선을 앞두고 윤전기를 돌려서라도 무제한으로 돈을 찍어내 장기 침체에 빠진 경제를 살려내겠다는 의지를 천명하며, 실현 방안으로 양적완화, 재정지출 확대, 공격적 성장전략 등 이른바 '세 개의 화살'을 제시했다.

르면 경기가 좋아졌다고 자화자찬한다. 대기업들이 이익을 산출하고도 고용이나 고용조건 개선에는 돈을 쓰지 않고 내부 유보금으로 쌓아두고 있다는 것은 잘 알려진 사실이다. 브레이크 없는 노동법 규제 완화로 인해 노동자들의 40%는 비정규직으로 일하며 미래가 불확실한 생활을 하고 있다. 고용 불안과 저임금, 소비세 인상으로 인해 생활은 한층 더 어려워졌다. TPP 참여는 농림수산업을 중심으로 한 지역사회를 파괴하고, 나아가 국민의료를 지탱해 온 국민건강보험제도国民皆保険制度와 연금제도를 국제금융자본에 팔아치웠다. 그야말로 국민경제, 사회시스템을 해체의 길로 몰아가는 위험천만한 국가 운영 방식이 아닐 수 없다. 이대로라면 미래는 불 보듯 뻔하다. 금융공황으로 이어지고 경제는 파탄날 것이다.

아베 총리에게 남은 길은 '중국의 위협'을 내세우고 '한국의 비도非道'를 부추겨 외부의 적을 만들고, 일종의 공포정치로 정권의 구심력을 도모하는 것밖에 없다. 아베 총리가 본래 갖고 있는 우익 군국주의적 성향과 국내 정치의 폐색감이 마침내 정치상황을 위태롭게 만들고 있다. 전형적인 파시즘 정치기법이다. "나치를 본받자"며 목소리를 높이는 아소 다로麻生太郎 부총리의 행태는 아베 정권의 본질을 잘 보여준다.

오키나와를 향한 강한 압박

전쟁 가능한 나라로 탈바꿈해 가려는 아베 내각의 움직임은 헤노코 신기지 건설이나 다카에 헬리패드 건설 등으로 이어져 오키나와를 '도서 방위'로 자리매김해 갔다. 국경의 섬이 되어 버린 요나구니는 자위대 기지 건설 문제로 바람 잘 날 없다. 게다가 이시가키에 자위대 기지 건설을 만들고, 미야코, 시모지의 파일럿 훈련 비행장을 군사시설로 이용하려는 계획을 세우고 있다. 센카쿠 제도의 '국유화'로 빚어진 중국과의 군사 긴장을 빌미로 '방위력 정비'의 필요성을 주장한다. 재야의 우익 세력을 동원해 미군기지 게이트 앞 오스프레이 배치 반대 행동이나 신기지 건설 반대 행동에 개입하기 시작했다. 전에 없던 사태이다.

1) 후텐마 기지 헤노코 이전 문제

오키나와는 오스프레이의 후텐마 기지 배치에 반대하며 '올 오키나와オール沖縄'라는 단체를 조직해 미일 양 정부에 대항했다. 그 힘은 2012년 9월 9일에 개최된 '오스프레이 배치에 반대하는 오키나와현민 대회'에 10만여 명을 결집시키는 형태로 나타났다. 모든 현県 선출 국회의원들과 현의회 의원단, 현수장, 시정촌市町村의회 의원이 모여 오스프레이 배치와 후텐마 기지 현내 이설에 반대하며 단결했다. 미군 지배하의 엄혹한 시절에도 보수와 진보가 기지 문제로 이렇게까지 대동단결한 적은 없었다. 오키나와의 단결된 힘을 목도한 아베 내각

은 온갖 권력을 행사하며 이를 부수고자 했다. 2013년 말, 마침내 적나라한 국가의 폭력이 오키나와를 덮쳤다.

후텐마 기지의 헤노코 이전은 아베 내각의 폭주를 상징하는데, 현외 이설을 주장해 온 자민당 현련県連에 압력을 가해 마침내 현내 이설을 받아들이게 했다. 11월 25일, 후텐마 기지의 현외 이설을 선거공약으로 내걸어 신임을 얻었던 국회의원들은 이시바 시게루石破茂 자민당 간사장을 비롯한 중앙 권력자들에게 굴복당하고 만다. 기자회견장에 끌려가 창백한 얼굴로 고개를 숙이고 정부 방침에 따르겠다고 발표하는 국회의원들의 모습을 보고있자니 분노를 넘어 측은한 생각마저 들었다. 오키나와가 당면한 가혹한 상황을 선명히 보여준 장면이었다. 그리고 마침내 12월 27일, 나카이마 히로카즈仲井眞弘多 현지사가 전향을 표명했다. "놀라운 평가"라며 정부를 치켜세운 나카이마 지사는 처음부터 정부 방침에 따를 생각이었으나 이를 숨기고 현민을 속여왔다는 사실을 스스로 고백한 셈이다. 현민들은 연일 현청과 현의회 주변에 집결해 분노를 표출했다.

아베 내각의 폭주는 여기서 끝나지 않았다. 헤노코 이설 공사를 방해할 시 즉각 형사특별법을 발동할 것이며, 육상에서의 위법 행위나 사전 행동에 대해서도 엄격히 다룰 것임을 분명히 했다. 공사도 시작되기 전에 최고 수준의 형사 탄압을 예고한 것이다. 오키나와 현민들에 대한 갈취라고밖에 표현할 길이 없다. 민주주의 흉내마저 저버린 폭력적이고 기만적인 아베 내각의 행태에 오키나와는 분노하며 "우세란쿄!ウセーランキョー: 바보 취급하지 말라"를 외쳤다.

이듬 해 1월 19일, 나고名護 시장 선거가 치뤄졌다. "땅에도 바다에도 신기지 건설은 용납할 수 없다", "나고시의 일은 나고 시민이 결정한다"라는 캐치프레이즈를 내걸었던 이나미네 스스무稲嶺進 후보가 4천 표 이상의 압도적 표차이로 재선에 성공했다. "5백억의 진흥 기금을 만들겠다"는 자민당 이시바 간사장의 달콤한 공약에도 시민들은 흔들리지 않았다. 나고시의 선거 결과에 오키나와 전체가 감격의 눈물을 흘렸다. "민의는 살아있다", "현민은 굴복하지 않는다"며 결의를 새롭게 다졌다. 이나미네 시장은 시장이 갖는 권한을 총동원해 신기지 건설을 강력히 저지하겠다고 선언했다. 이제 남은 것은 상상을 초월하는 탄압, 방해, 괴롭힘을 가할 정부로부터 이나미네 시장을 지켜내고 지지하는 것이리라. 헤노코 바다를 메우고 새로운 전략기지 건설에 나서는 일본 정부에 맞서기 위해, 전쟁 없는 평화로운 미래를 위해 수백수천 명 규모의 연좌농성을 벌이는 것이다. 2004년부터 지금까지 헤노코 바다에서 투쟁을 이어오고 있는 시민들과 함께 해야 할 때가 왔다. 현민의 대동단결만이 정부의 폭력에 대항할 수 있다는 것을 우리들은 투쟁의 역사로부터 배웠다. 다시 용기를 내어 실행에 옮기자.

2) 히가시촌東村 다카에 헬리패드 기지 건설 문제

오키나와 본섬 북부, 구니가미촌国頭村과 히가시촌에 걸쳐 있는 8천 헥타르에 이르는 광대한 미 해병대 북부 훈련장. 이 일대는 오키나와 본섬에서 유일하게 사람의 손길이 닿지 않은 자연이 보존되어 있다. 얀바루구이나ヤンバルクイナ : 얀바루 흰눈썹뜸부기나 노구치게라ノグチゲラ : 오

키나와 딱따구리 등 희귀 조류와 동식물이 서식하는 곳이자, 세계자연유산에 등재된 귀중한 숲이다. 그 북부 훈련장의 구니가미촌 쪽에 위치한 4천 헥타르 이상이 1996년 SACO^{Special Action Committee on Okinawa : 일본과 미국 간의 특별 행동 위원회} 합의로 반환이 결정되었다. 그러나 미군은 여기에 터무니없는 조건을 달았다. 반환 예정지 내의 헬리패드 7곳 중 6곳을 히가시촌 훈련장으로 이전하겠다는 것이다. 히가시촌 훈련장은 이미 16개의 헬리패드가 자리하고 있고, 신설 예정인 6개의 헬리패드는 인구 150여 명의 다카에 마을을 완전히 감싼 형태로 설계되었다고 한다. 이미 후텐마 기지에 배치된 오스프레이와 2004년에 오키나와국제대학에서 추락사고를 일으켰던 CH-53과 동형의 대형 헬리콥터가 수시로 마을 위를 저공비행으로 날아다닌다. 주민들은 헬리패드 건설 반대를 외치며 떨쳐 일어났다.

2007년 7월에 N1 지구, N4 지구라 불리는 구역의 헬리패드 건설 공사가 착공된 이후, 텐트를 치고 밤낮없이 감시하며 신기지 건설 반대를 외치고 있다. 이 반대 행동은 히가시촌의 광대한 훈련장까지 철거하라는 것이 아니라 새로 건설되는 6곳의 공사를 멈춰달라는 것이다. 2014년 3월에 완공된 N4 지구의 헬리패드 2곳까지 하면 이 귀중한 숲에 총 18곳의 헬리패드가 들어서는 셈이다. 대체 왜 이토록 많은 헬리패드가 필요한 걸까. 헬리패드로 뒤덮인 마을에서 어떤 생활이 펼쳐지게 될까. 오스프레이의 폭음과 열기로부터 숲과 숲에 사는 동식물들을 지켜낼 수 있을까. 이 작은 섬에서 수천 년을 살아온 생명들은 이대로 소멸되어 버리고 마는 것일까.

이런 간절한 마음으로 반대 행동에 임해온 주민 16명을 오키나와 방위국은 통행 방해 금지 가처분 신청을 하고, 이어서 본소송으로 전환했다. 피소된 주민 중에는 7세 아동도 포함되어 있었다. 이는 명백히 주민 탄압이 목적인 부당한 재판슬랩 소송이다. 주민들이 피소된 것은 공사가 시작된 이듬해인 2008년이다. 그러나 주민들의 투쟁은 아직 끝나지 않았다.

2014년 7월부터 남겨진 4곳의 헬리패드가 건설될 예정인 N1 지구 등으로 무대를 옮겨 치열한 공방전을 벌이고 있다. 그런데 오스프레이의 후텐마 기지 배치에 반대하고, 헤노코 신기지 건설 반대에 한목소리를 냈던 현민들이 이번 다카에 헬리패드 건설에는 어째서인지 목소리를 내지 않는다. 인구가 적기 때문에 영향을 별로 안 받을 것이라고 생각하는 걸까? 그렇다면 "후텐마 기지보다 헤노코가 영향이 적을 것"이라고 주장해 온 정부 측 논리와 다를 바 없지 않은가. 부디 다카에 헬리패드 저지 농성에 적극 참여해 주기 바란다.

3) 도서 방위와 사키시마先島

도서 방위의 최전선인 사키시마 지역에서는 각 섬의 자위대 배치와 주둔지 건설이 잇달아 검토되었다. 요나구니 섬의 경우, 2014년 중에 건설을 시작한다고 한다. 기지 건설 찬반 논란이 작은 섬을 갈라놓고 있다. 뿐만 아니라, 이시가키 섬의 자위대 주둔 기지 건설 계획이 밝혀졌다.『류큐신보』・『오키나와타임스』, 2014.2.23~24 더 나아가, JAL과 ANA가 철수를 발표했던 미야코, 시모지 섬 파일럿 훈련장에 방게 대책과 방재 훈련을 명목으로 항공 자위대를 진출시키려는 움직임까지 보도되었다.『류큐신보』·『오키나와타임스』, 2014.3.14 오키나와 본섬의 헤노코 및 다카에 신기지 건설뿐만 아니라 미야코, 야에야마, 요나구니에 이르기까지 오키나와의 섬이란 섬 모두가 군사기지화되어 가고 있다. 다시 전쟁이 찾아올 듯한 공포를 떨칠 수 없다.

센카쿠 제도가 이렇게까지 긴장 상태로 치달은 데에는 아베 내각의 책임이 크다. 아베 내각은 군사적 긴장 상태를 바랄 것이다. 군사비 증강을 위한 좋은 명분이 되기 때문이다. 그리고 실제로 전쟁이 일어나기라도 하면, 미국과 손잡고 집단적 자위권 행사를 서슴지 않을 것이다. 미일안보조약 제5조「공동대처행동」안에 센카쿠 문제가 포함되어 있음에도 굳이 집단적 자위권 행사에 나서려는 의도는 무엇일까? 아베 내각의 입장에서 보면, 일본 영역 내에서만 미일 군사공동행동을 할 것이 아니라, 지구 반대편까지 미군의 지원을 약속함으로써 중국과의 무력충돌이 발생했을 때 미국의 지원을 더 확실하게 끌어내려는 의도로 해석된다. 그런데 바꿔 생각하면, 센카쿠 영유권 문제에는 관여하지 않겠다고 표명한 미국 측을 그다지 신뢰하지 않으며, 미국을 배제하고 단독으로 중국과 교섭하기도 어려운 상황임을 내비친 것이기도 하다. 그렇다면 더더욱 센카쿠를 둘러싼 중일 간의 긴장 상태를 냉정하게 바라보자는 미국의 여론에 귀 기울일 필요가 있다. "미국이 무인도의 암초 때문에 중국과의 무력충돌에 개입할 필요는 없다"『뉴욕타임즈』거나, "중일 양국은 당분간 이 문제를 보류해야 한다"『워싱턴포스트』는 식의 논조가 그것인데, 대다수의 미국 정치가나 학자들이 이와 유사한 주장을 폈다.

아베 내각의 전쟁 국가를 향한 집념은 무서울 정도다. 문부과학성의 다케토미초竹富町 중학교 사회과 교과서 채택 문제에 집요하게 개입하더니 기어이「교과서무상조치법教科書無償措置法」개정안을 중의원에서 통과시켰다. 여기에 시모무라 하쿠분下村博文 문부과학성 대신의 역할이 컸다. 비정상적인 개입이 아닐 수 없다.「교과서두상화법教科書無償化法」으로 지정된 지역 협의회의 협의 결과를 방패 삼아 밀어붙이고 있는 것이다. 그러나 "오키나와 전투에 대한 기술이 빠져 있다", "오키나와 기지 문제도 빠져 있다", "선고위원회의 추천이 누락되어 있다"는 등의 이유를 들어 교과서를 채택할 수는 없다는 다케토미초 교육위원회의 주장은 타당하다. 위원회가 추천하지도 않은 교과서를 억지로 채택하라고 하는 주장이야말로 '정치적'이 아니고 무엇인가. 게다가 자치체의 행정상 최종적 판단이 해당 자치체에 달려 있다는 것은 지방자치법상 당연한 것으로, 지방교육행정법은 교과서 채택권이 해당 지방자치체에 있다고 명시하고 있다. 문부과학성과 시모무라 대신이 법체계의 하자를 인정하면서도 금과옥조라도 되는마냥 지역협의회의 결론을 들먹이며 다케토미초에 '이례적인 지도 권고'를 반복하고 있다. 이것은 명백히 위법이다.

아베 내각은 센카쿠 유사시에 가장 먼저 전장으로 변모할 사키지마 지역에 자위대를 홍보하는 교과서로 아이들과 지역 주민들의 '의식 개혁'을 도모할 셈인 것이다. 정권 탄생과 동시에 집요하게 다케토미초 교육위원회에 '지도指導'라는 이름으로 개입하고 있는 것이다. 이시가키시 교육위원회의 다마쓰 히로가쓰玉津博克 교육장을 아군으로 삼고, 보수파인 요나구니초 교육위원회를 끌어들여 다케토미초 교육위원회를 몰아내기 위해 필사적이다. 이 일련의 사태에서 센카쿠를 둘러싼 긴장이 심상치 않음을, 그리고 아베 내각이 심각하게 유사시를 상정하고 있음을 엿볼 수 있다.

광기에 휩싸여 앞뒤 재지 않고 전쟁을 향해 돌진하는 아베 내각의 손에 의해 오키나와는 또다시 전쟁터로 전락할지 모른다. "군대를 갖지 않는다", "전쟁을 하지 않는다"고 명시한 헌법 제9조를 가졌음에도 정부의 무모함으로 인해 고귀한 생명이 또다시 제물로 바쳐지는 건 아닌지 두려움이 앞선다. 절대로 이를 용납해서는 안 된다.

오키나와의 투쟁

정부는 오키나와 자민당 지도자들을 전복시킨 것에 만족하고 있을 터다. "드디어 오키나와에 새로운 전략기지를 만들 수 있게 되었다. 일본 본토는 마음 편히 잠들 수 있게 되었다"라고 말이다. 아베 총리와 각료들의 웃음소리가 들려오는 것만 같다. 그렇다면 정부는 오키나와를 만만하게 보고 있는 것이다. '오키나와 부흥책'이라는 이름으로 행해진 정부의 재정 원조에 침묵을 지킬 수밖에 없었던 현민들의 분노를 잊어서는 안 된다. 오키나와는 예전의 오키나와가 아니다. 중앙정부에 순순히 따르는 무력한 존재가 아니다. 두 번이나 일본 정부의 디딤돌이 될 만큼 유약하지 않다. 오키나와는 전쟁이 아닌 평화를 추구한다. 그렇지만 오키나와를 다시 먹잇감으로 삼으려는 음모에는 단호히 맞서 싸울 것이다. 오키나와는 굴하지 않을 것이다.

1) 현지사 선거에 만전을

올해 2014년 11월에 현지사 선거가 실시된다. 그야말로 승패의 갈림길이 될 것이다. 정부는 자민당 현련 및 현지사 측의 방침을 전환시키기 위해 수단과 방법을 가리지 않았다. 이번에는 그 성과를 지키기 위해 막무가내로 나올 것이다. 비상식적인 힘이 지배하는 쉽지 않은 선거가 될 모양새다. 이 선거 결과에 따라 오키나와의 미래가 결정될 것이다. 중국과의 전쟁도 불사하겠다는 광기에 빠진 내각. 오키나와를 다시 전쟁터로 내모는 일을 서슴지 않는 권력과 현민의 생명과 삶을 건 싸움이다.

그런 의미에서 이번 선거는 기존의 현지사 선거 같은 보수와 진보의 대립 구도가 아닌, 정부와 '올 오키나와'의 대립 구드가 되어야 한다. 오키나와 현민은 1995년 미군 성폭력 사태에 한 목소리로 항의하며 맞섰다. 그 이후, 고등학교 역사 교과서 조작 문제, 오스프레이 배치 문제, 후텐마 기지 헤노코 이설 문제에 이르기까지 보수와 진보를 넘어 단결해 왔다. '전쟁이냐 평화냐'의 기로에 선 지금, 현민들은 더 이상 물러설 곳이 없다. 지난 지사 선거에서는 보지 못했던 광경들이다. 게다가 현실적으로 보수와 혁신을 초월한 후보자를 선출하는 일은 쉽지 않을 터다. 그러나 지난 연말 중앙 정부가 오키나와에 가했던 부조리하고 살벌한 압력을 생각하면, 보수와 혁신을 초월한 인물을 기대하기는 어려울 듯하다. 지금 중요한 것은, 오키나와를 차별하며 또다시 전쟁의 불구덩이 속으로 밀어넣으려는 정부의 횡포에 맞설 수 있는 단결된 힘이다. 그리고 그 힘을 응집시켜 현민의 대표 현지사를 뽑는 일이다. 우리는 할 수 있다. 다수의 정당과 단체, 시민들이 결집한 선거가 되어야 하며, 정부가 파괴시킨 '올 오키나와'의 단결력도 다시 회복해야 한다.

나고 시장 선거에서 이나미네 스스무 씨를 선출한 것은 우리의 단결된 힘을 보여준 것이다. 흔들리지 않고 우직하게 버틴 그에게 승리가 찾아온 것이리라. 나고의 미래에 필요한 공약을 내걸고 우직하게 밀어붙인 그가 마침내 승리한 것이다. 우리는 그 승리를 바로 얼마 전에 손에 쥐었다. 이번에는 현지사 선거로 단결된 힘을 발휘하자.

2) 정당 재편의 필요성

'식민지' 취급을 받아온 오키나와가 합심하여 정부의 부조리한 권력 행사에 대항하는 것이 가능하다면 우리는 현지사 선거를 통해 더 큰 전망을 기대할 수 있을 것이다. 그러기 위해서는 무엇보다 본토 정치의 지방판이나 다름없는 사분오열된 현 내 정치상황을 개혁하는 것이 시급하다. 대동단결된 현민들의 힘을 보다 강력하게 하기 위해서는 정당도 그에 발맞춰 통일과 단결을 도모하지 않으면 안 된다. 그런 점에서 사민당社民党과 사대당社大党은 굳이 개별적으로 존재할 필요가 없을 것이다. 사민당이 중앙 차원에서도 '로컬' 정당으로 전락한 지금, 오키나와에 뿌리를 둔 대중정당을 위해 양당의 통일을 검토할 때가 되었다고 생각한다.

그에 더해 현의회 무소속 의원회파인 '현민 넷県民ネット'의 광범위한 정치적 네트워크와 민주당현련民主党県連, 생활의 당生活の党 등에 함께 투쟁할 것을 호소해야 한다. 자민당의 개헌 초안 제98조에는 「국가긴급권」이 규정되어 있다. '무력 공격'이나 '내란' 등의 '긴급사태'에 대응한다는 명목하에, 헌법 질서를 일시 정지하고 비상조치를 취할 수 있는 권한을 정부에 부여하여 인권을 일부 제한할 수 있게 한 것이다.『마이니치신문』 정부에 전권을 이양하는 규정으로, 그야말로 궁극의 국가독재체제가 완성되는 것이다. 오키나와 주변으로 군사적 긴장감이 고조되고 있는 것을 생각하면 그리 먼 미래의 이야기가 아니다. 남은 시간이 많지 않다. 국가의 폭주로 전쟁의 비극을 강요당했던 역사를 되돌아볼 때, 정치의 톱니바퀴가 틀어지면 어떤 사태가 기다리고 있을지 오키나와는 몸소 경험했다. 국가의 폭주를 막아야 한다. 현민의 생명과 생활을 지키기 위해 가능한 한 광범위한 결속을 도모하고, 정부에 대항 가능한 정치력을 보유하고 있어야 한다. 오키나와를 모델로 정계를 재편해야 한다.

아울러 노동조합 또한 본토 계열의 폐해를 바로잡고 오키나와의 입장에 서서 '수직적 연대'에서 '수평적 연대'로 전환하는 조직개편이 필요하다. 노동조합은 소속 기업이나 업계의 권익에 좌우되지 않아야 하며, 사회정의에 입각해 노동자 편에 서야 한다. 그런 후에 앞서 언급한 바와 같이 통합을 추진해 '오키나와당'으로 거듭난다면 더욱 강력한 사회적 힘을 발휘할 수 있을 것이다. 나아가 그것을 견고히 굳혀간다면 평화단체나 민주단체, 시민단체와의 연대로도 이어질 것이다. 우리는 할 수 있다.

　그러나 오키나와의 단결을 너무 강조하다 보면 본토로부터 오해를 살 수 있다. 본토 사람들과 단절하자는 것도 고립하자는 것도 아니다. 오키나와가 합심하여 일본 정부에 대항하는 것과 '일본인' 전체와 대립하는 것은 그 의미가 전혀 다르다. 상호이해와 연대가 무엇보다 중요하다. 오키나와가 처해 있는 정치상황을 직시해 주기 바란다. 정부는 오키나와를 일본 내의 한 현으로 간주하고 있지 않으며 그럴 생각도 없다. 일본 정부의 눈에 오키나와는 여전히 '내국의 식민지'다. 표면적으로는 여타 지방과 '동등하게' 취급하는 것처럼 보이지만, 현실에서는 오키나와의 주장 따위는 번번히 묵살해 왔다. 이것이 줄곧 오키나와를 죽인 정치 시스템이다. 우리는 이러한 상황을 공론화하려는 것이다. 이에 대한 이해가 전제되어야 '상호이해'가 생기고 진실한 '연대'를 기대할 수 있을 것이다. 일찍이 오타 마사히데大田昌秀 현지사가 "안보가 중요하다면 그에 대한 부담도 공평하게 나눠지는 것이 맞다"는 취지의 발언을 한 적이 있다. 이 발언은 후텐마 기지 '현외 이설' 요구에도 등장하는 등 지금까지 빈번히 언급되고 있다. 또한, "미군기지는 오키나와에 필요 없을뿐더러 여타 다른 지역도 필요로 하지 않는다", 그런 점에서 "현외 이설 요구는 납득하기 어렵다"와 같은 다양한 의견이 정부에 의해 왜곡되는 사례도 지적하지 않을 수 없다. 정부 측은 부디 오키나와가 주장하고자 하는 바가 무엇인지 진심을 다해 귀 기울여 주기 바란다. 오키나와는 단결한다. 47분의 1로 왜소화되어 희생을 강요당하는 작금의 상황에 분노하며 저항한다. 정부가 오키나와를 다시 '조국 방위'의 방패막이로 쓰려는 지금, 오키나와가 취할 수 있는 유일한 방법은 현민이 단결하는 길밖에 없다. 국민들은 이해해 주리라 믿는다. 아니, 오히려 '오키나와의 진심'이 전국에 용기와 희망을 주는 움직임이 될 것이다. 일본 전체의 투쟁을 위한 지침서가 될 수도 있을 것이다. 동시에 우리는 전국을 향해 호소하고 싶다. "뿔뿔이 흩어져서는 싸우지 못한다", "투쟁 체제를 구축하자", "전쟁과 파시즘에 반대하는 국민 연대"를 구축하자. 위기의 때가 다가오고 있다. 기존 관념에서 벗어나 대담하게 치고 나가야 할 시기가 도래했음을 강하게 체감한다. 후퇴는 허용하지 않겠다. 앞으로 나아가자.

나가며

나는 글을 쓰는 사람도 아니고 사색을 업으로 하는 사람도 아니다. 이 글이 뻔한 정치 이야기로 비춰지진 않을지 염려되지만, 오키나와 지식인으로 높은 평가를 받고 있는 가와미쓰 신이치 씨가 쌓아온 업적과 그의 사유를 돌아보는 기획에 참여할 수 있게 된 것은 영광이다.

1969년 가을, 사토-닉슨 회담에서 3년 내로 오키나와를 반환하자는 데 합의했다. 비참하기 짝이 없는 일이다. '조국복귀운동' 이후 전개한 '본토복귀 투쟁'이 미일 양 정부의 음모로 무참히 꺾여버렸기 때문이다. 오키나와의 시정권 반환은 미일 공동지배로 바뀐 것에 불과했고, 그로부터 몇 년간 오키나와는 억울함과 초조함을 안고 역사의 전환기를 살아갔다. 사토-닉슨 회담으로 합의된 오키나와반환협정 내용은 현민의 기대를 완전히 저버린 것이었다. 오키나와 측의 분노와 배신감은 컸다. 반환협정 내용도 내용이지만 '조국'이라고 믿었던 일본 정부가 미국과 공동으로 오키나와를 관리 및 지배할 것이 명확했기 때문이다. 미국의 부당한 오키나와 점령은 미일안보조약에 의해 합법화되었고, 미군은 미일지위협정에 근거해 치외법권적 특권 아래 오키나와에 군림할 수 있게 되었다. 무엇을 위한 복귀였던가? 무엇을 위한 복귀운동이었던가? 살을 에는 듯한 물음들이 계속해서 생겨났다.

그런 와중에 이러한 물음에 피를 토하는 심정으로 써내려간 글들을 만나게 되었다. 바로 『오키나와타임스』와 『신오키나와문학』에서 전개된 '반복귀'론이었다. 가와미쓰 신이치, 아라카와 아키라, 오카모토 게이토쿠, 훗날 '魔의 트라이앵글'이라 불렸던 이들 지식인의 광기어린 '피의 외침'이었다. 조국에 대한 환상으로 뒤덮인 복귀운동에 내재된 사상과 운동의 한계. 복귀운동에서 다루지 않았던 본토와 오키나와의 관계. 천황제 아래의 차별과 오키나와 전투의 실상 등. 오키나와가 처한 상황은 단지 부당한 미군 지배 때문만이 아니라 오키나와를 언제든 버릴 수 있는 물건으로 취급해 온 국가 탓이라는 사실을 깨닫게 되었다. 반복귀론의 첫 번째 과제는, 지금까지 금기시되어 왔던 '국가'란 무엇인가, '본토와 오키나와의 관계'는 무엇인가를 묻고 이에 대한 답을 찾아가는 것이었다.

동시에 반복귀론이 제기한 두 번째 과제가 있다. 그것은 지금까지

'소수자', '이방인'으로 차별받아 왔지만, 이러한 차별을 국가에 대항하는 사상으로 바꿔가는 것이다. 강인한 자기확립사상으로 말이다.

복귀로부터 42년. 거대한 국가에 포섭된 오키나와는 여전히 차별받는 존재이자 소수자로 살아가고 있다. 그러나 우리는 소수자를 향한 차별이 강자의 논리, 즉 국가의 논리에 의해 만들어진 것이라는 걸 잘 알고 있다. 우리는 두 눈을 부릅뜨고 이에 맞설 것이다. 오키나와인을 소수자, 이질적인 존재로 차별하고 낙인 찍어온 국가. 반복귀론은 오키나와인으로 하여금 그 국가를 내부로부터 공격하게 할 무기를 제공해 주었다.

가와미쓰 신이치는 거기에서 한 걸음 더 나아가 오키나와와 오키나와를 둘러싼 아시아와의 관계 속에서 미래를 그리고자 했다. 혼돈과 긴장이 고조되는 현 상황 속에서 가와미쓰의 사유를 재고하는 일은 그 의미가 크다. 가와미쓰는 「류큐공화사회헌법C사안」에서, "인류 발생의 역사 이래 권력집중기능에 의한 일체의 악업惡業의 근거를 지양하고자 여기서 국가를 폐절할 것을 소리 높여 선언"제1조하고, "군대, 경찰, 고정적인 국가 관리기관, 관료체제, 사법기관 등 권력을 집중하는 조직체제는 철폐하고, 이를 만들지 아니"제2조하며, 나아가 "무력으로 대항하거나 해결하려 해서는 안 된다"제13조는 것을 명시했다. 1981년에 제출된 가와미쓰의 사유는, 괴물처럼 맹위를 떨치는 오늘날의 국가권력, 아베 내각의 모습을 꿰뚫어 보기라도 한 듯, 그 권력의 원천을 끊어내고 전쟁을 거부하는 절대 평화의 이념을 담고 있다. 무력 항쟁이란, 무력으로 대항하는 한 항쟁의 끝은 보이지 않으리라는 의미이다. 보이지 않는 항쟁을 말하는데, 호전주의자에게만 보이지 않을 뿐이다. 오키나와가 군사적 요충지가 아닌, 동아시아의 절대적 평화의 요석이 되기 위한 사회 구상이 절실한 시대라는 니시타니 요시에西谷能英 : 미래사 대표의 발언에 귀 기울여야 한다. 지금 이 시대는 그것을 묻고 있다. 가와미쓰 신이치의 외침은 한줄기 등불이 되어 이 시대를 밝혀 줄 것이다.

야마시로 히로지

제3부

미래로,
잠상潛像과 현상顯像

가와미쓰 신이치 씨에게

「류큐공화사회헌법C사(시)안」을 다시 읽으며

가와미쓰 신이치 씨에게

얼마 전, 「류큐공화사회헌법」의 잠재력을 주제로 한 책을 엮게 되었다는 소식을 들었습니다. 기획을 담당한 나카자토 이사오 씨가 제게도 원고를 의뢰해 주셔서 흔쾌히 수락하고는 『신오키나와문학』에 실린 글을 찾아 읽었습니다. 가장 먼저 눈길을 끈 것은 '국가 폐절'을 주장한 것과 "만물에 대한 자비의 원리에 기대어 호회호조의 제도를 부단히 창조하는 행위"를 명시한 제1조였습니다.

'자비의 원리'는 제3조에도 보이는 바, "자비의 계율은 불립문자이며, 자신의 계율을 파하는 것에 대해 스스로 벌하지 않으면 안 된다. 법정은 인민 개개인의 마음속에 둔다. 어머니 달마, 아버지 달마에게 끊임없이 묻고, 자비의 계율로 사회 및 타인과의 관계를 바로잡아가야 한다"고 규정하고 있습니다. 가와미쓰 씨가 오키나와 '조국 복귀'에 즈음해 '공생의 사상'을 찾아 떠난 여정이 바로 이 불교의 가르침을 통해 도달점에 다다랐음을 확인할 수 있었습니다.

그런데 이 '공생의 사상'의 가능성을 찾는 사색의 여정은 「오키나와의 천황제 사상」[1970]이라는 글에서 이미 태동하고 있었던 것으로 보입니다. 천황이라는 존재의 기원을 '풍요'의 기념에 기반한 '제祭'와 '정政'의 고대공동체적인 융화 속에서 발견하고, 이러한 기원을 가진 천황제 이데올로기를 수용해 자신들의 생활 원리 속에 포섭해 가는 본성이 오키나와 민중 안에도 분명히 자리하고 있다는 지적을 보면 말이죠. 더 나아가, '풍요'의 기원에 기반한 내셔널리즘은 그 자체로 결코 불건전한 것이 아니며, 일찍이 사람들이 천황제에 빨려 들어갔을 때 품은 '제'와 '정'의 융화에 의한 고대공동체적 환상도 그 자체로는 악은 아니며, 다만 그것이 자본주의의 악과 연결되어 민중에 대한 착취와 억압으로 작동할 때 가장 큰 악이 된다는 것, 그리고 민중의 순수한 내셔널리즘이나 환상이 갖는 거대한 에너지를 자본의 논리에 수렴시키지 않고, 그 방향을 되돌릴 민중의 자립 근본을 심화시킴으로써 국가를 폐멸하게 하는 것이 사상 투쟁의 궁극적 목표라고 전망하셨습니다.

　이러한 전망 속에서 오키나와의 '조국 복귀'가 한 달 앞으로 임박했을 때 「오키나와 조국 복귀의 의미」『중앙공론』, 1972.5라는 글을 발표하셨습니다. 거기에서 가와미쓰 씨는 같은 미야코 섬 출신으로 일리노이 대학 노동·노사관계연구소에 재직 중이신 다이라 고지平恒次 씨의 「인간·국가·내셔널리즘」『중앙공론』, 1972.2을 비판적으로 언급하셨습니다. 요컨대, 일본국헌법 이념에 기대려는 오키나와의 움직임을 '오키나와의 헌법 내셔널리즘'의 일종으로 환영하는 것을 문제시하면서, 그러한 규정은 지금까지 오키나와 민중 내부에 억압으로 자리한 내셔널리즘의 내실로 보자면 타당성이 결여된 것이라고 비판하셨습니다. 또한, 천황제를 성립시킨 민중의 정념 심부에 공동共動·공생共生을 추구하는 전체로의 귀일 지향이 강하게 작용하고 있으며, 이 오키나와 섬 공동체사회의 특징과 오키나와 민중의 공동환상을 당위성을 가진 공동체 창조의 가능성으로 바꿔가야 한다고 말씀하셨습니다.

곧이어 발표한 「민중론―아시아적 공생 지향의 모색」『중앙공론』, 1972.6 에서는 일본과 류큐·오키나와의 관계를 '아시아'라는 공간으로 확장할 필요가 있다고 주장하셨습니다. 이는 가와미쓰 씨의 말씀대로 모험적이고 실험적인 문제 제기가 아닐 수 없습니다.

다만, 이 단계까지는 아직 '아시아'에 대한 명확한 개념 규정에는 도달하지 못하신 것 같더군요. '아시아'에 대해 말하기 위해서는 애초에 '아시아'라는 지리 공간이 어디에서부터 어디까지인지, 문화를 예로 들면 그 동질성이나 이질성은 어떤 것인지, 유럽이나 다른 곳이 아닌 왜 '아시아'여야 하는지 등에 대한 명확한 개념 규정이 필요하다는 점을 지적하셨습니다. 그러나 정작 개념 규정까지는 도달하지 못했습니다.

그 이유는 무엇일까요? 가와미쓰 씨가 불교에 매료된 때가 아마도 1970년대 말 무렵일 겁니다. '아시아'를 불교권으로 바라보게 되면서 '아시아'에 대한 명확한 개념 규정이 가능해진 것으로 보입니다.

가와미쓰 씨는 「공동체론―가능성의 모색」『오키나와 뿌리로부터의 물음』, 1978에서 이렇게 말씀하셨습니다. "세상을 네 손으로 만들라! / 지옥을 뒤엎어 낙원으로! / 미망迷妄이 아닌 지혜로! / 그곳에 너의 길이 있다!", "그 대사나 몸짓도 현실이라는 무대 위의 허허실실에 불과하다"

며 냉소적·초자아적 목소리를 내는 이들을 향해 강한 불만을 토로하셨습니다. "무엇이 진실인지는 사람들의 마음속에 이천 년 가까이 자리잡고 그저 무위無爲의 유위有爲를 살아가는 오성을 가진 보살의 심오한 사유를 통해서만 알 수 있을 것"이라고 말씀하셨습니다.

또한, 불교학자 다마키 고시로玉城康四郎 씨의 「동양사상으로부터의 발제東洋思想からの発題」『중앙공론』, 1973.10를 인용하며, 불교에서 설파하는 시공간 개념은 매우 매력적으로 "그것은 오늘날 우리를 둘러싼 진보주의 정치와 사회사상이 자칫 빠지기 쉬운 성급하고 편협한 관념에 일침을 가하는 시원한 청량제"라고 평가하셨습니다.

「오키나와 자립과 공생의 사상」『신오키나와문학』 제44호, 1980이라는 글에서도, 대승불교의 유식학파唯識學派 사상을 언급하시며(아마도『해심밀경解深密經』의 '일체법상품一切法相品' 해설을 참조하신 것이겠지요) "변계소집성遍計所執性을 이탈하고 / 의타기성依他起性에 눈 떠 / 원성실성圓成實性을 득도"할 것을 말씀하셨습니다. 즉, '변계소집성'은 어디까지나 자기중심적으로 세계를 인식하는 것으로, 인간은 대부분 여기에 해당된다고 하셨습니다. '의타기성'은 세상의 모든 현상은 무수한 원인과 조건이 서로 관계해서 성립하는 것, 즉 인연이 없으면 결과도 없다는 '연기緣起'에 의해 성립되는 것이라는 견해를 보여 주셨습니다. 그런 의미에서 '변계속집성'을 이탈하여 '의타기성'에 눈뜰 때, 참다운 본래 모습인 '원성실성' 득도의 경지에 이른다고 하셨습니다.

그 가운데에서도 가와미쓰 씨는 '의타기성'과 '공생사상'의 실천을 역설하셨습니다. 그리고 "모든 법이 인연에서 나므로 난 뒤엔 곧 사라지거니와 저 언덕에 이르른 이는 큰 바다의 이치를 보라"고 설파한 인도의 승려 나가르주나龍樹의「육십송여리론六十頌如理論」을 인용하기도 하셨습니다.

가와미쓰 씨는「류큐공화사회헌법」에서 '자비의 원리'와 '자비의 계율'을 헌법의 근본원리로 삼고 계십니다. 불교에서 말하는 '자비'의 개념은 나카무라 하지메中村元 씨의『자비』1956라는 책에 자세히 서술되어 있습니다. '자비의 원리'를「류큐공화사회헌법」의 근본에 둔 것은 아마도 나카무라 씨의 이 책을 참고하신 것이 아닌가 합니다.

오키나와 '조국 복귀'를 전후한 시기부터 천착하셨던 '공생사상'이「류큐공화사회헌법」에 이르면 불교의 가르침으로 귀결되는 것으로 보입니다. 처음부터 그렇게 구상하신 것인지요?

첫 평론집인『오키나와 뿌리로부터의 물음』이라는 제목처럼 그야말로 '뿌리'에서부터 파고들겠다는 것이 가와미쓰사상의 출발점이었다고 생각합니다. '뿌리'라는 것은,「오키나와의 천황제 사상」이라는 글에서 이미 분명히 하셨습니다. 그것은 '민중'을 가리키고 있습니다. 지식인이라 불리는 이들도 그 기반은 '민중'을 '뿌리' 삼아 성장해 왔다는 것이죠. 그렇다면 솔선하여 강력한 힘으로 '국가 구심求心'을 지향해 온 전후 오키나와의 복귀운동으로부터 스스로를 해방시켜 요시모토 다카아키가 말하는 '자립의 사상적 거점'을 구축해야 하며, 이를 위해서는 지식인 개개인이 품고 있는 민중적 '자립의 뿌리'를 심화시켜 눈앞에 펼쳐진 일본국가에 굴복하지 않기 위해 온 힘을 다해야 한다는 각오를 피력하셨습니다. 요컨대, 오키나와의 섬 소공동체가 고대부터 이어온 '협동·공생'적 삶의 방식을 기반으로 민중적 '자립의 뿌리'를 굳건히 하자는 주장이라고 할까요.

이를 이루기 위해서는 우선 류큐호를 이루고 있는 소공동체들의 민속 조령신앙을 면밀히 살펴야 한다고 말씀하셨습니다. 이때 13~14세기 무렵 류큐에 전래된 것으로 알려진 불교의 영향으로 형성된 민중 고유의 신앙은 어떻게 될지 궁금합니다. 이 경우 위로부터 부여된 것이지 민중의 '뿌리'로부터 자생한 것은 아니지 않을까요? 설령 류큐호 공동체의 조령신앙이 불교 교리와 친화적이라고 해도 말이죠.

가와미쓰 씨는 「민중론」에서 '아시아적 공생'을 언급하면서 첫머리에 "내가 '아시아'라고 부를 때, 그 말 안에서 나 자신의 체취를 맡으며, 어떤 동화적 상태에 용해되어 가는 자신의 모습에 당혹감을 느낀다"라고 밝힌 바 있습니다. 이어서 그 '당혹감'의 원인을 이렇게 말씀하셨습니다. "근대주의에 기반한 개체 우위 이론만을 다뤄온 전후의 사상 공간에서 나 자신 또한 개체 우위의 발상으로 세계를 대상화해 온 듯하다"라고. 이 '당혹감'을 스스로 벗어던지기라도 하듯 "인간의 본질은 사회적 제諸관계의 총체"라고 규정한 마르크스의 말을 인용하며 지배당하는 쪽이 좀 더 적극적으로 행동할 필요가 있음을 역설하셨습니다. "노동이 소외당하지 않고 전체로 합일하여 개인이 전체를 살아가는 것이 인간의 본질적 해방이라고 규정한다면, 전후사회에 번식한 개인주의에 대한 새로운 관점이 요청된다. 즉, 전체주의나 '민중총체주의'의 논리를 제기하는 것이 긴급한 과제"라고 말이죠. 나아가 "천황제 전체주의를 성립시켜 온 민중의식 안에 내가 아시아사회의 특질이라고 생각한 공생사상이 강하게 작동하고 있는 듯하다. (…중략…) 그리고 전체로의 자기동일화를, 스스로의 구제와 해방이라는 방법으로 실체화하려는 것이 내가 그리고자 하는 '아시아의 모습'이다"라고 말씀하셨습니다.

가와미쓰 씨의 이러한 주장은 받아들이기 나름이겠지만, 제 경우는 공감하는 쪽입니다. 가와미쓰 씨는 「오키나와와 일본의 단층 — 소공동체와 천황제」『중앙공론』, 1972.10라는 글에서 급진적이고 동양적인 무정부 사상으로 알려진 곤도 세이쿄權藤成卿 의 『자치민정리自治民政理』1936를 언급하셨습니다. 예컨대, "국가가 저마다의 국경을 철거한다 해도 인류가 존재하는 한 사직社稷:나라 또는 조정을 뜻하는 말의 관념은 소멸을 허락받지 못할 것"이라든가, "사상의 현재적 과제는 사직 관념의 주박에서 벗어나는 방법을 생각하는 것"이라는 부분을 인용하셨는데 이러한 인식에 저 또한 동감합니다. 곤도 세이쿄의 이 글은 하시카와 분조橋川文三 씨가 간행한 『초국가주의』1964에도 실렸는데, 저는 이 책을 통해 읽었습니다. 요시모토 다카아키 씨는 가와미쓰 씨의 사유를 풍요롭게 하는 안내자라는 생각을 한 적이 있는데, 제게 하시카와 씨는 그런 존재입니다.

가와미쓰 씨의 위의 주장에 전적으로 동의하지단, '아시아적 공생 지향'을 불교의 '자비의 원리'에서 찾고자 하는 데에는 위화감이 들었습니다. 앞서 말했듯이, 불교는 류큐호 섬 공동체가 자생적으로 구축한 고유신앙 밖에 자리하기 때문입니다. 또한, 오키나와 섬 공동체의 '협동·공생'적 삶의 방식을 '아시아'로 확장하고자 한다면, 그 '협동·

공생'적 삶의 '뿌리'로 타고 내려가 그곳에서부터 '반국가'의 사상적 기반을 찾아내야 할 것입니다.

그리고 또 한 가지 마음에 걸리는 점이 있습니다. 오키나와 전투가 한창일 때 게라마慶良間 제도 도카시키 섬渡嘉敷島에서 일어난 '집단자결'에 관한 문제입니다. 이에 대해서는 앞서 언급한 오카모토 게이토쿠 씨의 「수평축의 발상」에 자세히 기술되어 있고, 가와미쓰 씨도 「민중론」에서 언급하셨습니다.

오카모토 씨는 오키나와 전투를 이야기할 때 도카시키 섬의 '집단자결' 사례가 빠지지 않는 것은 오키나와 전투의 모든 상황이 그 안에 집적되어 있기 때문이며, 만약 이와 동일한 상황에 놓인다면 어느 섬에서든 일어날 수 있는 일이라고 지적하셨습니다. 아울러 이시다 이쿠오石田郁夫 씨의 르포르타주『오키나와, 이 현실沖縄 この現実』1968의 일부를 인용하면서 오키나와 본도에서도 더 멀리 떨어진 이 외딴섬의 비틀린 '충성심'과 공동체의 생리가 낳은 비극이라고 말씀하셨습니다. 이시다 씨의 견해에 일정 부분 동의하면서도, 집단자결로 내몰린 사람들의 마음 깊은 곳에는 사람들이 모두 죽어가는데 나만 혼자 살아남을 수 없다거나, 자신이 죽은 후 남겨질 가족들이 마주할 가혹한 상황에 대한 염려가 자리하고 있다는 사실 또한 놓쳐서는 안 된다고 말합니다. 설령 살아남았다고 해도 가족의 죽음을 목도한 이들의 '삶' 따위는 존재하지 않으리라고. 그런데 만약 '집단자결' 사태를 '공동체의 생리'에서 찾는다면, "사람들이 죽어나가도 나만 살아남으면 된다는 인식은 통렬한 비판을 받게 될 것"이라면서 이시다 씨의 '공동체의

생리' 비판에 의문을 제기하셨습니다. '공동체의 생리'는 본래 "함께 생명을 지키는 방향으로 움직이기 마련"이지만, 그것이 "외적 요인으로 인해 뒤틀렸을 때" "죽음을 함께 선택함으로써 환상적 '공생'에 이르고자 한 것"이 바로 도카시키 섬의 '집단자결' 사태라고 강조하셨습니다.

한편, 가와미쓰 씨의 「민중론」에서는 "어째서 몇백 몇이나 되는 인간이 적에게 죽임을 당하는 것이 아닌, 모두가 함께 동시에 죽음을 공유하는 집단자결이라는 방법을 받아들였는가를 우선 문제시해야 한다", "아무리 극한 상황에 내몰렸다고 하더라도 어째서 자신만이라도 살아남으려는 에고이즘이 발현되지 못한 것일까"라는 물음을 스스로에게 던지고 있습니다. 또한, 오키나와 섬 공동체는 '과거가 곧 현실'이라는 인식, 즉 '사'의 세계가 '생'의 세계와 이웃하고 있다는 것을 지적하셨습니다. 그렇기 때문에 자기 혼자 '이 세계'에 남기보다 전체가 함께 '저 세계'로 옮겨 가고자 하는 선택은 당연하다고 같이죠. 그리고 이러한 발상은 전쟁이라는 극한 상황에 내몰릴 때 "사는 것도 함께, 죽는 것도 함께"라는 "마음의 유대"가 집단자결을 성립시키는 섬 공동체의 계율로 자리 잡았다는 말씀도 하셨습니다.

무엇보다 오키나와 섬 공동체 안에 숨 쉬고 있는 민중의 '공생' 지향이 '전체주의'와 흡사하다는 점을 지적하시면서, 이를 긍정적으로만 바라본다면 자칫 '위험한 줄타기'가 될 수 있다고 경고하셨습니다. 이때의 '전체주의'는 당위적인지, 역사적 범죄인지를 엄밀히 구분할 필요가 있으며, 전체로의 합일을 지향하는 민중이 기만적 환상으로 돌아선다면 그 이유도 추궁해야 한다고 주장하셨습니다.

불교학자 야마오리 데쓰오山折哲雄 씨는 『마음의 작법こころの作法』2002 이라는 책에서 동요 「붉은 노을이 지고夕燒小燒」 나카무라 우코[中村雨紅] 작사·구사가와 신[草川信] 작곡를 언급하며, 이 동요 가운데 "새와 함께 돌아가자"라는 마지막 구절은 새와 같은 작은 생물들과의 공생 감각을 표출한 것이며, 그러한 공생 감각 안에는 인간은 언젠가 열반에 든다는 공사의 무상관까지 내포한 것이라고 말씀하셨습니다. 공생공사의 인간관이라고 말이죠.

그런데 한 가지 우려가 되는 것이 있습니다. 가와미쓰 씨가 「민중론」에서 '아시아적 공생 지향'의 가능성을 모색해 가던 중 도카시키 섬의 '집단자결' 사태와 마주하면서 오키나와 섬 공동체의 '공생'과 '공사'를 둘러싼 고투가 시작되는데, 이것이 야마오리 씨의 불교적 무상관 안에 흡수되어 버리진 않을까 하는 염려인 것이죠. "오늘날 일본 열도에서는 그저 살고 싶다, 그저 살아남고 싶다는 이기적인 공생의 합창으로밖에 들리지 않는다"라는 야마오리 씨의 발언은 가와미쓰 씨의 「민중론」 밑바닥에 흐르는 문제의식과도 겹쳐지기 때문입니다.

또한, 이번 기획을 맡으신 나카자토 이사오 씨는 가와미쓰 씨의 평론 가운데 특히 「민중론」에 강한 영향을 받았다고 말씀하시면서, 스스로를 '복귀의 잔재復歸ぬ食ぇーぬくさー'라고 표현하셨습니다. '오키나와 '복귀' 후 30년을 돌아보다─자립론의 입장에서'라는 주제의 심포지엄2002에서는 「민중론」의 주요 개념인 '공생·공사'에 대한 생리적 거부감을 토로하셨습니다. 이에 대한 가와미쓰 씨의 답변을 청해 들었

으면 좋았을 텐데 아쉽게도 시간을 마련하지 못했습니다.

나카자토 씨의 『오키나와, 이미지의 끝단オキナワ, イメージの縁』2007에 수록된 도카시키 섬 '집단자결' 관련 글 가운데 도모리 마사토友利雅人 씨를 언급한 부분이 눈길을 끌었습니다. 도모리 씨는 도쿄 오키나와 투쟁학생위원회 멤버였는데, 해체 후 멤버들과 '이도사離島社'라는 출판사를 결성해 잡지 『현대의 눈現代の眼』을 간행했다고 합니다. 그 잡지에 게재되었다는 「너무나도 오키나와적인 '죽음'あまりに 沖繩的'死」1971.8 이라는 제목의 도모리 씨의 글이 너무나 강렬하게 다가왔습니다. 나카자토 씨가 이 글의 전문을 보내주어 읽어보았습니다.

대단히 도발적이고 급진적인 필치로 이렇게 포문을 열고 있습니다. "지옥 이상의 지옥이라고 일컬어지는 오키나와 전투에서의 오키나와인의 죽음은 실로 다양하다. (…중략…) 오키나와의 상처 혹은 금기를 건드리는 듯한 죽음이었다. 오키나와 전투가 개시되고 불과 며칠 안 되어 일어난 게라마열도의 집단자결은 오키나와적인, 너무나도 오키나와적인 죽음이었고 (히메유리부대나 철혈근황대로 대표되는) 학도병의 죽음과는 매우 대조적이었다. (…중략…) 현재의 오키나와와 일본국가의 관계를 생각할 때, 오키나와의 이 죽음이 가지는 의미를 명백히 밝히지 않으면 안 된다. 오키나와에 있어 국가를 회복한다는 것이 어떤 의미인지 풀기 위한 열쇠가 바로 이 집단자결이다"라고.

또한, 도카시키촌渡嘉敷村 유족회가 편찬한 『게라마열도 도카시키 섬의 전투개요』1953를 바탕으로 도민의 시선에서 '집단자결'의 전체상을 복원하기도 했습니다. 그리고 마미야 노리오間宮則夫 감독의 다큐멘

터리 「그것은 섬^{それは島}」에서는 "마을 내부의 확집에 다가가려는 외부자"에 대한 마을 주민의 "완강한 거절"을 엿볼 수 있습니다. "마을 주민의 완강한 침묵에는 그들이 전쟁을 헤쳐 나가는 법, 전후를 헤쳐 나가는 법"이 응집되어 있으며, 그 침묵의 배후에 숨겨진 진실은 "마을 주민들에게도 분명 잘 보이지 않을 것"이라고 말합니다. 이를 파헤치기 위해서는 우선 "자기 자신의 책임을 추궁하는 과정"이 필요하며, 마을 내부의 책임을 묻기 시작하면 공동체 내부의 항쟁과 불화를 피할 수 없으리라는 점도 이야기하고 있습니다. 마을 주민 모두가 그 '곳'에 자리했기에 암묵적 공범관계라는 것은 부정하기 어려우며, 집단자결에 대한 책임은 이중적이기 마련이어서 마을 주민의 기록이나, 그 기록 속 도카시키 섬 수비대장 아카마쓰 요시쓰구^{赤松嘉次 : 마을 주민들에게 집단자결 명령을 내린 장본인}의 변명도 상대화될 수밖에 없다고 말합니다.

이어서 도카시키 섬 '집단자결'에서 처참한 형태로 나타나는 국가 지향, 이른바 "죽음으로써 일본국민으로 살아간다"는 공동성의 패러독스는 전후 복귀운동의 암부에도 면면히 흐르고 있다고 말합니다. '집단자결'도 복귀운동도 모두 '부負의 유산'이라고. 따라서 "국가에 얽매인 존재 류큐·오키나와는 섬 밑바닥까지 파고들지 않으면, 그 역사를 뒤바꾸기 어려울 것"이며, "무엇보다 우리에게 필요한 것은 이런저런 프로그램이 아닌, 국가로 수렴되어 가는 공동성의 회로를 끊는 것이다. 그 방법이 보일 때, 비로소 우리는 오키나와다운 오키나와를 마주할 수 있을 것이다. 이를 위해서는 국가와의 대립, 더 나아가 국가의 해체까지 마다하지 않아야 한다"라는 말로 끝을 맺고 있습니다.

류큐호를 형성하는 섬 공동체는 도카시키 섬의 '집단자결' 사태로 귀결될 수밖에 없는 '부負'의 측면이 있음은 오카모토 씨도 가와미쓰 씨도 인식하고 있습니다. 이 두 사람의 경우, '부'의 측면을 '공생'에 역점을 두는 것으로 돌파하고자 했다면, 도모리 씨는 '부'의 밑바닥까지 치고 내려가 추궁하려 한 것으로 보입니다. "너무나도 오키나와적인 '죽음'"이라는 도모리 씨의 발언에 대해 가와미쓰 씨는 어떻게 생각하시는지 궁금합니다.

우에무라 다다오

류큐공화사회연구회

들어가며

　'류큐공화사회연구회'라는 모임이 있다는 것을 얼마 전 알게 되었다. 이 연구회는 도쿄의 H대학과 W대학의 대학원생들이 중심이 되어 운영하고 있으며 매달 한두 번씩 모임을 가지고 있다고 한다. 연구회가 만들어지게 된 접적인 계기는 2013년 12월, '자발적 예종을 배격한다自発的隷従を撃つ'라는 주제로 도쿄외국어대학이 주최한 심포지엄 자리였다고 한다. 이 자리에 초대된 가와미쓰 신이치 씨와 나카자토 이사오 씨의 발언들을 듣고 깊은 감명을 받은 대학원생들이 「류큐공화사회헌법C사(시)안」을 공부하는 모임을 만들었고 이것이 어느샌가 '류큐공화사회연구회'라고 불리게 되었다고 한다.

　나도 호기심 반, 공부할 생각 반으로 모임에 참여하기로 했는데, 나가보니 연구회 멤버들의 진지한 태도와 뜨거운 열기에 그만 압도되고 말았다. 이 글은 연구회 멤버들의 토론 내용들을 정리한 것이다. 수록을 흔쾌히 허락해 준 분들께 감사의 마음을 전한다. 이름은 익명으로 처리했다.

오키나와 독립론에 대해2014년 2월 ○일

이날 연구회 주제는 오키나와 독립론의 계보였다. 발제자인 G 씨박 사과정생가 고른 책은 마쓰시마 야스카쓰松島泰勝의 『류큐독립을 위한 길 ─식민지주의에 저항하는 류큐 내셔널리즘琉球独立への道─植民地主義に抗う 琉球ナショナリズム』2012. 저자 마쓰시마는 오늘날 독립파의 대표적인 논객 으로 2013년에 설립된 '류큐민족독립종합연구학회' 발기인 중 한 명 이기도 하다.

발제자 G 씨는 뉴칼레도니아New Caledonia 문학 연구자로 오키나와 독립론에도 관심을 기울이고 있다.

G 씨 　『류큐독립을 위한 길』은 다음과 같은 말로 시작됩니다. "류큐는 과거 독립국이었으나 일본 정부가 군대를 이끌고 와 류큐국을 병합하고 국왕을 도쿄로 납치했다. 류큐인을 차별한 것도 모자 라 태평양전쟁에서 류큐를 버림돌捨石로 썼다. 전후 미군통치 나 1972년의 '복귀'도 주민투표라는 정식적인 과정을 거치지 않았다. 현재까지도 기지 강요, 국가 주도 개발, 일본기업 착취 등의 문제가 끊이지 않는다. 류큐는 일본의 식민지다"라고.
　　　　마쓰시마는 오키나와의 현 상황을 '일본의 식민지'로 규정하 고, 류큐 독립을 주장합니다. 오키나와가 아닌 '류큐'라고 호명 한 것은 '오키나와'가 짊어진 역사의 무게 대문이며, 독립국의 연속선상에서 역사를 보고자 했기 때문입니다. 마쓰시마의 주장에 따르면 류큐인이 '민족nation'을 이루고 있는 이상 그 주권을 회복하고자 하는 것은 당연한 일입니다. 일본인은 식민자로 당연히 식민지배에 대한 책임을 저야 하지만 일본인에게 기대해봤자 아무런 진척이 없습니다. 마쓰시마는 프란츠 파농의 『대지의 저주받은 사람들』을 언급하며 류큐의 식민지적 상황을 이렇게 설명합니다.

"역사적, 구조적인 식민지 관계라는 전체적인 틀 안에서 류큐를 찾는 관광객, 회사원, 일본인 이주민들은 류큐와 류큐인들에게는 식민자를 의미한다. 일본인 개개인이 아무리 우호적이고 친절하다고 한들 류큐의 식민자라는 그 역사적 속성은 달라지지 않는다"라고 말이죠.

바로 이 부분에서 메도루마 슌 씨의 단편 「'류큐의 자치'란 무엇인가」2007에 등장하는 야마톤추ヤマトンチュ: 본토인 A 씨를 떠올렸습니다. 류큐로 이주한 뒤 선의로 주민들을 '계몽'하려던 그 교만하기 짝이 없는 야마톤추 A 씨를 말입니다. 어찌 되었든 류큐와의 관계에서 식민자일 수밖에 없는 우리 야마톤추들은 이 문제에 어떻게 답해야 할까요?

제 생각에 『류큐독립을 위한 길』에서 주장하는 독립론과 기왕의 독립론의 차이는 소국의 탈식민지화 과정을 시야에 넣었느냐의 여부일 듯합니다.[1] 특히 미크로네시아 연구와 태평양 제도 독립론을 겹쳐봄으로써 류큐독립을 남양南洋 문화권 탈식민지화 문맥에서 바라봐야 한다는 주장은 중요해 보입니다. 아울러 독립에 필요한 절차부터 독립 후 취해야 할 기본 정책에 대해 구체적으로 기술하고 있는 점도 흥미로웠습니다.

요컨대, "류큐국 헌법의 각 조문은 세계인권선언, 국제인권규약, 원주민 권리에 관한 유엔 선언 등 국제인권법을 구체적으로 실시하는 것을 목적으로 작성한다. 연방, 자치공화국, 주, 도 등 각각의 헌법이나 헌장은 상하관계 하에 두는 것이 아니라 개별적인 권한과 역할을 갖도록 한다. 태평양 제도의 헌법과 유사하게 근대법뿐만 아니라 전통적 관습법 또한 헌법에 포함시키는 동시에, 지역 고유의 생태계, 역사문화, 생활, 주민들의 사고방식을 배려하여 다양한 헌법을 만든다"고 하는, 류큐 자치공화국 연방이 나아가야 할 미래상을 펼쳐보이고 있습니다. 이는 「류큐공화사회헌법」과도 통하는 부분이 있는 주장이라고 생각합니다. 또한 독립을 위한 유엔의 역할에 대해 많은 지면을 할애하고 있는 점도 주의를 요합니다. 간과하기 쉬운 부분이지만 민족자결권은 국제법으로 보장되는 권리입니다. 「식민지 제국諸國 여러 인민의 독립 부여에 관한 선언」1960에 따라 류큐의 분리독립을 요구할 수 있습니다.

G 씨의 발제가 끝나고 질의질문 시간을 가졌다. 프랑스 현대 정치

---

1   [저자 주] 아라사키 모리테루(新崎盛暉)가 편저한 『오키나와 자립을 향한 도전(沖縄自立への挑戦)』(1982)이라는 책에서 나카무라 다케오(中村丈夫)와 니시노 데루타로(西野照太郎)가 소국의 독립운동과 식민지 문제를 다루었다는 사실을 나중에야 알게 되었다.

철학 연구를 하는 박사과정생 F 씨가 먼저 질문했다.

F 씨   마쓰시마의 『류큐독립을 위한 길』은 현 단계에서는 설득력 있
        는 독립론이라고 생각합니다. 나는 류큐독립 지지자이지만,
        야마톤추가 독립을 지지한다고 한들 무슨 의미가 있을까요?
        그런데 마쓰시마는 일본인의 본질을 꿰뚫어 보고 있는 듯합
        니다. 가와미쓰의 「독립론의 제상諸相」이라는 글에 이런 내용
        이 나옵니다. "나카마쓰 야슈仲松弥秀에 의하면, 오키나와의 마
        을들은 우타키御嶽 : 조상신을 모시는 성스러운 장소를 구사테くさて : 허리받침,
        중심축 삼아 형성되어 왔다고 한다. 이것은 바꿔 말하면, 대국에
        의존하는 형태의 독립론만 생각해 온 것을 의미한다. 그렇게
        보면 지금까지의 독립론은 그야말로 '구사테 독립론'에 불과
        할 것이다."『신오키나와문학』 제53호, 1982
        '구사테 독립론'이라는 지적을 받은 마쓰시마는 대국특히 일본
        에 의존하는 자치론을 비판적으로 검토하게 되는데, 여기서
        도 일본인은 신뢰할 수 없다는 그의 냉철한 인식을 엿볼 수 있
        습니다. 이에 대해서는 B 씨맬컴 엑스로 박사논문을 준비 중인 대학원생가 더
        잘 아시리라 생각됩니다만, 마쓰시마의 생각은 맬컴 엑스Mal-
        colm X가 주장한 흑인 내셔널리즘과 통하는 부분이 있는 것 같
        습니다. 흑인 내셔널리즘은 미국이 인종차별을 극복하고 공
        민권법을 실시하기 위해서는 '백인'과 화합해서는 안 된다는
        민족주의 사상에 기반하고 있습니다. 맬컴은 협조적인 백인

이라도 동료로 삼지 않았죠. 『맬컴 엑스 자서전』1965에 따르면, 맬컴 엑스가 '네이션 오브 이슬람'흑인 이슬람교도로 구성된 과격파 흑인 단체에서 활동하던 당시, 교단이 경영하는 할렘가 레스토랑에 한 백인 여대생이 찾아왔는데, "당신이 할 수 있는 건 '아무것도 없다'"고 말하고는 돌려보냈다는 구절이 나옵니다. 그리고 그렇게 말한 것을 후회하면서 백인도 저마다의 방식으로 인종 차별과 싸워야 한다는 주장을 폅니다. 마쓰시마의 독립론도 마찬가지라고 생각합니다. '류큐민족독립종합연구학회'가 류큐 민족만 회원으로 받는 것도 식민자와의 화합을 피하기 위한 것이니까요.

F 씨에 이어 B 씨가 발언을 이어갔다.

B 씨   이 책을 읽으면서, 우리가 왜 '일본인'의 입장에서 생각해야 하는지에 대해 생각해 봤습니다. 일찍이 오에 겐자부로大江健三郎는 오키나와 여행을 하면서 "일본인이란 무엇일까? 지금과는 다른 일본인으로 나 자신을 바꿀 수 있을까"『오키나와 노트(沖縄ノート)』, 1970라며 스스로에게 질문을 던졌습니다. 오키나와를 통해 일본인을 재검증해야 한다는 주장에 비판적인 이도 있지만, 지금 우리 세대에게는 오에가 느꼈던 긴장감 같은 것은 결여된 것처럼 보입니다. 그런 의미에서 아라카와 아키라가 오에에게 거절 의사를 내비쳤던 것처럼, 지금의 우리들도 류

큐와 마주함으로써 거절 의사를 밝힐 수 있어야 한다고 생각합니다. 무엇보다 일본사회에 살아가는 자로서 (특히 투표권을 행사할 수 있는 권리를 가지는 자로서) 현재의 개헌 움직임에 저항하지 않으면 안 된다고 생각합니다. 그런데 흥미롭게도 최근 금요金曜 관저 앞 시위에서 반원전 메시지로 「류큐공화사회헌법」을 내걸고 있더군요. "류큐공화사회는 풍요로워야 한다. 의식주와 정신, 생존의 모든 영역에 풍요로워야 한다. 단, 항상 자비의 바다에 비추어 보며 풍요로움의 의미를 고민하기를 게을리해서는 안 된다"는 제1장 6조가 그것입니다.

원전 재가동이든 개헌이든 간에 일본 정부는 우리에게서 "생존의 모든 영역"에서 "풍요"를 빼앗으려 하고 있습니다. 이것은 헌법 초안 7개의 기본이념 중 하나로, 자연환경 파괴 금지와 복구를 규정하고 있습니다.제50~52조 지금으로부터 33년 전에 구상한 것임에도 전혀 시대에 뒤처지지 않는 것은 류큐에 한정하지 않고 세계 인류를 염두에 두고 썼기 때문이 아닐까 합니다.

그리고 "자비의 바다"라는 말은 불교에서 가져왔을 겁니다. 실제로 가와미쓰는 불교 신자이기도 하고. '자비'와 '지혜'는 대승불교의 중요한 개념인데, "자비의 바다"라는 말도 그 안에 있는지는 잘 모르겠습니다. 예로부터 '자비의 바다'에 빗대어 류큐의 풍요로운 자연을 표현하기도 했으니 이를 생각하며 가와미쓰가 만들어낸 조어가 아닐까 합니다. 내친김에 말하자면, 가와미쓰의 헌법 초안은 2009년 프랑스령 카리브에서 일어난 총파업 당시 현지 지식인들이 쓴 「고도필수품선언高度必需品宣言」과도 통하는 부분이 있습니다. 나카자토 이사오 씨가 이 부분에 주목해 쓴 글도 있습니다.『사상』제103호, 2010

호불호가 있을 수 있겠지만 나의 경우, 이마후쿠 류타今福龍太가 『군도—세계론群島—世界論』2008에서 제시한 군도의 상상력에 많은 자극을 받았습니다.

마쓰시마의 류큐독립론은 남도를 중심으로 한 군도들의 희미한 연대의 윤곽을 명확히 해주었고, '민족nation'을 '고도필수'에서 찾는 카리브해 지식인들과의 정신적 유대감을 제시해주었습니다.

이야기를 류큐독립론으로 돌려보면, 마쓰시다 씨의 논의 가운데 사소하지만 신경이 쓰이는 부분이 있었습니다. 마쓰시마는 파농의 『대지의 저주받은 사람들』을 인용한 후 그의 또 다른 책 『알제리 혁명 5년La sociologie d'une révolution』 내용을 언급합니다. "인간을 언어와 문화만으로 판단해 특정 국가의 국민으로 귀속시키는 것은 온당치 않다. 공통의 생활, 공통의 경험과 기억, 공통의 목표가 요청된다. 모두 프랑스에는 있지만 내게는 없던 것들이다. 프랑스에 머물렀던 시간은 내가 알제리 공동체의 일원이라는 것을, 그리고 내가 이방인이라는 사실을 뼈저리게 느끼게 해주었다"라는 글귀입니다.

마쓰시마는 파농과 류큐인을 겹쳐보면서 "역사적·지리적·정신적 류큐 공동체의 일원인 류큐인은 류큐, 일본, 그 밖의 세계에서 이방인으로 살아가고 있다"고 주장하는데, 이 부분에서 나는 조금 묘한 감정을 느꼈습니다. 파농이 "역사적·지리적·정신적"으로 '프랑스인'이 아닌 것은 그렇다 하더라도 그렇다고 '알제리인'도 아니지 않은가 라고 말입니다. 프랑스령 마르티니크 섬에서 태어난 파농에게 있어 '알제리'는 만들어진 '민족'이며, 이 새로운 '민족'에 합류하는 길을 선택한 것은 바로 파농 자신이라는 것이 제 해석입니다. 그렇게 본다면, 역사적 실질로서 확인되는 '류큐 공동체'와 파농이 생각하는 '만들어진 알제리 공동체'는 그 의미가 다르지 않을까 합니다.

논의가 점점 뜨거워져 누가 무슨 말을 했는지 알 수 없을 정도로 많은 발언들이 오갔다. 얽히고설킨 말들이 어느새 찾아든 어둠 속으로 묻혀갈 즈음 연구회도 마무리되었다. 다음에 읽어올 책도 정해졌다. 「류큐공화사회헌법」이 처음 소개된 것은 『신오키나와문학』 제48호. 여기에 헌법 초안을 둘러싼 좌담회도 실렸는데, 가와미쓰 신이치는 'C'라는 익명으로 등장한다고 한다. 그래서 초안 제목에 'C'가 들어간 것이라고. 가와미쓰는 지금 이야기되고 있는 류큐독립론에 대해 어떤 생각을 가지고 있었을까? 당시의 발언에서 그 일단을 찾아볼 수 있을 듯하다.

공화사회에 대해 2014년 3월 ○일

'류큐공화사회연구회' 멤버들의 의욕과 열기에 큰 자극을 받으며, 발제자는 B 씨가 사전에 준비해서 배포한 『신오키나와문학』 제48호에 실린 익명 좌담회 「헌법 '초안'의 시좌」와 관련 자료들을 읽어 갔다. 듣자 하니 B 씨는 본 연구회 준비에 상당한 시간을 할애하고 있다고 한다. 석사논문을 제때 쓸 수 있을지 걱정될 정도다.

이번에 읽은 자료들 가운데 조금 신경이 쓰이는 이름이 있었다. 바로 다이라 고지平恒次 씨. 특집 기획 첫 꼭지는 「새로운 세계관의 류큐공화국新しい世界観における琉球共和国」이라는 제목의 다이라 고지 씨 글이었다. 사실 이 글은 전에도 읽어본 적이 있다. 나카자토 이사오 씨가 편집장으로 있는 잡지 『EDGE』 제5호1997의 특집 기획 「'류큐독립'의 빅뱅琉球独立' ビックバン」에 실렸기 때문이다. 다이라 고지는 미야코 섬 출신으로, 일리노이대학 교수이자 경제학자이다. 그 글을 읽을 때만 해도 그가 독립론파의 중심인물이라는 사실을 전혀 알지 못했다. 이념만 앞세운 막연한 주장이 아닌, 독립을 위한 인재 양성이라든가 국제관계 속 류큐의 위치 등 실질적인 제안들이 눈에 띄었다.

그리고 우에무라 다다오가 최근 간행한 『헤테로토피아 통신ヘテロトピア通信』2012을 읽다가 우카이 사토시鵜飼哲가 다이라 고지의 독립론에 대한 글을 썼다는 사실도 알게 되었다. 『주권의 저편에서主権のかなたで』2008라는 책인데, 여기서 우카이는 다이라가 말하는 독립이란, "임의의 특정 지역의 독립도 아니고, 기왕의 독립개념도 아닌", "독립 그 자체

를 발명할 것, 혹은 다시 발명할 것"을 요청하는 주장이라고 평했다.

이렇게 '류큐독립'이란 무엇인가 하는 물음을 염두에 두며 B 씨의 발제를 들었다.

B 씨 「류큐공화국으로 이어지는 가교」라는 특집 기획에서 가장 흥미로웠던 것은 좌담회였습니다. 「류큐공화사회헌법C사(시)안」은 이후 가와미쓰의 두 번째 평론집 『오키나와 자립과 공생의 사상』1987에도 실렸는데, 두 글은 어딘가 모르게 조금 다른 듯 보입니다. 특집 기획에는 「류큐공화사회헌법C사(시)안」과 함께 「류큐공화국헌법F사(시)안」도 실려 있습니다. 이 두 개의 헌법을 둘러싼 좌담회를 통해 가와미쓰의 사유에 더 가까이 다가갈 수 있었습니다. 이를테면, 왜 '공화국'이 아니라 '공화사회'인가 하는 물음인데요, 기본이념에 이렇게 쓰고 있습니다. "우리 류큐공화사회의 인민은 역사적 반성과 비원을 딛고서 인류 발생의 역사 이래 권력집중으로 인한 모든 악업惡業의 근원을 지양하고자 국가를 폐절할 것을 소리 높여 선언한다"라고 말이죠.

국가를 폐절해야 하는 이유에 대해서는 다이라 고지와의 대담에서도 지적한 바 있습니다. 「근대국가의 종언을 향한 도정」, 『신오키나와문학』 제65호, 1985 이른바 제3세계의 독립을 언급하면서 "일단 독립은 했지만, 국가 내부에서 선진 국가와 동일한 국가 내부의 탄압, 즉 지배와 피지배의 관계를 보다 더 압축적으로 재현"한 탓에 종래의 독립은 "근대국가의 원리를 그대로 답습한 선진국의 형태"를 띨 수밖에 없었다고 말합니다. 이어서 "우리들이 오키나와의 독립이라든가, 아이누, 소수민족의 독립 문제를 제기할 경우, 제3세계 민족국가와 어떤 점에서 다른지 그 논리를 세울 필요가 있다"고 주장합니다. 그리고 가와미쓰의 경우, "주권 국가를 부정하고, 국경 자체를 완전히 뛰어넘은, 인간의 경제, 사회활동의 상호교류"를 모델로 한 '류큐공화사회'를 구상한 것입니다.

지난번 연구회에서 말씀드리지 못했는데, 이 「류큐공화사회헌법C사(시)안」 제2장 11조 '공화사회 인민의 자격'을 보면, "류큐공화사회의 인민은 정해진 센터 영역 내의 거주자에 한정하지 않는다. 이 헌법의 기본이념에 찬동하고 이를 준수할 의지가 있는 자는 인종, 민족, 성별, 국적 여하를 불문하고 그 소재지에서 자격을 인정받을 수 있다"라고 명시되어 있습니다.

떠올려 보면, 우리가 모임 이름을 '류큐공화사회연구회'라고 붙인 것도 바로 이 자격 요건 때문이었습니다. "그 누구든 류큐공화국의 인민이 될 수 있고, 류큐공화국에서 이탈할 자유를 가진다"라는 「류큐공화국헌법F사(시)안」 제9조의 규정도 마찬가지라고 생각합니다.

익명 좌담회로 이야기를 돌려보면, C 씨가 생각하는 헌법 초안에는 소유의 개념이 포함되어 있습니다. 일본국헌법의 경우 사유재산이나 사유권이라는 것이 명확히 제시되어 있습니다.

이 사유권이라는 것이 전제가 되는 한, 그것을 핵으로 삼는 국가권력 또한 상정되기 마련입니다. 이를테면, 국토라든가 영토라든가, 말하자면 개인의 사유권을 기반으로 한 근대국가에 대응하는 이상사회를 구상하기 위해 C 씨는 「류큐공화사회헌법C사(시)안」 제3장 제19조 "센터 영역 내에서는 토지, 수자원, 삼림, 항만, 어장, 에너지 그 외 기본적인 생산수단은 공유한다. 또한 공생의 기본권을 침해하고 압박하는 사유재산은 인정하지 않는다"는 조항을 마련한 것입니다. 이어지는 제20조에서는, 주택의 사유私有는 기본적으로 인정하지 않으며, 과도기적 조치로 선주권만 정해진 기간만큼 보장한다고 명시하고 있습니다. 이때의 '공유'의 개념은 사회주의 시각이 아닌, '자립과 공생의 사상'이라는 가와미쓰의 시학詩学의 관점에서 이해할 필요가 있다고 생각합니다. 제 발언은 여기까지입니다.

그 외에 다음과 같은 내용의 토론이 오갔다.

– 『신오키나와문학』에 실린 기사와 논고들을 읽으면서 가와미쓰 씨의 구상이 새삼 놀랍게 다가왔다. 국가 폐절이라는 사유는 이른바 반복귀론에 이어지는 것이라고 볼 수 있는데, 특집 기획에 참여한 논자들 대부분은 이에 관해 언급하지 않았다. 그 가운데 다카라 벤高良勉의 「류큐네시안 나 홀로 독립선언琉球ネシアン·ひとり独立宣言」이라는 글이 눈에 들어왔다. 어둠이 깔린 나하의 한 시내에

서 '나'는 한 남자를 만나게 된다. 이 남자는 '나'에게 '류큐네시안 나 홀로 독립선언'이라고 적힌 쪽지를 건넨다. '류큐네시안 공화국연방'은 대단히 중요한 설정이다. 이를 "국가와 국가로 나뉘어 분열하고 대립하는 세계를 하루빨리 소멸시키고 지양시키기 위한 과도기적 '나라國'"라고 규정한다. 또한, 류큐인이 주체이지만 출신국이나 혈통은 문제시하지 않는다고 한다. '나'의 분신이라고 여겨지는 남자의 '나 홀로 독립선언'은 류큐공화사회 구상과 가까워 보인다.

– 이로카와 다이키치色川大吉는 「'류큐공화국'의 시와 진실」이라는 글에서 '소국' 류큐의 독립이야말로 진정한 민주주의 실현이라고 말한다. 다케나카 쓰토무竹中労는 "류큐의 독립을, 환상의 인민공화국을, 범아시아의 궁민窮民 혁명을 꿈꾼다"『류큐공화국』, 2002라는 표현을 사용하기도 했다.

– 그런데 류큐인 입장에서는 야마톤추본토인 좌익 ズ식인이 제멋대로 류큐에 희망을 걸고 있는 모습을 보는 것도 어이없는 일일 터. 식민 지배에 대한 책임 없이 말만 번지르르하게 하지 말고 기지부터 떠안고 나가라고 말한다.

– 웨이렌呉叡人의 「천민 선언 – 혹은 대만 비극의 도덕적 의의賤民宣言 – 或いは, 台湾悲劇の道徳的な意義」『사상(思想)』제103호라는 제목의 글은 조금 다른 방식으로 「류큐공화사회헌법」에 대한 해석의 지평을 넓혀준다. '천민 계급'이라는 대만 인민의 위치에서, 주권 획득으로는 달성하기 어려운 그 위치에서, 그러나 '천민'을 벗어나지 못하

는 인민에게 희망을 버리지 말자고 역설한다. 웨이런의 글은 지난번 연구회에서 언급했던 카리브해 문화인의 성명에 대한 응답이기도 하다. 즉, 류큐독립을 표명한 헌법사안을 다른 곳에서 살아가는 이들과 어떻게 분유할 것인가 하는 물음에 대한 간접적인 응답인 것이다. 이 선언에서는 이상사회를 그리지 않는다. 오히려 꿈조차 깨져버린 디스토피아를 살아갈 수밖에 없는 상황을 전제로 하고 있다. 다가올 위기를 살아가야 하는 피로감, 혹은 예견하는 글이라고 할 수 있다.

- 히가시 다쿠마東琢磨의 『히로시마 독립론ヒロシマ独立論』2007도 그런 의미에서 「류큐공화사회헌법」에 대한 훌륭한 응답이라고 생각한다. 이 책 마지막 부분에 "정의와 평화를 위한 독립 공간 히로시마"라는 표현과 함께 「독립선언 및 헌법사시안」이 게재되어 있다. 그 전문에는, "이것은 실재하는 공간을 이용한, 실재하지 않는 비(非) / 반(反) 국가를 향한 선언이다. 오해를 피하기 위해 우리들은 '독립공간'이라고 호명하기로 한다. 이 공간은 잠정적으로 하나의 구체적인 장소로부터 시작된다. 그런데 이와 동시에 기존의 국가 공간 안에 편재하는 듯하면서 지금은 존재하지 않는, 앞으로 만들어지게 될 것들에 대해 우정을 담아 호명하는 것이기도 하다"라고 적고 있다. 이 독립공간은 '히로시마 평화공원'을 가리킨다. "실재하지 않는 (비 / 반)국가"라고 표기하고 있듯이 이념으로서의 독립선언인 것이다. 따라서 기왕의 국가를, 영토를, 법률을 되묻고, 그 진혼의 장소에서 죽은 자들을 깨워 '독립의 증인과 입회인'

으로 내세운다. 「류큐공화사회헌법」을 류큐독립의 문맥과 다른 방식으로 열어가고자 하는 것이다. 이러한 시도에서 「류큐공화사회헌법」의 보편성을 발견할 수 있을 것이다.

- 다시 이야기를 류큐독립으로 돌려서, 다이라 고지 씨의 「새로운 세계관에서의 류큐공화국」이라는 글에 주목해 보고 싶다. 그는 전세계의 '부미푸트라'원주민족, 말레이시아어로 '토지의 아이'라는 의미가 자주적으로 주권 국가를 가질 권리를 인정해야 한다고 주장한다. 남미 군도 지역 마르티니즈 출신 정치학자 에메 세제르Amé Césaire가 『나는 흑인이다 나는 흑인으로 남을 것이다 Negre je suis, Negre je resterai』라는 글에서 '독립의 권리'를 말한 것처럼. 다이라 씨는 여기서 더 나아가, 이 민족자결주의가 그리고 모든 공동체가 지구를 공유하는 세계주의의 중요성을 설파한다. 민족자결주의와 세계주의가 서로를 보증함으로써 독립은 인류 전체의 과제가 되는 것이다.

- 이것은 가와미쓰 씨가 말한 제3세계의 국가 독립과 같은 의미인 걸까? 그렇다면, 독립 후 국가를 가진 부미푸트라들이 그 내부에서 또 다른 차별과 탄압을 만드는 것은 아닐까? 앞서 언급한 다이라와 가와미쓰의 대담에서 그에 대한 답을 찾을 수 있을 듯하다. 다이라 씨는 "오키나와의 독립이라는 것이 종래의 국가라는 의미에서, 엄밀히 말해 주권 국가로의 길이라고 한다면, 그것은 내가 생각하는 국가관과 다르다", 그렇지만 전략적인 관점에서 "주권 국가적인 것"을 만들어야 한다고 말한다. 궁극적으로는, 일본국의 주권을 약화시키고, 동업조합 규모의 소집단이 대등한 관계로

"자유연합적 세계사회"를 만들어가야 한다고 주장한다.

- 그렇다면 주권 국가로서 류큐의 독립과 세계 규모의 '자립과 공생' 또한 가능해질 터다. 『오키나와 자립을 향한 도전沖縄自立への挑戦』1982이라는 책에 수록된 아라사키 모리테루, 아라카와 아키라, 가와미쓰 신이치 씨의 대담도 읽었다. 여기서 가와미쓰 씨는 '독립'은 어디까지나 전술에 불과한 것이라면서 국가를 전제로 한 독립론에 대한 위화감을 표명하고 있다.

- 그런 의미에서 우리들이 할 수 있는 일은 열도 각지의 자립운동과 연대하는 것일 터다. 『히로시마 독립론』은 그것을 앞에서 이끌어가는 책이다.

- 일본 정부에 '독립국가'를 선언하고 토지 소유에 입각한 사회의 가치관에 의문을 제기하며 코뮌을 만들자는 사카구치 교헤이坂口恭平. 그처럼 유연한 사고력과 행동력을 갖추고 각지에서 싸우고 있는 사람들도 있다. 어차피 우리는 이상론적인 이야기만 하고 있을 뿐.

- 과연 그럴까? 류큐공화사회는 우리들의 상상 영역에서 구체적인 형태로 나타나기 시작했다. 이념이라는 것은 가능한 많은 이들에게 공유되어야 한다. 「류큐공화사회헌법」에는 무력 포기, 군사 관련 항공기나 선박의 반입 금지, 핵 금지가 명기되어 있다. 무력 포기는 일본국헌법 제9조와 연동된다. 제9조가 개헌되면 일본은 전쟁 가능한 국가가 되는데, 이에 동조하는 이들이 점점 늘어나고 있다. 이 같은 상황에서 이념을 이야기하는 것은 매우 절실한 문제이자, 상상 영역에서의 싸움이라고 할 수 있다.

"완성!" 질문과 토론을 이어가던 이들이 일제히 소리가 난 쪽을 돌아보았다. 목소리의 주인공은 토론에 참여하지 않고 묵묵히 무언가를 쓰고 있던 N 씨였다.

"헌법초안을 직접 써봤어요. 가와미쓰 씨가 「류큐의 자치와 헌법」 『환(環)』 제30호에서 '우승헌법초안'을 제안한 데서 힌트를 얻어 「이와테岩手공화사회헌법N사(私)안」을 써봤습니다. 토론도 좋지만 '47개 도도부현都道府県 헌법초안 콩쿠르'를 개최하는 것은 어떨까요?

나가며

N 씨가 제안한 헌법초안 이야기로 연구회의 열기가 한층 더 후끈 달아올랐다. 다양한 의견들이 오가서 일일이 옮겨 적지는 못하지만, 도도부현 따위의 행정구획에 연연하지 말고 「이하토쿠イーハトーブ헌법 사안」[2]을 만들자는 주장도 있었음을 밝혀 둔다. 제안자 F 씨가 다음 연구회까지 N사(私)안에 대한 F사(私)안을 준비해 오기로 했다. '류큐 공화사회연구회'의 다음 모임은 4월 중순에 열기로 했다. 장소는 도내 모 커피숍 지하 1층을 통째로 빌릴 예정이다.

나카무라 다카유키

---

2 '이하토부'는 이상향이라는 뜻으로, 일본의 시인이자 동화 작가 미야자와 겐지(宮沢賢治)가 제출한 개념이다.

군도향화사회 '평행' 헌법 단장

서序

이 오호츠크해 해안에 앉아 마른 모래와 해당화가 풍기는 기분 좋은 향기를 전해주는 바람 소리에 귀 기울이고 있자니 무척 신비로운 기분이 들었습니다. 바람이 내게 이야기를 전하는 것인지 내가 바람에게 이야기를 전하는 것인지, 나는 알지 못합니다. 그 이야기들이 금빛 장식을 한 두툼한 백과사전에 실렸을 법한 근거가 있는 것인지, 아닌지도 나는 알지 못합니다. 바람에 실리고 파도에 떠밀려 사라져 가는 것인지 아닌지도 나는 알지 못합니다. 그저 바람과 풀이삭이 만나 속삭이는 것 같은 그런 기분 좋은 느낌이 당신 마음에도 전해진다면 무척이나 행복할 것입니다.

미야자와 겐지宮沢賢治,
「사할린과 8월サハリンと八月」

군도향화사회群島響和社會 '평행' 헌법

제1호縞 의지inner will

군도향화사회란, 자립자존에 입각하여 협동과 공감과 연대의 생활지평을 세계로 침투시키는 '의지'를 유연하게 공유방척[旋擲]하는 (모든 생명과 모든 물건의) 공조체이다.

여기서 의지란, 개체의 현실주의적 요청에 따른 원망이나 욕망이 아닌, 군도향화사회에 참획參画하는 전체론적 주체로 생生 (그리고 사死)의 의미를 충실히 수행하는 견고한 내적 결의를 뜻한다.

그 의지의 주체는 섬 우주의 존재이며, 섬의 의지는 인류, 동물, 조류, 어류, 곤충, 식물, 균류, 광물에 개별적으로 구현된다.

특히 인류는 자아를 가지며, 생태환경을 개변하는 힘을 독점적으로 가진 생물종으로 개인적·조직적 욕망이나 독선으로부터 자유로운 순수의지를 자각하고 행사할 강한 의무를 갖는다. 섬의 의사는 모든 일상환경과 정신활동 속에 깃들어 있다. 인간은 섬의 의사가 그곳에 사는 이들 안에 흘러들어가 있음을 인지하고, 자의적·개인적인 독점욕을 버리고, 겸허하게, 그러면서 결연하게 이를 배워가야 한다.

의사에 반하는 현상을 추인하거나 타성적인 미래 여측은 단호히 거절한다.

제2호 희구craver

의지意志를 사회 안에서 구체적으로 산출하고 표명하는 것을 희구라고 한다. 삼라만상은 그 존재의 자연조건에 기반한 순수의지를 가지며, 이를 희구로 나타내는 힘을 가진다. 모든 생명운동과 마찬가지로 군도향화사회에 참획하는 모든 인간의 행동 역시 현실의 타산적 욕구와 체제 순응적 상황 판단이 아닌, 희구라는 미와 진리에 대한 강한 절망으로 조직되어야 한다.

희구는 모든 존재와 행동의 근거가 되는 동인이다. 주체는 희구를 가짐으로써 비로소 정립되고, 사태는 주체가 가진 희구의 강도에 따라 상호적으로 생겨난다.

역사란, 표면적으로 보이는 사실이나 사태를 연결하는 인과율의 법칙으로 설명할 수 있는 것이 아니다. 무릇 역사란, 환경이나 물질, 그리고 인간을 포함한 모든 생명체에 대한 희구가 바탕이 되어 작동하는 것으로 이해해야 한다.

의식하지 못한 희구를 예징予兆이라고 부른다. 예징은 희구와 표리일체를 이루는 현상이자, 군도향화사회의 현재와 미래를 나타내는 근원적 지침이다.

제3호 역사재화(災禍), catastrace

군도향화사회의 역사인식의 원점은, 역사가 반복되는 재화의 축적과 그 흔적trace이라는 데에 있다. 재화란, 그것이 자연현상인 인적 요인에 의한 것인지 묻지 않으며, 역사에 지혜와 감정을 부여한 모든 파국적 사상을 포괄적으로 나타내는 개념이다. 생을 둘러싼 모든 경험이 죽음의 경험에 기반한다는 사실을 깊이 이해해야 한다.

분화, 지진, 쓰나미, 태풍은 군도의 일상적 조건이다. 그것이 나타나는 계기, 즉 불의 탄생, 물의 범람, 대지의 흔들림, 군도인의 행복과 은혜로움은 서로 맞닿아 있다. 행복의 기원과 재액의 기원을 탐구하는 일은 같은 뿌리에서 나온 지적 희구라는 것을 군도인은 인정해야 한다. 그리고 이 중층성을 끊임없이 탐구하고 실천하지 않으면 안 된다.

하늘에 의한 재화와 사람에 의한 재화를 구별하지 않고, 모든 흔적을 역사 형상의 일부로 보고, 군도인은 새로운 사생관을 확립하기 위해 최선을 다한다. 개체의 생명을 유지하는 것을 무조건 선善이라고 믿는 인도주의의 비관용은 군도향화사회를 통해 극복하지 않으면 안 된다. 개인의 생명의 진정한 존엄은 그 생과 사의 역사적 의미가 축적될 때 비로소 바로선다는 사실을 인정하는 데에서 출발할 것이다.

제4호 고차원 법칙 higher law

군도향화사회는 국가공동체가 구축한 법질서에 귀속되지 않으며, 국가 최고의 법규인 헌법의 인습을 거부한다.

지난 인류의 역사가 말해 주듯, 국가 최고의 법규인 헌법은 사법제도가 가진 형식주의와 편의주의로 내용을 무화無化시킨다. 헌법이 막강한 권위를 가질 때 헌법이 정의의 근거가 되어 버리는 사태를 인류는 무수히 경험해 왔다. 19세기 미국에서 시행된 악법인 도망노예법[1]

---

1 미국 남북전쟁 전에 제정된 노예 단속법. 1793년과 1850년 두 차례에 걸쳐 제정되었고, 도망한 노예를 반환받을 권리와 더불어 노예주의 자산권을 보장하고 있다. 1850년에 제정된 법은 남북전쟁 중인 1864년에 폐지되었다.

이 정의에 어긋나는지의 여부는 전혀 논의하지 않고 단순히 그것이 합헌인지의 여부만 법정 다툼해 온 것을 떠올리면 쉽게 이해될 것이다. 어떤 행위나 관습, 법 모두 그것이 특히 도의와 생명에 관련될 경우, 헌법에 비추어 그 적합성을 판정할 것이 아니라, 보다 고차원적 법리로 판단해야 할 것이다.

모든 생명과 물질 전반에 적용되는 정의, 명문화되지 못한 고차원 법이야말로 모든 판단의 근거가 되며, 헌법을 방패 삼아 불의를 합헌이라고 정당화하는 인간의 자의성은 결코 용납해서는 안 된다. 자연의 이치에 따라 도덕적 정의를 군도향화사회의 모든 구성원이 희구하는 청렴결백한 정신이야말로 보다 고차원적 법이며, 만물을 관장하는 지고한 법칙이다.

이 군도향화사회 '평형' 헌법의 목적은 새로운 헌법 제정을 통해 새로운 공동체를 만들려는 데 있지 않다. 헌법의 권위를 해체하고 보다 고차원적 법에 따르겠다는 의지의 표명이기도 하다. 이 '평행' 헌법이 일상으로 널리 퍼져나가 고차원적 법으로 자리매김하기를, 바람을 타고 자연 법리의 작은 외침으로 계속되기를 바란다.

제5호 방척放擲, abandancing

군도향화사회는 속령적이고 영토 점유적인 대륙 국가의 원리와 결별한다. 아울러 배타적 소유를 둘러싼 개인의 억압에서 벗어나기 위해 소유가 아닌 방척의 이념에 근간을 둔다. 방척의 이념은 군도에 자리한 섬들이 이웃한 섬들과 의존, 대립상황이 발생할 시, 엄격한 기준과 규칙에 따라 외부로 방척하는 것을 이른다. 이는 상호 배려의 관계를 유지해 온 오랜 역사에서 유래한다.

섬들이 대양 여기저기 흩뿌려진 점처럼 서로 연결성을 가지고 있음을 상기할 때, 방척의 이념은 독점적 소유나 소유권을 유보한 공유가 아니며, 단순한 방기도 아니다. 방척이란, 소유를 독점하는 관념과 결별한 심성을 일컫는다. 사물에 대한 깊은 애착과 배려의 방식이며, 겸허와 무심한 애착, 배려를 통해 궁극적으로는 자연의 고차원적 법칙에 맡기려는 의지이다.

방척의 이념은 영토뿐만 아니라 사유재산, 나아가 사랑이나 증오와 같은 정념의 영역까지 아우른다. 이러한 모든 영역에서 독점이나 소유, 사물화私物化, 완롱玩弄을 단호히 배척한다.

방척은 모든 소유로부터 해방됨으로써 결락이나 상실이 아닌, 일종의 충만함abundance을 느낄 수 있다. 객체, 타자, 감정이 서로 손을 맞잡고 풍요로운 관계성의 댄스dancing도 가능하다. 군도어 전승되는 거의 모든 가요는 방척을 통과한 애정情愛과 애석哀惜의 결정체이다.

제6호 혀tongue

시詩는 대륙과 단절된 섬이다. 그리고 무수한 시의 언어를 말하는 하나하나의 혀는 그 자체로 군도의 섬들이다. 인간은 구개口蓋와 혀 사이에 제각각 하나의 섬을 품고 있다. 이 섬혀은 군도에서 떨어져 있으면서 연결되어 있다. 고유한 각각의 섬혀은 미세한 차이를 가지며, 동포의 언어를 느슨하게 공유하고 있다. 차이야말로 동일성의 근거가 된다.

혀는 기록된 문자가 아니라 방언^{dialect}으로 물든 목소리의 흔적을 전달해 가고, 그 울림을 남기는 사명을 갖는다. 군도향화사회는 시 언어의 군도적 연대와 혀의 시원성始原性과 그 활달한 몸짓에 대한 깊은 신뢰를 바탕으로 소통한다.

제7호 목소리|voice

군도인의 언어는 궁극적으로 문자언어가 아닌, 목소리의 언어여야 한다. 목소리로 말하는 이들에게 향화사회 집단은 최대의 경의와 인격사회적 지위가 아닌을 부여해야 한다. 태조부터 플랜테이션열대 또는 아열대 지방에서 원주민의 값싼 노동력으로 넓은 농경지에 특정 농작물을 대규모로 재배하는 기업형 농업 어둠의 시대까지, 의식 깊은 곳으로 침투해 울려 퍼지는 이야기꾼의 투철한 목소리 안에 죽은 자의 기억을 운반하려는 집합적 의지가 서려있다. 그의 입을 통해 흘러나오는 이야기는 정체를 알 수 없는 영성과 신성함으로 충만하다. 미지의 생명력이다. 문자언어로는 드러내지 못하는 이야기의 생명력을 소리를 통해 전승하겠다는 결의를 다져야 한다. 군도인의 일상어는 그렇게 형성해야 한다.

이야기꾼이 이야기를 시작하면 주변을 둘러싸고 앉은 이들이 귀를 쫑긋 세운다. 그리고 자신의 신체가 기억하는 맥박 안쪽 혈류의 소리를 진감震撼한다. 자신도 알지 못하는 사태와 감촉한 흔적이 혈류 속에 분명히 흐르고 있음을 직감하기 때문이다. 그때의 흔적은 외부에서 주어진 것이 아니라, 자기 안쪽에 깊숙이 자리한, 오래전부터 침잠해 있는 미지의 생명 조류이다. 씨種의 형태로, 태아胎児의 형태로 운반되고 있는, 목소리에 실린 이 지혜의 운반에, 군도향화사회의 모든 기억의 원천이 있음을 알아야 한다.

관념이 아닌, 기호도 아닌, 구체적인 목소리로 이루어지는 언어만이 삼라만상의 외침과 물질언어와 연대하고 공명하며, 지혜를 과거로부터 미래로 전달하는 최종적인 매개체가 될 것이다.

제8호 생성generation / 반反-생성degeneration

군도향화사회에서 시간이란 통시적 크로노스chronos 원리에 의한 시계와 역법으로 관리되는 것이 아닌, 세대나 역사를 초월한 종적·지질학적·원환적 시간 감각으로 측정된다. 그곳에서는 모든 사물의 생성이 그때까지의 사물이 생성되는 과정을 그 자체로서 내 포하고 있다는 확신을 통해 지탱된다. 한 생명체의 탄생은 무수히 많은 죽은 자의 존재를 품고서 그 기억을 전승하는 일이다.

또한, 생성은 늘 그 반대편에 반-생성, 다시 말해 퇴화의 상을 내포하고 있다. 모든 생명체는 다음 세대의 생명을 낳고 생성의 역할을 마친 후에도, 길고 짧음의 차이는 있을지언정 생물학적 퇴화의 과정을 반드시 거치게 된다. 한 세대의 생명이란 생성과 퇴화의 연속체이다. 그러한 관점에서 생성과 퇴화는 대립하는 것이 아닌, 하나가 되어 생명체의 생을 형성하는 원환적·회귀적 운동이다.

군도에서의 시간이란 생성과 반-생성을 상보적으로 살아가면서 생명권의 환희와 숙명을 되묻는 부단한 경험 위에 성립한다. 현실이란 산 자와 죽은 자가 만나는 경계면이다. 인간은 이 일상에서의 죽은 자의 편재를 받아들이며, 죽은 자에게 표하는 경의가 곧 산 자의 존엄을 확립하는 것이라는 사실을 깊이 배워야 할 것이다.

제9호 고도필수 high necessity

군도향화사회에서 경제활동은, 우선 이코노미 economy, 즉 가정 oikos[家政]의 살림살이라는 근원적 의미로 되돌아갈 필요가 있다. 생산과 이윤을 무한히 극대화하는 회로를 배제하고, 극소화된 지역적·가정적 관계성 속에서 윤리적·시적·미적 충만을 실현하기 위한 증여·교환 행위가 되어야 할 것이다. 여기서 교환交感의 기본이 되는 원리가 고도필수이며, 인간은 자신이 경제적 요청을 할 때 양적인 충만이 아닌 극소화된 질적 충만만을 얻게 된다는 사실을 자각해야 한다.

상품 생산과 소비 사이에서 자폐적인 순환과 수학적 균형 안에 시민을 유폐시키는 자본주의는, 인간의 일상을 산문散文적 사고로 몰아넣었고, 언어를 통해 사고할 힘을 메마르게 했다. 군도향화사회는 최저임금과 생활필수품의 제도적 보장을 통해 기만적으로 보호되는 (다시 말해 자족적 행복으로부터 추방당한) 시민들에게 최고도의 필수를 손에 넣을 권리를 부여한다. 사람들은 이 권리를 주장함으로써 산문적 사고로 뒤덮인 사회를 시적인 상상력으로 갱신하려는 노력을 부단히 지속해야 할 것이다. 고도필수의 질은 가장 시적인 것의 확산을 사회 구석구석까지 실현하고자 하는 끊임없는 노력을 통해 보장된다.

제10호 따라하기 まねび[真似び] = 따라 배우기(まねび[学び], mimesis)

배움의 본질은 모방이다. 군도향화사회를 가로지르는 지혜는 바다, 바람, 산호초, 암천暗川, 동굴, 삼림, 수목, 동물, 인간 등 온 세상을 가로지르는 생물적·물질적 존재의 지혜로운 몸짓과 운동을 따라 배우는 것에서 시작된다. 진정한 배움은 관료화된 교육 시스템과 그 말단에 자리잡은 예속적인 교육기관을 근절하고 따라 배우기의 원점으로 돌아감으로써 달성되어야 한다.

군도향화사회에서 지혜의 전달을 담당해 온 것은 민중가요다. 류큐호의 시마우타섬노래, 아일랜드의 션 노스Sean Nós, 순다 군도Sunda Islands : 말레이제도의 서쪽에 있는 섬 무리의 뜸방Tembang 등지에서 불리는 가요는 모두 세련된 즉흥성에 기초한 창조적 모방을 통해 탄생했다. 세상 안쪽 깊숙이 숨겨진 야성적인 지성과 감성을 흡수하기 위해서는 따라 배움의 기술을 부단히 갈고닦아야 한다.

이 창조적인 모방을 통해 '꺾기曲げ' 기술을 획득할 수 있다. 꺾기는 배움에 있어 가장 창조적인 개성을 뜻하며, 이들 각자가 가진 지혜와 기술의 풍부한 변주인 것이다. 꺾기의 풍부함은 동일한 행위를 기계적으로 재현할뿐만 아니라 마치 복사하듯이 일괄적으로 정보화하여 등록하는 효율주의적 학습의 비인간성을 폭로한다. 단일한 성과를 위해 일직선으로 나아가는, 목표화되며 수치화된 성과주의의 옹색함을 배격한다. 섬과 섬의 삼라만상 속에서 수없이 존재하는 '스승'의 목소리와 몸짓, 존재 원리를 모방하고, 따라 배움으로써 자기 자신의 고유한 지혜와 기술을 창조해 내는 심오한 신체적 '학습'의 길을 열어나가야 할 것이다.

제11호 수수께끼^{enigma}

수수께끼의 존재를 모든 지적 활동의 영역에서 사수해야 한다. 만물의 고차원적인 이치 속에 잠들어 있는 '수수께끼' 혹은 '미지味知'의 존재야말로 예지叡智의 깊은 원천이다. 이성理性을 통해 이해 가능한 '기지旣知'와 그것을 단편화하여 정리한 '정보'에 권위와 전능성을 부여해서는 안 된다.

특히, 고도자본주의 사회에 있어 정보는 그것을 다루는 인간을 능가하는 잠재적 권력을 갖기 시작했다. 만일 국가기관이 정보를 은폐하기라도 하면 시민들은 공정한 사회 실현을 외치며 정보 공개를 요청할 것이다. 이러한 행위 자체가 잘못된 것은 아니지만, 정보에 특권적 가치를 부여하게 되면, 의도치 않게 국가권력의 정보 또한 추인하게 되는 결과로 이어질 수 있다. 정보에 의해 사회와 시민이 관리·감시·조작당하는 상황에서 벗어나기 위해서라도 정보의 독점에 저항해야 한다. 나아가 정보의 가치를 상대적으로 저평가하여 정보화될 수 없는 '수수께끼' 혹은 '미지'의 영역을 지켜야 한다.

이때 비밀스러운 것과 자의적인 은폐는 엄격히 구별해야 한다. 지성의 역사에서 보건대, 지知란 언제나 자신을 감추듯 작동하는 비밀스러운 정신활동으로 존재했다. 수수께끼의 존재로 인해 인간은 지성을 발휘해 왔으며 탐구를 향해 걸음을 내디딜 수 있었다. 그리고 지성 덕분에 수수께끼는 결코 기지旣知로 해결되는 것이 아니라, 수수께끼가 새로운 수수께끼를 생성한다는 사실을 깨달았다.

신화야말로 숨겨진 오컬트^{occult : 숨겨져서 보이지 않음}적 지성의 응집체이다. 인간은 삼라만상과 접촉하며 신화적 지성을 구축했고, 그곳에 예지의 가장 깊은 비밀을 기록해 왔다. 군도향화사회는 수수께끼를 수수께끼인 채로 전승해 온 신화적 지를 일상적 사고 속에서 활용할 수 있도록 노력해야 할 것이다.

제12호 항해voyage

군도향화사회는 속령적·배타적 공동체 의식에서 벗어나, 항해를 통해 스스로를 갈고닦아, 개방적 사회의 이념을 세계에 확산·침투시킬 수 있도록 해야 할 것이다.

모든 군도인은 디아스포라의 영토로 여행을 떠난 동포를 방문할 기회를 가지며, 그곳에서 자신들이 형성한 것, 장소, 관계성을 둘러싼 대화를 나눌 수 있다. 이때, 모든 동포들은 시공을 횡단하며 펼쳐지는 새로운 집의 존재를 알아차릴 것이다. 바다의 순환성과 포용력을 순풍 삼아 더 먼 곳으로 여정을 떠나, 다른 바다에서 살아가는 대양적oceanic인 사람들과 만나 항해 이야기를 교환할 수도 있다. 이미 끝마친 항해 이야기는 지금부터 여정에 나서려는 항해 이야기와 관계를 맺으며 아름다운 음악으로 탄생하게 될 것이다. 그것은 삶의 의미에 대한 깊은 성찰로 이어질 것이다.

군도인은 항해를 통해 만들어낸 것을 온 세계의 동포들에게 선보이고, 동시에 그들의 독자적인 음악, 댄스, 미술, 의식과 같은 미적·시적인 문화적 창조물을 배워야 한다. 이때 군도향화사회의 새로운 음악, 새로운 리듬, 새로운 무용, 새로운 노래는 각자의 자립·자존에 기반한 연대의 예증으로서 창조될 것이다.

열린 항해자가 되기 위해서는 스스로가 난파자임을 수용하는 윤리가 필요하다. 군도의 방척 이념에 있어 가향家鄕이란, 육지의 집이 그러하듯 더 이상 여행에 지친 영혼이 쉼을 찾기 위해 귀환하는 안식처가 아니다. 항해의 끝에 다다른 가향의 섬은, 사람들을 또 다른 새로운 여정으로 내몰며, 역사의 부재 앞에서 자신의 생존을 증명하기 위해 나아가는 새로운 전장으로 변모한다. 태어난 섬은 끊임없이 파도치는 다도해의 일각이며, 사람들의 귀환을 변함없이 기다리고 있을 것이다. 그들이 귀향자가 아닌 새로운 난파자가 되어 돌아오기를 말이다. 산호초, 나무, 바위, 숲, 동물들과 다르게, 섬에서는 인간에게만 난파자라는 신분이 주어진다. 자신들이 태초의 선주자라는 교만함을 버리고 난파자로 살아가는 인간이야말로 군도향화사회에서 가장 겸허하며, 동시에 가장 모험적인 존재라는 점을 깊이 자각해야 할 것이다.

나가며

얼마 전 불현듯 흰 수련꽃 내음이 느껴져 그토록 고대하던 계절이 찾아왔음을 알았다. 봉오리가 트일 때의 모습은 얼마나 순수하고 티 없던지, 향기는 또 어찌나 달콤하던지. 수련꽃은 기다리고 기다려온 이들에게 자신의 존재를 알려왔다. 대지의 진흙과 부엽토 속에서 피어오르는 순결하고 감미로운 꽃내음이 나를 부른다. 나는 1마일 내에서 가장 먼저 핀 꽃잎과 만나기 위해 길을 나섰다. 이 꽃내음 속에 우리의 깊고 큰 희망이 담겨있다. 이 꽃을 위해서라도, 노예제 사회일지라도 나는 세상을 향한 희망을 쉬이 저버리지 않을 것이다. 북부인의 옹졸함과 강단 없음에 쉬이 절망하지도 않을 것이다. 나는 떠올린다. 얼마나 정치精緻한 법이 얼마나 오랫동안, 그리고 드넓게 이 세상을 다스려왔는지를. 그리고 그 법칙이 지금도 여전히 세상을 다스리고 있음을. 인류의 행위가 이 수련처럼 달콤한 향기로 피어오를 날이 반드시 찾아올 것이다.

헨리 데이비드 소로,

『매사추세츠주의 노예제*Slavery in Massachusetts*』1854

주석Kommentar

받아쓰기聞き書き　지금 풍문이란 단어는 '바람 타고 온 소문' 정도의 불확실한 구전口伝 정보라는 뜻으로 쓰인다. 그러나 담론의 자명한 점유를 인간으로부터 해방하였을 때, 바람, 바위, 숲 역시 언어나 이야기를 전하는 주체로 드러난다. 특정한 주체의 자의적인 발화를 원천으로 삼지 않는 풍문에 그야말로 자연의 섭리가 깃들어 있는 것이다.

미야자와 겐지의 『사슴 춤의 기원鹿踊りのはじまり』에는 "저녁놀 비치는 이끼 낀 들판에서, 나는 이 이야기를 투명한 가을바람에게서 들었다"라는 구절이 등장한다. 겐지의 『늑대 숲, 소쿠리 숲, 도둑 숲狼と笊森, 盗森』에는 "검은 바위 숲 한가운데 있는 새카맣고 커다란 바위"가 이와테산 기슭을 온통 덮고 있는 장면이 등장한다. 설화에는 이야기의 주체를 비인간화함으로써 설화의 신화적인 보편성을 유지하려는 암묵적 지知가 존재한다.

이 '평행' 헌법 역시도 모든 개인적인 사상과 거리를 둔, 자연의 목소리 안에 숨겨진 섭리와 예지를 발굴하려 하는 시도이다. 「군도향화사회 '평행' 헌법」 조문에 들어가기에 앞서 미야자와 겐지의 「사할린과 8월」의 문구를 배치하고, 마지막 부분에 헨리 데이비드 소로의 『매사추세츠주의 노예제』를 넣은 것도 그런 이유에서다.

호縞 호는 섬으로 통하며, 인간과 생명체 모두의 원초적인 주거인 섬으로 귀결된다.

이 '평행' 헌법 조문을 관례에 따라 '조条'가 아닌 '호縞'로 나눈 것은, 거기에 순서에 기반한 인습적 체계성이나 계층질서가 끼어들지 못하도록 하기 위함이며, 조항의 상호 침투성, 상호 치환성을 암시하기 위한 것이기도 하다. 나아가 조条[すじ]의 어원은 줄무늬すじ를 뜻하는 호縞에서 유래했으며, 호의 일본어 발음은 섬을 뜻하는 '시마シマ'와 동음이의어이기도 하다. 그리고 호는 기점이나 중심이 없다는 의미도 내포한다. 그렇기 때문에 위계질서에서 벗어나기 위한 거점으로서 호는 중요한 실체인 동시에 비유이기도 하다.

애당초 섬을 뜻하는 '시마シマ'라는 울림은 포구와 포구마다 뿌리내려 살아가는 인간이 자신의 보금자리를, 바다와 산으로 느슨하게 둘러쳐진 하나의 땅으로 인식한 데에서 유래했다. 시마는 생물학적 의미에서 '테리토리territory'이다. 그리고 '시마'의 고어古語는 '~로 부터'와 같이 어느 행위의 시작 혹은 영역을 나타내는 접미사로 사용되었다. 예컨대, '정월 벽두부터正月しまから'처럼. '섬 = 호 = 시마'란 어떤 것과 어떤 것을 나누고 영역을 정하며, 하나의 끝 이후에 찾아오는 또 다른 하나의 시작을 인지하는 사고의 가장 오래된 습관을 전하는 음성이다. 강고한 독점지배에 이르지 않는 느슨한 연속적 감각을 내포하는 소리인 것이다.

또렷하고 다양한 줄무늬들이 세계의 군도향화사회를 가득 채우고 있다. 이 '평행' 헌법은 태평양 도서 지역, 아일랜드 도서, 그리고 각자의 이름으로 불리는 호들의 풍경, 경험, 그리고 배움에 기초하고 있으나, 이 역시도 각 군도 세계를 연결하는 보다 큰 줄무늬의 일부분에 불과하다는 사실 역시 받아쓰기를 수행한 사람들은 깊이 이해하고 있다.

향화響和   '공화共和' 대신 '향화響和'라는 용어를 만들었다. 만물의 혼탁한 울림이 빚어내는 불협화음 가운데 새롭게 공유 가능한 음악을 만들어가자는 선언이다. '평행' 헌법에서는 기존의 개념어에 사로잡힌 의미론에서 벗어나 언어의 구체성과 신체성을 다시 부여하기 위해 이러한 조어neologism를 차용하고 있다. 산문적인 일상언어를 조어나 재치있는 창조적 사용을 통해 시어회詩語化하는 작업은 에두아르 글리상Édouard Glissant이 말하는 '고도 필수'를 실현하는 데에도 중요한 언어적 시도가 될 것이다. '향화'의 '향響'은 글리상의 조어인 '군도-세계론'의 다양성과 혼효성을 나타내는 'echo-monde'반향-세계, 메아리-세계를 가리킨다.

평행平行 이것은 본 헌법 텍스트의 뼈대를 이루는 매우 중요한 규정이다. '평행' 헌법. 다시 말해 'para-constitiution'이라는 조어는 '평행' 민족지para-ethnography의 방법론에서 힌트를 얻었다. '평행' 민족지는 전통문화를 문명사회로부터 떼어내 특수한 사례로서, 자기완결적으로 묘사해 온 종래의 민족지와 달리 현대사회의 과학, 테크놀로지, 의료, 법률, 예술행위, 디자인, 건축 등의 영역과 연결시켜 자기언급적으로 바라보고자 한다. '평행' 헌법은 새로운 공동체의 존재를 자기완결적으로 지배하는 최고의 규범, 즉 헌법을 기초한 이의 특권을 배격하는 동시에 헌법 기초라는 행위를 하나의 언어 실험으로 바라보고자 하는, 사회문화 비평의 지평을 넓히려는 시도의 일환이기도 하다.

군도적 방척放擲 졸저 『군도-세계론』2008에서 주장하고 있는 바는, 철저히 '대륙'에 갇혀 버린 사고와 상상력의 규범을 바다를 매개로 하여 공간적으로 개방된 '군도'로 나아가게 해야 한다는 것이다. 서구 근대가 세계에 널리 퍼뜨린 것은 '대륙'의 원리, 즉 소유·법·시장경제·국가·(문자)언어 등의 제도에 의존해 합리적 시스템을 완성하려는 욕망이다. 세계의 바다 깊은 곳에 근대의 '역사'에서 소외된 채 이들과 대항하는 '군도의 비전'이 새로운 지혜의 원천과 함께 파묻혀 있다. 그것이 바로 방척탐욕스럽게 소유하는 것에 맞서는 힘이며, 자연과 물질의 섭리를 소중히 여기는 물질적 상상력이념적 법률에 맞서는 힘이며, 따라 배우기획일화된 교육에 맞서는 신체적 학습이며, 증여경제를 향한 신뢰이자, 방언섬말, 구전 언어의 풍요로운 커뮤니케이션이다. 류큐호는 이러한 군도의 비전에 기초한 일상을 보존함으로써 대륙의 원리에 침식된 일본국에 대항하는 요새가 될 수 있었다.

대륙에 맞서는 바다, 그리고 대륙성에 맞서는 해양성을 찬미하는 담론 자체는 새롭지 않다. 하지만 종래의 담론은 바다를 매개로 한 관계를 대륙의 국가원리 주변에 자리매김하는 데에 머물렀다. 그 이유는 무엇일까? 대륙의 보편성과 달리 도서는 늘 주변부에 고정된 종속물의 범주에서 벗어나지 못했기 때문이다. 그러나 이러한 정태적인 도식 너머에 「군도향화사회 '평행' 헌법」이 지향하고자 하는 바가 있다. 왜냐하면, 움직이지 못하는 대륙과 달리, 군도는 이동하고 표류하며 심지어는 여행까지 가능하기 때문이다. 이민과 망명의 경험을 거치며 대륙과 군도의 관계는 다중적으로 굴절되었다. 대륙이 자신의 발밑으로 굴복시킨 섬을 일방적으로 포괄하는 상상력은 이제 종언을 맞이했다. 섬은 대륙을 지키기 위한 보루가 아니다. 오히려 대륙현대인의 횡포를 본질적으로 비판하는 무인칭無人称의 거점이다.

독도다케시마나 센카쿠 제도댜오위다오와 같은 무인도의 영유에 대한 논의가 막다른 길로 내몰린 이유는, 국가가 영토 주권을 주장하며 으르렁거리고, 이 대치상황을 타개하기 위해 공동 소유와 같은 해결책을 제시한다고 하더라도 섬은 누군가가 '소유'하는 것이라는 소유의 강박관념대륙원리의 산물 그 자체인에서 조금도 해방되지 않았기 때문이다. 그러나 군도에는 군도 나름의 의지意志가 있다. 무인도에도 그 나름의 역사영유의 '역사'가 아닌에 근거한 감정이 존재할 수 있다. 그리고 미래에는 그 군도의 의지와 감정에 맡겨야 한다. 이러한 초역사적 상상력을 황당무계한 것으로 치부하지 않고 수용할 때, 우리가 군도의 입장에서 진지하게 임할 때, 영토 '방척'의 새로운 지평에 한 걸음 다가갈 수 있을 것이다.

지중해의 군도 순례를 그린 서사시『오디세이아』에 등장하는 바람의 신 아이올로스는 쉼 없이 몰아치는 바람으로 인해 섬에 표류해야 했다. 육지와의 관계는 그때그때 고정적이지 않으며 비판적으로 규정된다. 아이올로스는 배를 나아가게 하는 바람과 바다의 소용돌이를 통솔한 셈이다. 아이올로스의 목소리를 바다를 건너는 계절풍의 포효에 비유하곤 한다. 교만한 현대 국가에서는 군도에 표류하는 아이올로스의 목소리를 들을 수 없다. 반면, 류큐호와 카리브해와 같은 군도가 외치는 목소리의 심부에는 아이올로스가 바다를 향해 내지르는 포효가 깃들어 있을 터다. 지금부터라도 이 울림을 포착할 수 있는 군도의 귀를 단련해야 할 것이다.

자연에서 따라 배우기   류큐호의 많은 시마우타섬노래가 노래하듯이, 파도가 밀려들고 밀려가는 군도의 세계는 우리로 하여금 만남과 이별의 섭리를 알게 해 주었다. 뱀 피부의 미세한 비늘 모양 덕에 천에 줄무늬 모양을 섬세하게 짤 수 있었다. 천을 짜기 위해 실을 엮으며 실이 끊기는 것을 보고 사람의 마음이 끊기는 것의 심오한 의미를 학습했다. 물질계가 인간계에 던지는 이 모든 '회색 문법'야생의 예지은 자연에서 따라 배운 것들이다. 인간계의 독창적·즉흥적·유희적 지성은 모두 그곳에서 꽃피웠다. 그리고 자연계가 발산하는 자유분방한 우유성偶有性[contigency]과 함께하려면 촉각적발터 벤야민 학습이 뒷받침되지 않으면 안 된다.

혀와 다이어렉트dialect   방언, 이언俚言 : 항간에 떠돌며 쓰이는 속된 말, 토어土語, 베르나큘라vernacular, 모어, 지방어, 나랏말, 시골 사투리, 지역언어, 소수언어, 마이너언어, 아열대언어, 미크로언어, 섬말, 시마고토바シマクトゥバ, 스마후쓰スマフツ, 시마유무타シマユムタ 등등. 그것을 어떻게 부르건 방언의 국지성과 한정성은 국(가)어 중심의 문학이 주장하는 정통성, 세계문학의 보편성과 세계성의 대극에 자리한 폐쇄적인 것으로 간주되기 십상이었다. 그랬던 방언이 지금은 국(가)어의 희생양 나지는 근대문학을 지배해 온 단일언어의 특권을 비판하기 시작했다. 방언을 전략적으로 사용한 문학표현이 미지의 세계성으로 연결되어 갈

가능성에 대해 생각해 보자. 아일랜드게일어, 바스크바스크어, 마르티니크크레올어, 류큐호시마고토바 등이 등장하는 문학에 주목할 필요가 있다.

다이어렉트dialect라는 용어의 사전적 의미는 'dia교차하다'와 'lect말하다'가 결합된 것이다. 대화와 토의를 통해 진리에 도달한다는 의미인 셈이다. 여기서 중요한 것은, '방언'이라고 칭하며 일견 몸을 낮추는 듯한 행위가 실은 국(가)어가 이끄는 권력적 발화와 담론에 저항하고 반란을 일으키는 행위라는 것을, 그리고 이러한 행위가 세계문학 주변에서 일어나고 있다는 사실이다. 그것은 국(가)어의 횡포로부터 모어를 지키는 싸움인 동시에 스스로 '국(가)어로 쓰는 것'을 당연하게 여겼던 분열적 상황에서 탈피하기 위한 내적 투쟁이기도 하다. 다이어렉트는 이 같은 사태를 엄중히 묻고 있는 것이다.

다이어렉트가 가진 변화무쌍함은 언어가 하나의 고유어langue로 고정되는 것을 거부한다. 이러한 언어의 '흔들림'은 문학을 표현하는 데에 장애물이 아닌, 표현 내부의 미묘한 성질을 끌어내는 동력이 된다. 가와미쓰 신이치가 언급한 "미크로언어 태내의 어둠", 그 "불투명성"글리상은 '세계문학'과 맞서기 위한 힘이 될 터이다. 그리고 이것은 미래의 군도향화사회를 전망하는 데에 빼놓을 수 없는 작업이기도 하다.

「군도향화사회 '평행' 헌법」은 그러한 시어를 (재)창조하기 위한 소박한 선언이라고 이해해 주기 바란다. 아래의 인용문은 에두아르 글리상이 "군도는 거품을 내고, 우리는 그 거품 속을 살아가네"라는 글귀를 아마미 섬말로 변주한 것이다.

하나레야 오-바후큔

와캬야 운오-난티 이키시우료리

ハナレヤ オーバフキュン

ワキャヤ ウンオーナンティ イキシウリョリ[2]

후기

이 글은 가와미쓰 신이치의 「류큐공화사회헌법C사(시)안」1981을 진지하게 수용하는 동시에 재치있는 그의 정신에 촉발되어, 오키나와가 일본에 복귀한지 42년이 되는 '2014년 5월 15일'이라는 특별한 날짜에 집필했다. 어디까지나 과도기적 초고라는 점을 밝혀 둔다. 이 글에는 헨리 데이비드 소로와 에두아르 글리상, 에필리 하우오파의 사상들이 통주저음으로 깔려 있다. 향후 여기서 한 발 더 나아가, 인류와 다른 생명체와의 관계, 무생물의 주권을 둘러싼 문제, 현실정치와의 접점 등에 대해 생각을 조금 더 세련되게 정리해 가고 싶다.

이마후쿠 류타

---

2   [저자 주] Édouard Glissant, "l'archipel fait écume, nous habitons l'écume", *Traité du Tout-Monde*, Gallimard, 1997, p.40.

더 많은 헌법사안을

실천적 독해

1981년 『신오키나와문학』 제48호 특집호에 가와미쓰 신이치가 기초한 「류큐공화사회헌법」이 게재되었을 때 오키나와 사회의 반응은 어땠을까?

당시의 반응은 대략 이러했다. 우선 대부분이 무시했다. 그리고 관심을 가진 소수는 지식인의 공상에 불과한 것으로 치부해 버리거나 실험적 사유라는 소극적인 평가에 머물렀다. 「류큐공화사회헌법」에 담긴 이념을 사상으로 해석하려는 이도 있었다.

그런데 나는 생각이 달랐다. 나도 이 특집호에 「류큐네시아 나 홀로 독립선언」이라는 제목의 글을 실었는데, 거기서 나는 「류큐공화사회헌법」과 '류큐호'는 우리가 실현해야 할 실천적 이념이라고 높이 평가했다.

1980년대만 하더라도, 오키나와에서조차 '오키나와 자립론'을 주장하는 것은 금기시되거나, 소수파의 공상에 불과한 것으로 바라봤다.

그러던 것이 1990년대에 들어서면서 혁신정당뿐만 아니라 보수정당에서도 '오키나와 자립'을 선거공약으로 내걸었다.

그리고 우리는 1997년 5월 14·15일 양일에 걸쳐 기나 쇼키치喜納昌吉, 아라카와 아키라, 가와미쓰 신이치, 오시로 요시타케大城宜武, 다이라 오사무平良修 등을 중심으로 오키나와 독립의 가능성을 둘러싼 토론회를 개최했다. 아마미 군도, 미야코 군도, 야에야마 군도 등지에서 모인 약 1천 명이 열띤 토론을 벌였다. 양일 간의 토론 내용은 이후 『격론 오키나와 '독립'의 가능성激論·沖縄「独立」の可能性』이라는 제목의 단행본으로 간행되었다. 그리고 2000년에는 '21세기 동인회'가 결성되었고, 류큐호의 자립·독립논쟁을 주로 하는 잡지 『우루마네시아うるまネシア』를 그해 7월에 창간했다. 이 동인지는 다행히 호평 속에 제17호까지 발간할 수 있었다. 무엇보다 집필자와 기고자가 계속해서 늘어간 것이 우리에게 힘을 실어주었다.

나는 이 『우루마네시아』 제12호에 「류큐공화사회 네트워크형 연방 헌법사안 그 1琉球共和社会ネットワーク型連邦·憲法私案·その1」이하, 「다카라 사안」을 발표하고 다음 호에 그 속편을 발표했다.

이 헌법사안을 기초하게 된 이유는 다음과 같다. 하나는, 1981년에 발표한 「류큐공화사회헌법」이 잊히거나 사장되어서는 안 된다고 생각했기 때문이다. 다른 하나는, '자기결정권'이라든가 '오키나와 차별 반대', '탈식민지' 등이 자주 입에 오르내리고 있는 작금의 상황에서 류큐 독립과 해방을 주장해 온 내 목소리도 「류큐공화사회헌법」처럼 형태를 갖춰 일반 대중에게 전달하고 싶었기 때문이다.

기본이념의 비교

「다카라 사안」은 「류큐공화사회헌법」을 모델로 해 기초한 것이다.

「류큐공화사회헌법」 전문에는, "「일본국헌법」과 이를 준수하는 국민에게 연대를 요구하며 마지막 기대를 걸었다. 결과는 무참한 배신으로 돌아왔다. 일본 국민의 반성은 깊이가 너무도 얕아서 가랑눈처럼 사라져 버렸다. 우리는 이제 완전히 정나미가 떨어졌다. 호전국 일본이여, 호전적인 일본 국민과 권력자들이여, 가고 싶은 길로 멋대로 가시오. 이제 우리는 인류 파멸로 가는 동반자살의 길을 더 이상 함께 가지 않으리"라는 격조 높은 문구가 명기되어 있다.

나는 전문에서 표방하고 있는 "수세기에 걸친 역사적 반성", "완전자치 사회 건설", "전쟁 방기", "비전·비군비"의 이념에 공감하며 지지한다. 그런데 「다카라 사안」에는 전문이 마련되어 있지 않다. 그 이유는 「류큐공화사회헌법」에서 느낀 위화감 때문이다. 제1장 기본이념을 비교하면서 위화감의 정체에 대해 이야기해 보자. 「류큐공화사회헌법」의 기본이념을 관통하는 키워드를 추출하면 다음과 같다. 제1조 "국가를 폐절할 것", "만물에 대한 자비의 원리에 기대어", 제2조 "권력을 집중하는 조직체제는 폐절하고", "공화사회 인민은 개개인의 마음속 권력의 싹이 자라지 못하도록 밟아야 하며", 제3조 "그 어떤 이유로도 인간을 살상해서는 안 된다", "자비의 계율은 불립문자이며", 제4조 "식생활에 불필요한 살상은 자비의 계율에 어긋난다", 제5조 "중의衆議는 제대로 먹지 못하는 이들 하나하나의 의견에 깊이 귀 기울여야 하며", 제6조 "류큐공화사회는 풍요로워야 한다", 제7조 "공생을 위해 힘을 모아야 한다"고 기술하고 있다.

이상과 같이 「류큐공화사회」 기본이념의 골자는 국가 폐절과 불교 사상의 '자비의 형률'에 기반을 두고 있음을 알 수 있을 것이다. 나는 이 '자비의 형률'이라는 문구에 위화감을 느낀다. 그것은 내가 '자비의 사상'을 교양이나 불교의 측면에서만 이해하고 있기 때문일 터다. 그런데 「류큐공화사회헌법」은 불교에 기반해 국가를 구상하고 공화사회의 비전을 구상한 것이 아니다. 국가 폐절을 목표로 하고 있기 때문이다.

「류큐공화사회헌법」의 기본이념은 7개 조에 달하지만 「다카라 사안」의 기본이념은 2개 조밖에 되지 않는다. 이 2개 조는 요컨대, 제1조 "류큐공화사회 네트워크형 연방헌법이하, 류큐공화사회연방의 주민은 류큐호는 물론이고 해외 이민이나 취업, 교육, 기술연구, 예술활동 등을 위해 국가와 국경을 넘어 전세계에 거주하고 있다. 따라서 류큐공화사회연방은 전세계에 네트워크형 영역을 보유한다."

제2조 "이 헌법은 제정制定이 출발부터 미완성으로 생성, 발전해 가는 헌법이다. 류큐공화사회연방 헌법은 우선 네트워크의 각 영역 (…중략…) 각각의 자치정부와 자치의회를 가지며 거기에서 제정된 각각의 헌법군의 집합체를 통해 비로소 완성된다."

이렇듯 「류큐공화사회헌법」의 논리는 연역적이고, 「다카라 사안」은 귀납적이다. 「다카라 사안」이 그만큼 현실적이라고 할 수 있다. 「류큐공화사회헌법」은 류큐공화사회 전체 인민의 직접 서명을 통해 「류큐공화사회헌법」을 제정하고 공포한다. 반면, 「다카타 사안」은 각 영역에서 제정한 각각의 헌법군의 집합체를 통해 이루어진다.

여기서 「다카라 사안」이 규정하는 네트워크의 각 영역은 아마미 군도, 오키나와 군도, 미야코 군도, 야에야마 군도, 야마토 동일본 영역, 야마토 서일본 영역, 브라질 영역, 알젠틴 영역, 볼리비아 영역, 페루 영역, 하와이 영역, 북미 영역, 필리핀 영역, 남양 군도 영역 등을 가리킨다.

「다카라 사안」은 이들 네트워크 영역에 하나의 이념이나 완성된 헌법을 적용하지 않았다. 그 이유는 역사적, 현실적 요청을 중시하기 때문이다. 잘 알려진 것처럼 류큐왕국 시대부터 오늘에 이르기까지 아마미 군도, 미야코 군도, 야에야마 군도를 비롯한 모든 이도離島의 인민은 오키나와 군도를 중심으로 하는 중앙정부와 기관의 지배를 받아 '이도 차별'의 역사를 강요받아 왔다. 그로 인해 이도 인민은 오키나와 군도가 중심이 되어 결정되는 것에 반발감을 가지고 있다. 이도 인민의 '자기결정권'을 최대한 배려해야 하는 이유이다. 설령 이도 주민 절대다수가 류큐독립에 반대한다고 해도, 자신들만 독립한다고 해도 그들의 자기결정권을 존중하고 승인하지 않으면 안 된다.

「류큐공화사회헌법」 제1조 기본이념 가운데 특히 "국가를 폐절한다"라는 문구에 동의한다. 「류큐공화사회헌법」이 근현대 국민국가를 비판하는 지식인, 사상가들로부터 주목받고 지지받을 수 있었던 것은 바로 이 이념 때문일 터다. 다만, 과도기 국가를 용인하는가에 대해서는 명확히 하고 있지 않다.

나는 무엇보다 '세계의 우치난추'오키나와인, 류큐인, 류큐민족, 류큐호 사람으로 호명되는가 류큐호 섬들은 물론 해외 이민이나 취업 등으로 국민국가와 국경을 넘어 거주하는 현실을 중시한다. 류큐공화사회연방 헌법이 적용되는 인민은 류큐호 내에 약 140만 명, 류큐호 밖 해외에 약 30만 인정도가 거주하고 있다. 게다가 각각의 영역에서 '현인회'나 '오키나와 커뮤니티' 등의 다양한 공동체를 형성하고 있다. 따라서 해외 이민이나 취업으로 거주하고 있는 국가나 지역에 대한 현실적인 대응에도 고민이 필요할 것이다.

류큐호 내에 과도기적 류큐공화사회연방 수립을 도모할 것이다. 그것은 어디까지나 국가 폐절을 목표로 한 '동아시아 공동체'를 지향하는 과도기적 국가로, 류큐독립은 전적으로 류큐인민의 자기결정에 맡기도록 한다.

공화사회 인민의 자격이란

「류큐공화사회헌법」 제2장 '센터 영역'이나 '주의 설치', '자치체의 설치' 등의 규정, 특히 '센터 영역'에 대한 유연한 규정은 좋은 참고가 되었다. 다만, 「류큐공화사회헌법」에서는 "센터 영역 내에 아마미주, 오키나와주, 미야코주, 야에야마주 등 4개 주를 설정"제9조한 반면, 「다카라 사안」에서는 "아마미 군도정부, 오키나와 군도정부, 미야코 군도정부, 야에야마 군도정부를 수립"제4조한다는 규정을 두었다. 취지는 동일하다고 생각되지만 「다카라 사안」은 "각 군도정부는 1940년대 말 각 군도정부 시대의 역사적 경험과 교훈을 최다한으로 활용한다"

는 단서를 달았다.

아울러 「다카라 사안」 제5조는 "류큐공화사회연방은 연방정부를 수립한다"고 되어 있는 반면, 「류큐공화사회헌법」의 경우, '연락조정 기관'은 두지만 연방정부의 비전을 제시하고 있지 않다. 그 이유는 과도기 국가나 류큐독립국가를 인정하지 않기 때문이다.

그런데 보다 심도 있는 논의가 필요한 것은 「류큐공화사회헌법」 '공화사회 인민의 자격'의 각 조항이다. 그 제11조에서 "류큐공화사회 의 인민은 정해진 센터 영역 내의 거주자에 한정하지 않는다. 이 헌법 의 기본이념에 찬동하고 이를 준수할 의지가 있는 자는 인종, 민족, 성별, 국적 여하를 불문하고 그 소재지에서 자격을 인정받을 수 있다. 단, 류큐공화사회헌법을 승인한다는 것을 센터 영역 내의 연락조정기구 에 보고하고 서명지를 송부하도록 한다"고 규정하고 있다.

우선 제11조의 "센터 영역 내의 거주자에 한정하지 않"는 것에는 대찬성이다. 나아가, 헌법의 적용 범위를 「다카라 사안」과 마찬가지로 야마토 동일본 영역, 야마토 서일본 영역, 브라질 영역, 아르헨티나 영역, 볼리비아 영역, 페루 영역, 하와이 영역, 북미 영역, 필리핀 영역, 남양 군도 영역을 비롯한 전 세계로 열어 놓은 것에도 동의한다.

또한, "인종, 민족, 성별, 국적 여하를 불문하고"라는 이념에도 찬성 한다. 다만, '민족' 항목은 논의의 여지가 있다. 「류큐공화사회헌법」에 는 '민족' 개념을 규정하고 있지 않다. 반면, 「다카라 사안」에서는 '연방 주민의 권리와 의무' 조항 제6조에서 "류큐공화사회연방 주민은 '세계 의 우치난추'오키나와인, 류큐인, 류큐민족, 류큐호 사람으로 호명되는로 구성된다. 주민은 이중삼중의 자유로운 '국적'을 선택하고 취득할 수 있다. 개인의 자유의지와 거주 국가나 지역의 조건에 맞춰서 류큐공화사회연방 국민인 동시에 일본 국민, 브라질 국민, 아르헨티나 국민, 페루 국민, 아메리카 국민, 필리핀 국민 등의 '국적'을 가질 수 있다"는 규정을 두었다.

이 안에서는 과도기 국가로서의 연방 주민을 '세계의 우치난추'류큐민족에 한정하고 있다. 거듭 말하지만, 나는 류큐민족이라는 데에 자각적이지만, 그렇다고 류큐 민족주의자는 아니다. 이에 대해서는 「나는 류큐민족이다 '나는 시만추섬사람다我が輩는琉球民族である<わんねーしまんちゅやん>'」『우루마네시아』제12호라는 제목의 글에서 언급한 바 있다.

나는 국제연합이 일본 정부에 대해 "아이누민족 및 류큐민족을 국내 입법하에 선주민과 동등하게 인정하고, 문화유산과 전통 생활양식의 보호 촉진 강구"를 권고한 심의회 보고서를 지지하며, 류큐민족은 일본민족이 아닌 선주민족이라고 생각하고 행동한다.

국제연합이 권고하는 선주민족의 정의는 간결하고 알기 쉽다. "민족에 대한 정의는 연구자의 수만큼 있을 테지만, '선주민족'은 민속학이나 문화인류학의 용어가 아니다. 대국이나 지배 민족에 의해 땅과 고유의 문화를 빼앗기고, 식민지 지배를 받아온 집단으로, 자신들의 미래를 위해 자기결정권을 필요로 하는 사람들이라고 생각한다. 구체적인 사항은 국제노동기관ILO이 1989년에 채택한 ILO 제169조약「선주민족조약」의 정치학, 국제법 등을 참고 바란다"고 설명하고 있다.

ILO 제169조약「선주민족조약」에서는 선주민족을 이렇게 정의하고 있다. ① 근대국가가 독자의 언어로 역사를 영위해 온 민족이, ② 정복, 식민지화, 영토의 국경선을 확정함으로써 국민국가로 일방적으로 통합당하고, ③ 근대 국민국가의 형성 과정에서 동화정책을 강제당해 토지와 문화, 언어를 빼앗기고 차별받아 온, 그리고 현재에도 차별이 계속되고 있는 민족집단을 가리킨다. 또한, ④ 집단으로 의지를 나타낼 수 있는 민족집단이다.

류큐인은 아이누인과 마찬가지로 선주민족이라는 점을 분명히 하고 있다. 여기서 중요한 것은 류큐인이 "자신들의 미래를 위해 자기결정권을 필요로 하는 사람들"이라는 것, "집단으로 의지를 표출할 수 있는 민족집단"이라는 것이다.

독자의 언어와 역사를 가진 세계의 우치난추_{류큐민족}라는 자긍심을 가지며, "일본국민이지만 야마토_{일본} 민족과 구분되는, 사회적, 구조적으로 차별받아 온" '세계의 우치난추' 민족집단이다. 실제로 5년마다 세계 각지에서 오키나와로 귀향해 '세계 우치난추 대회'를 개최해 오고 있으며 얼마 전 제5회를 맞이했다. 10만여 명이 집결한 '현민대회'에서 "우치나의 일은 우치난추가 결정한다"라고 소리높여 주장했다.

나는 류큐민족과 일본민족, 미국국민 간에는 지금도 피지배 민족과 지배 민족, 피차별 민족과 차별주의 민족, 피식민지 민족과 식민지주의 민족 등의 역사적 관계와 민족, 식민지 문제가 미해결인 채로 횡단하고 있다고 생각한다. 우리들은 이 역사적 관계를 해결하고 지양하지 않으면 안 된다. 그렇다면 우리들은 역사적으로 형성된 '민족자결권'을 인정해야 할 것이다. 그리고 더 나아가, 최근에는 '선주민족권'이나 '자기결정권'이 국제적으로 승인되고 있다.

그렇다면 「류큐공화사회헌법」 제11조의 '민족' 여하를 불문한다는 규정은 타당하지 않을 듯하다. 나는 지배민족인 일본민족과 미국국민이 '류큐공화사회의 인민'이 되기 위해서는 엄격한 조건이 붙어야 한다고 생각한다. 특히 지배민족이었던 과거를 반성하고 총괄하지 못한 일본민족이나 미국국민은 설령 「류큐공화사회헌법」을 승인하고 서명을 한다고 해도 '류큐공화사회의 인민'의 자격을 부여해서는 안 된다고 생각한다.

더 풍부한 논의를

나는 「다카라 사안」과 우리의 사상운동에 대한 의견을 듣기 위해 『우루마네시아』 제14호에 가와미쓰 씨와의 왕복서한을 연재했다. 「가와미쓰 신이치 씨에게 보내는 공개 질문장川満信一氏への公開質問状」이라는 나의 글에 응답하는 형태로 「원체험에서 사상으로—전략적 과정과 이념의 차이原体験から思想へ—戦略的プロセスと理念との差異」라는 제목의 가와미쓰 씨의 글이 실렸다. 나는 가와미쓰 씨의 응답에서 많은 것을 배울 수 있었다.

우선 가와미쓰 씨는 "사상은 한마디로 정의될 수 없다. 개인의 사상과 공동사회의 사상은 서로 다른 틀이라는 것을 인식하지 않으면 현실의 사유와 행위는 혼란을 초래할 뿐"이라고 지적하며, 개인의 사상에 의해 발현되는 '사랑'의 이념을 현실화하기 위해서는 영원히 소멸하지 않는 '악마'와 싸우는 길밖에 없으며, 그렇기 때문에 무위無爲에 가까운 '자비'를 공화사회헌법의 이념적 지표로 삼았다고 말한다.

더 나아가, "개인 사상의 궁극은 아나키나 니힐밖에 없다. 법정도 경찰도 권력기구를 폐지하라고 하는 것은 개인 사상을 근거로 한 아나키적 발상이다. 볼셰비키라든가 사회주의라는 것은 공동사회의 이념에 속한 사상이다. 제15조「핵의 보루」는 개인과 공동을 가로지르는 발상이며, 자치체와 공동비축 등의 조항은 공동사회 질서 사상이다", "「류큐공화사회헌법」은 자본주의와 국민국가의 종언 저편으로 조잡한 이념을 던진 것이라고 이해해 주었으면 한다. 자본주의가 계속되는 한 이미지의 세계에 남겨질 우려가 있다"는 식의 주장을 폈다.

여기서 나는 가와미쓰 씨의「류큐공화사회헌법」이 아나키즘적 발상과 니힐리즘에 경도되어 있음을 거듭 확인할 수 있었다. 나는 공화사회헌법은 무릇 '공동사회의 이념'을 표현하는 것을 부단히 추구해야 한다고 생각한다. 개인 사상은 가능한 한 공동사회 사상의 도가니 속에서 단련되어야 한다. 그리고 개인 사상이 아나키즘과 니힐리즘으로 경도되려고 할 때, 기성 '볼셰비키나 사회주의'가 아닌 '파리코뮌'이나 '부단연속영구혁명不斷連続永久革命', '동아시아 공동체'라는 사상운동으로 이를 저지해 나아가야 한다.

그런데 가와미쓰 씨는「다카라 사안」에 대해 "다카라 벤 씨의「류큐공화사회헌법사안」은 현실 모순을 타개하기 위한 전략, 전술적 의도가 강한 것으로 해석하고 있다. 이념적 사정거리가 너무 짧은 것은 아닌지, 성급하게 이데올로기로 접근하는 것은 아닌지 우려된다. 어떤

이념도 이데올로기로 흡수되면 목적을 위한 행동규범이 요구되기 마련이다. 일본 적군이나 옴진리교オウム真理教[1]의 사례에서 보듯이 거기에는 역逆윤리가 작동하고 있다. 이념에 기댄 방법이나 전략은 많겠지만, '국가'라든가 '민족'이라는 개념의 역사적 경위에 둔감한 것은 위험한 일"이라고 비판했다.

나는 「다카라 사안」이 이념적 사정거리가 짧다거나, 이데올로기에 빠질 위험성을 지적하는 것은 그럴 수 있다고 생각한다. 그런데 '국가'라든가, '민족'이라는 개념의 역사적 경위에 둔감하다는 비판에는 동의하지 않는다. 나는 나 나름으로 국가와 민족 개념을 공부했고 논의를 거듭해 왔다고 생각한다.

거꾸로 나는 가와미쓰 씨가 왜 그토록 '류큐독립'이나 '류큐민족'에 거부 반응을 보이는지 이해가 가지 않는다. 가와미쓰 씨는 「다카라 사안」에서 말하는 '류큐독립'을 언급하며, "국제연합의 선주민 규정을 방패로 무혈의 류큐독립 국가가 실현된다고 하더라도 그것은 내가 이념으로 삼는 사회상과 거리가 멀다. 또한, 일본과의 관계를 생각할 때, 류큐독립에 대가를 지불할 만큼의 성과를 확신할 수 있을까라는 의문도 있다. 류큐국만 자본주의 밖으로 튕겨 나간다면 문제는 다르겠지만, 그렇지 않다면 독립한다고 해도, 마르크스나 수카르노Sukarno : 인도네시아의 초대 대통령이자 독재자나 카다피Gaddafi : 리비아의 군사 출신 독재자 체제의 이미

---

1   1980년대 일본에서 설립된 종교 단체. 설립 초기에는 요가오-명상 등의 가르침을 통해 영적 깨달음을 추구하는 운동으로 시작했지만, 점차 종말론적 신념과 과격한 사상을 띠게 되었다. 1995년 도쿄 지하철 사린 가스 공격을 일으켜 많은 사상자를 냈다.

지만 떠오를 뿐"이라고 비판했다.

그런데 정작 가와미쓰 자신이 이념으로 삼는 사회상은 무엇인지 밝히지 않고 있다. 일본 자본주의가 계속되는 한 "일본과의 힘의 관계"에서 류큐는 일본 내 일개 지방에 머물 수밖에 없지 않은가? 그렇다면, 류큐독립에 반대하며 "오키나와는 일본을 벗어나서는 발전할 수 없다"고 주장하는 다카라 구라키치高良倉吉 씨나 아라사키 모리테루新崎盛暉 씨의 발상과 다를 바 없을 것이다.

'류큐민족'을 둘러싼 규정에 대해서도, "내 역사 감각에서 보자면, '류큐민족'이 자본주의 아래에서 같은 민족끼리 상부상조하는 유이마루ゆいマール : 상부상조라는 의미의 오키나와어 같은 이상적인 사회를 실현할 수 있으리라고 보지 않습니다"라든가, "국제연합이 소수 선주민족이라고 규정하는 등 불손하기 그지없는 사태가 벌어지고 있는데, 그런 것은 아무런 도움이 되지 않을뿐더러 해서는 안 될 일이라고 생각합니다. 우선 어째서 '류큐민족'이라고 규정하는 데에 곤혹스러움을 느끼는 걸까요? 내가 생각하는 '민족'이라는 개념은 어디까지나 근대 국민국가라는 환상을 성립시키기 위한 위장술 그 이상도 이하도 아닙니다. 민족 개념에서 도망쳐서 우주 시민이라도 될까요? 이 역시 비현실적인 탈선이 아닐까요?"라며 비판한다.

'민족'이라든가 '류큐민족'이라는 개념이 어떤 역사적 경위를 거치게 되었는지는 앞서 언급한 졸고 「나는 류큐민족이다 '나는 시만추다」를 참고하기 바란다. 나는 "'류큐민족'이 자본주의하에서 같은 민족끼리 상부상조하는 유이마루 같은 이상적인 사회를 실현할 수 있으

리라고 보지 않습니다"라는 가와미쓰 씨의 심정도 충분히 이해하지만, '이상적인 사회'는 그렇다 하더라도 '같은 민족끼리 상부상조하는 유이마루'는 실현할 수 있지 않을까? 그것은 10만여 명이 모이는 '현민대회'나 '섬 전체 투쟁島ぐるみ鬪争', '제네스토' 등을 비롯해, 제5회로 끝났지만 '세계 우치난추 대회'도 좋은 사례가 되리라고 생각한다.

가와미쓰 씨는 "국제연합이 소수 선주민족이라고 규정하는 등 불손하기 그지없는 사태가 벌어지고 있는데, 그런 것은 아무런 도움이 되지 않을뿐더러 해서는 안 될 일이라고 생각합니다"라고 비판했는데, 이것은 매우 '불손'한 발언이다. 국제연합이 일본 정부에 권고하기까지는 10년 이상의 '류큐호의 선주민족회'AIPR를 비롯한 류큐민족 젊은이들의 노력이 있었고, 이를 지원하는 아이누민족의 연대 행동이 있었다. 그럼에도 불구하고 일본 정부는 이 국제연합 권고를 받아들이려 하지 않고 있다. "그런 것은 아무런 도움이 되지 않을뿐더러 해서는 안 될 일"이라고 단언하는 가와미쓰 씨의 발언은 불손하고 기만적이기까지 하다.

또한, 가와미쓰 씨는 류큐민족을 규정하는 데에도 비판의 목소리를 내는데, 나는 파농이 언급한 것처럼, 류큐의 민족주의나 자민족중심주의에는 반대하지만, 류큐민족이라는 의식은 더욱 강화해야 한다고 생각한다. 나는 이하 후유伊波普猷나 히가 슌초比嘉春潮, 시마부쿠로 젠파쓰島袋全発를 비롯한 전쟁 전 류큐 지식인들의 사유가 '류큐민족'에서 '오키나와민족'으로, 그리고 '오키나와현민'으로 후퇴, 패배시켰다고 생각한다. 더 나아가, 황국신민으로 오키나와 전투에 가담해 완전히 파산하는 고통의 역사를 기억해야 할 것이다. '류큐민족'이라는 개념을 피해간다면, 이 패배의 역사를 극복하지 못할 것이며, 일본민족이나 미국국민의 억압과 지배의 역사와 현재를 불문에 부치게 될 것이다. 또한, 류큐민족이 갖는 반미, 반일, 반차별, 이민족 감각의 정념과 정면으로 마주할 수 있는 회로를 방치하는 일이기도 하다.

마지막으로 가와미쓰 씨는 "내가 생각하는 '민족'이라는 개념은 어디까지나 근대 국민국가라는 환상을 성립시키기 위한 위장술 그 이상도 이하도 아니다. 민족 개념에서 도망쳐 우주 시민이라도 되라는 말인가? 이 역시 비현실적인 탈선이 아닐까?"라고 언급했는데, '민족'이라는 개념을 너무 추상적으로 이해하고 있는 듯하다. 왜냐하면, 근현대 국민국가는 일본만 보더라도 알 수 있듯이 아이누민족이나 류큐민족, 조선민족 등 다민족 국가로 이루어져 있기 때문이다. 그리고 우리 안에는 싫든 좋든 지배민족과 피지배민족, 억압민족과 피억압민족, 선주민족이 존재하고 있으며, 이 역사적, 사회적 관계를 어떻게 변혁시켜 갈 것인지가 향후 중요한 과제라고 생각한다. 그런 점에서 "류큐민족이라는 개념을 피해"가서는 안 될 것이다.

가와미쓰 씨와 나는 평소 이렇듯 논쟁을 거듭해 왔다. 두 헌법사안을 둘러싼 보다 건설적인 논의가 다른 이들에 의해서도 이루어지길 기대한다. 실은 우리의 작업 중 일부를 『우루마네시아』 동인인 마쿠타 다다시眞久田正 씨가 이어 받기로 했는데 2013년 1월, 돌연 세상을 떠나 버렸다. 안타까운 일이 아닐 수 없다.

더 많은 헌법사안을

지금까지 가와미쓰의 「류큐공화사회헌법」의 기본이념을 중심으로 논의를 전개했다. 세부 조항의 경우 큰 차이가 없었다. 아이디어의 차이 정도랄까.

더 많은 헌법사안이 제기되어야 한다. 「류큐공화사회헌법」이나 「다카라 사안」의 장단점, 그리고 이에 대항하는 다양한 헌법사안을 요청하는 바이다.

예컨대, 「다카라 사안」 제9조부전[不戰]에서는 "류큐공화사회연방은 그 어떤 무력도 보유하지 않는다. 각국·각지역에서 일체의 전쟁에 반대하며 비폭력·절대평화주의를 관철한다. 군대가 없는 코스타리카 공화국이나 일본국헌법 제9조의 정신에서 배워 이를 창조적으로 계승한다"라고 규정하고 있다. 이 조항을 통해 일본국헌법 제9조를 개악하고자 하는 세력과 싸워 이겨야 한다.

다행히 류큐호에서는 일본 정부의 류큐차별과 식민지 지배에 반대하고 '자기결정권 행사'와 '류큐독립'을 주장하는 사람들이 늘어나고 있다.

2012년 5월 15일에는 역사상 처음으로 '류큐민족독립종합연구학회'가 설립되었다. 나도 발기인으로 참여했는데, 젊은 세대의 대학교수와 연구자를 중심으로 류큐민족의 독립을 둘러싼 다양한 논의를 전개하고 있다. 2013년 11월에는 나하시 오키나와대학에서 첫 번째 학회를 개최했고, 이듬해 2월에는 미야코 섬에서 제2회 학회를 마쳤다.

모쪼록 「류큐공화사회헌법」과 「다카라 사안」에 대해서도 다양한 연구가 이루어지기를, 나아가 더 많은 헌법사안이 제기되기를 바라마지 않는다.

다카라 벤

류큐공화사회 네트워크형 연방·헌법사안

류큐공화사회 네트워크형 연방의 모든 주민은 전 세계의 주민 등록과 의사 표시에 따라 여기에 헌법을 제정하고 공포한다.

전문

인류는 불을 사용하며, 언어를 가지고 현재를 살아가면서 과거를 기록하고 반성하고, 미래를 상상·창조하는 능력을 가진 동물이다. 류큐공화사회 네트워크형 연방류큐공화사회연방의 모든 인민은, 전인류의 과거의 역사적 체험과 학문적 성과를 배우고 깊이 반성하여 그 장점을 살려 오류의 경험을 두 번 다시 반복하지 않고, 전인류와 지구와 우주의 미래에 책임을 지기 위한 헌법을 선언한다.

인류의 과거 역사에서 최대의 오류와 불행은 빈곤과 병에 고통받는 것, 전쟁과 투쟁으로 동류 생물이 서로를 죽이는 것이다. 또한, 원시 공동체가 붕괴된 이래 현재까지 가난한 자와 부자, 피지배자와 지배자, 피지배 계급과 지배 계급, 피식민지 주민과 식민지 주민, 피억압 민족과 억압 민족, 피차별자와 차별자 등으로 분열되어 적대시해 왔다.

특히 류큐호 주민은 1609년에 일본국 사쓰마번의 침략을 받아 식민지화된 이래 오늘날까지, 류큐차별과 민족억압과 피식민지의 고통의 역사를 강제당해 왔다. 류큐왕국은 사쓰마번의 침략에 이어, 1879년에는 메이지 천황 정부에 의해 강제병합되어 내국의 식민지가 되었다. 또한, 1945년 전후 오키나와 전투에서는 주민 네 명 가운데 한 명이 전사자가 되는 피해를 입었다. 일본 '본토' 방위를 위한 '사석捨石 작전'을 강제당했던 것이다. 나아가, 전후처리에서도 일본국의 독립과 천황제 유지를 위해 일본에서 분리시켜 1972년까지 27년간 미군의 점령하에 놓이게 했다.

그리고 1972년에 미일 정부는 류큐호 주민들의 동의를 거치지 않은 '오키나와 반환협정'을 통해 시정권을 미국에서 일본으로 반환했다. 그 이래 오늘날까지 류큐호는 미일 양 정부의 군사 식민지 지배하에 놓여있다. 류큐호 주민들은 사쓰마번 침략 이래 류큐차별과 민족억압과 피식민지의 긴 역사에 항의하고, 저항하고, 투쟁해 왔다.

따라서, 류큐공화사회연방의 모든 주민은 평화를 애호하고, 전쟁을 증오하고, 차별과 민족억압, 식민지 지배를 허용하지 않는다. 그리고 '일본국헌법'의 기본이념인 '평화주의', '주권재민', '인권옹호'를 전인류의 공통 목표로 삼아 계승하고 보다 발전시켜 간다.

나아가, 자자손손 아름답고 안전한 자연환경을 계승하며, 다양한 생물이 지속적으로 공생 가능한 지구의 미래를 책임진다. 류큐공화사회연방의 모든 주민은 이 지상에서 국가와 국경에 따른 인류의 분단과 대립, 지배 계급과 피지배 계급, 관료조직과 관료층의 존재를 근절하고, 전인류가 공생과 우애의 공동 사회를 창출하도록 전력을 다할 것이며, 이 숭고한 이념과 목적을 달성할 것을 맹세한다.

제1장 기본이념

　제1조 류큐공화사회 네트워크형 연방헌법^{이하, 류큐공화사회연방 혹은 류큐연}방의 주민은 류큐호는 물론 해외 이민이나 취업, 교육이나 기술연구, 예술활동 등을 위해 국가・국경을 넘어 전세계에 거주하고 있다. 따라서, 류큐공화사회연방은 전세계 네트워크형 영역을 보유한다. 인류가 과거 경험하지 못한 최대 영역을 가진 최신형 연방이다.

　제2조 이 헌법은 제정 출발부터 미완성이며, 늘 생성・발전해 가는 헌법이다. 류큐공화사회연방헌법은 우선 네트워크의 각 영역, 즉 아마미 군도, 오키나와 군도, 미야코 군도, 야에야마 군도, 야마토 동일본 영역, 야마토 서일본 영역, 브라질 영역, 알젠틴 영역, 볼리비아 영역, 페루 영역, 하와이 영역, 북미 영역, 필리핀 영역, 남양 군도 영역 등을 아우르며, 각각의 자치 정부와 자치 의회를 갖는다.

제2장 센터 영역

　제3조 류큐공화사회연방은 상징적 센터 영역으로 지리학상의 류큐호를 포괄하는 군도와 해역을 정한다. 일본국으로부터 독립

한 '오키나와현'은 '오키나와 처분'을 통해 폐지한다.

군도정부의 수립

제4조 센터 영역 내에 아마미 군도정부, 오키나와 군도정부, 미야코 군도정부, 야에야마 군도정부를 수립한다. 각 군도정부는 1940년대의 각 군도정부 시대의 역사적 경험과 교훈을 최대한 활용한다.

연방정부의 수립

제5조 류큐공화사회연방은 연방정부를 수립한다. 연방정부는 전 세계 네트워크의 각 영역과 자치체의 연방·조정·지원을 목적으로 활동한다. 연방정부의 정부는 각 군도정부 영역을 순회하며 이동한다. 그 로테이션은 따로 정한다.

제3장 연방 주민의 권리와 의무

제6조 류큐공화사회연방의 주민은 '세계의 우치난추'오키나와인, 류큐인, 류큐민족, 류큐호 사람으로 호명되는로 구성된다. 주민은 이중삼중의 자유로운 '국적'을 선택하고 취득할 수 있다. 개인의 자유의사와 거주 국가·지역의 조건에 맞게 류큐공화사회연방 국민인 동시에 일본국민, 브라질국민, 페루국민, 미국국민, 필리핀국민

등의 '국적'을 가질 수 있다.

국민세 '출생 섬 기금生まり島基金' 모집의 권리와 의무

제7조 류큐공화사회연방의 주민은 각자의 '출생 섬'어 대한 애정과 재산에 기반해 가능한 범위 내에서 기금을 모집할 권리와 의무를 가진다.

류큐공화사회연방 상징기

제8조 류큐공화사회연방 상징기는 각 군도정부가 자유롭게 정한다. 다만, 국제연합이나 올림픽 등 대외적으로 연방정부의 상징기국기가 필요할 경우, 오키나와 전투 당시 '밭기의 소녀'의 교훈에 따라 백색 깃발을 사용한다.

부전不戰

제9조 류큐공화사회연방은 그 어떤 무력도 보유하지 않는다. 각국·각지역에서 발생하는 일체의 전쟁에 반대하며 비폭력·절대평화주의를 관철한다. 군대가 없는 코스타리카 공화국이나 일본국헌법 제9조의 정신에서 배워 이를 창조적으로 계승한다.

영역의 출입 및 통과

제10조 류큐호 영역 출입 및 통과가 필요한 항공기, 선박 등은 사전에 허가를 받는다. 이 허가 요금은 군도정부, 연방정부의 중

요한 재원이다. 허가의 조건은 별도의 법으로 정한다.

군사와 관련된 모든 항공기, 선박 등의 출입 및 통과를 엄금한다.

핵의 금지

제11조 핵병기, 핵물질 및 핵에너지, 원자력발전소 등의 이입, 사용, 실험이나 핵폐기물의 저장, 활용은 영구히 금지한다.

외교

제12조 류큐공화사회연방은 전세계에 개방되는 것을 기본의무로 삼는다. 전세계에 산재해 있는 류큐인은 각각의 국가와 지역에서 선량한 주민이자 류큐공화사회연방 일원으로서 선량한 민간 외교관이 되도록 노력한다.

외교는 류큐왕국 시대의 좋은 전통을 계승해 국제주의와 평화·문화외교를 바탕으로 수행한다.

제4장 차별철폐

제13조 성별, 인종, 민족, 신분, 문중, 출신지 등에 따른 차별은 절대 허용하지 않는다.

특히 일본 내의 아이누민족이나 류큐민족, 조선민족, 그리고 부락차별을 완전히 철폐하도록 부단히 노력한다.

생산수단 및 사유재산 취급

제14조 류큐호 내에서는 하천, 수원, 삼림, 항만, 해안선, 어장, 에너
　　　지 등 기본적인 생산수단을 공유한다. 각 군도정부와 자치체
　　　는 이들 공유재산을 보존·활용한다.

　　　사유재산제도는 전세계가 이 제도를 지양할 때까지 각국, 각
　　　지역에서 그 개혁을 위해 노력한다.

교육

제15조 기초교육은 9년간 시행하며, 모든 주민에게 무상으로 보장
　　　한다. 기초교육 내용은 각 군도정부와 각국 영역area정부의
　　　교육위원회에서 결정한다.

제16조 고등교육 및 전문교육은 연방정부와 각 근도정부가 무상 제
　　　공을 보장한다. 입시제도는 폐지하고, 희망자는 전원 입학할
　　　수 있도록 한다. 매년 시험을 통해 진급, 졸업을 정한다. 특히
　　　졸업 조건이나 수준은 엄격히 관리한다.

　　　또한, 일본이나 브라질 등 각국 영역의 주민에게는 필요로
　　　하는 교육을 적극적으로 지원한다.

제17조 모든 교육비와 의료비는 연방정부가 연합체를 만들고, 필요
　　　에 따라 균등하게 배분한다. 특히 공화사회연방 자제의 해외
　　　유학제도를 마련하여 충실히 이행한다.

노동

제18조 류큐공화사회연방 주민은 노동의 자유와 선택과 평등한 기회를 보장한다. 노동은 자발적이고 자주적이며 노동이 즐거울 수 있도록 모든 조건을 정비해야 한다.

제19조 노동은 개인의 자질과 능력에 따르며, 필요에 따라 성과를 보상받을 수 있도록 노력한다.

제20조 모든 노동자에게 희망에 따라 평등하게 공무원이 될 기회를 부여한다. 주민은 부단히 관료주의와 싸우며 감시한다. 모든 공무원은 각 중의기관과 주민투표를 통해 파면할 수 있다.

의료·위생

제21조 공화사회연방 주민은 건강과 장수를 최대의 공유재산으로 삼는다. 이를 위해 모든 주민은 건강하고 쾌적한 위생과 환경에서 생활할 수 있는 권리와 의무를 가진다.

제22조 모든 주민의 의료비는 무료로 한다. 연방정부는 이 무료 의료제도를 보장하기 위해 최선을 다한다.

제23조 연방정부는 대학에 의학부, 치학부, 약학부, 간호학부, 개호介護학부의 확대와 의사, 간호사, 개호사의 교육에 힘쓴다. 공립병원, 공립진료소. 보건소 등의 확대와 충실성을 위해 노력한다.

제24조 연방정부는 우수한 의사, 간호사, 개호사를 양성하여 전세계·전인류로 파견하도록 노력한다.

제5장 중의기관

제25조 류큐공화사회 네트워크형 연방은 직접민주주의의 이념을 존중하며 이를 실현하기 위해 부단히 노력한다.

제26조 공화사회연방 중의기관은 각 지역 주민 자치회를 기초 단위로 삼아 시정촌의회, 군도의회, 각국 영역의회, 연방의회를 설립한다.

제27조 각 지역의 중의기관은 철저한 민주주의적 협의에 따라 합의하에 결정한다. 연방의회에서 합의가 되지 않을 경우는 군도의회나 영역의회에 부치며 거기서도 합의가 성립되지 않으면 시정촌의회와 주민 자치회의 중의에 일임한다.

제28조 공화사회연방 중의기관에 대표제를 둘 수 있다. 각 중의기관 의원은 15세 이상의 성인 주민이 직접 선거로 선출한다.

제29조 각 중의기관 의원은 같은 수의 남녀로 구성하는 것을 원칙으로 한다. 각 기관의 정원은 법률로 정한다.

제30조 각 지역 자치체는 각각의 지역에 따라 경제, 의료·복지, 교육·문화 등의 계획을 입안하고 실시할 경우, 인접 자치체에 사전에 보고하고 조정하도록 한다.

제31조 각 지역 자치체 계획이 주체적 능력 범위를 넘어설 경우, 군도의회, 영역의회, 내지는 연방의회에서 협의하고 조정하도록 한다. 주체적이고 풍요로운 사회가 되도록 노력해야 한다.

제6장 집행기관

제32조 류큐공화사회연방 행정집행기관은 각 지역 자치회, 시정촌
　　　사무소, 군도정부, 영역에리어정부, 연방정부 별로 둔다.

제33조 각 자치회, 시정촌, 각 군도정부 및 각 영역정부 조직과 운용
　　　에 관해서는 지방분권을 원칙으로 하여 각각의 중의기관에
　　　서 정하는 내규와 법률로 정한다.

제34조 연방정부 구성이나 운용에 관해서는 연방의회의 법률로 정
　　　한다. 연방정부 수장인 대통령을 직접 선거로 선출하는 것을
　　　원칙으로 한다.

제35조 연방정부는 공화사회연방 전체의 연락 조정과 예산 분배를
　　　중심으로 집행하며, 그 권한을 상시 지역·지방으로 분권화
　　　해 가는 것을 원칙으로 한다.

제36조 모든 행정집행기관은 중의기관과의 연락·조정과 심의를 거
　　　치지 않을 경우, 그 어떤 정책도 실시해서는 안 된다.

제7장 사법기관의 폐지

제37조 류큐공화사회연방 주민은 모든 범죄의 근절을 위해 부단히
　　　노력한다.

제38조 종래의 근대 국민국가와 같은 재판소, 검찰, 경찰 등 고정적

인 사법기관은 두지 않는다.

제39조 경찰을 대신해 각 지역 자치회, 시정촌마다 '자경단' 등을 조직한다. 이 조직 구성원은 만 15세 이상 성인 모두가 참가한다.

제40조 개인 및 집단이 이 헌법의 기본이념과 각 중의기관이 정한 법률과 제 결의를 위반한 경우는 각 행정집행기관에 고소할 수 있다.

제41조 범죄를 저지른 개인, 단체에 대한 '좌와 벌'에 대한 심의는 각 지역 자치회, 시정촌, 군도정부와 영역정부가 결정하는 것을 원칙으로 한다.

제42조 외국인 범죄에 관해서는 연방정부와 연방의회에서 대처하고 처분한다.

제8장 개정

제43조 이 헌법의 개정은 연방의회 의원과 군도정부 의원 3분의 2 이상의 찬성으로 연방의회를 발의하고, 공화사회연방 전주민에게 게시하여 승인을 받아야 한다. 승인은 따로 주민투표를 실시해 3분의 2 이상의 찬성을 얻어야 한다.

제9장 최고법

제44조 이 헌법이 류큐공화사회연방 주민에게 보장하는 기본적 인권은 인류의 다년간에 걸친 자유와 자기결정권 획득을 위한 투쟁과 노력의 성과로, 이들의 권리는 과거 많은 시련을 참고 견딘 현재와 장래의 주민과 인류가 영구히 침해받지 않을 권리이다.

제45조 이 헌법은 공화사회헌법의 최고법규로 그 조항에 반하는 법률, 명령, 결의 및 행정집행기관 행위는 그 효과를 갖지 않는다.

제46조 류큐공화사회연방은 이 헌법에 반하는 그 어떤 국제조약이나 국제규범을 체결해서는 안 된다. 또한, 체결한 국제조약이나 국제법규는 성실히 지켜야 한다.

후기

이것으로 나의 류큐공화사회 네트워크형 연방헌법사안 제기를 마치고자 한다. 나는 가능한 많은 류큐인·류큐민족이 헌법사안을 쓰고 공표하여 활발히 논의되기를 희망한다. 나아가, 각 지역에서 '임시 군도정부, 영역정부'와 '임시 연방정부'가 조직되기를 간절히 바란다.

2010년 5월 7일 기초

　2014년 5월 초, 베이징대학 역사학과의 초대로 류큐역사연구 포럼에 참가했다. 루쉰 탄생 130주년 심포지엄에 초대받았던 3년 전에는 마음의 여유도 없었고 이런저런 것을 신기한 눈으로 구경하기 바빴지만, 이번에는 차분히 대도시의 표정을 살필 수 있었다. 베이징대학 캠퍼스 안은 거대한 공원같았고, 그 자체로 하나의 마을을 이루고 있는 듯 보였다. 소나무, 벚나무 등 고목이 자아내는 푸르른 녹음과 돌로 만든 배를 띄운 호수, 산책로 등이 인상적이었다. 주변에는 유서 깊은 칭화대, 엘리트 자제들이 다닌다는 '101중학一零一中学'이 광대한 녹지 위에 펼쳐져 있었다. 대학가를 벗어나니 에메랄드빛 바다에 우뚝 선 포세이돈을 닮은 고층빌딩이 저 멀리로 내다보였다. 일본 도시공간과 달리 폐색감이 없었다. 이로카와 다이키치色川大吉의『민중헌법의 창조民衆憲法の創造』에 수록된「도쿄의 병리」라는 글과 비교해 보면, 베이징이라는 대도시는 자연과의 조화는 물론, 옛 중국사상까지 녹여낸 계획도시라는 생각이 들었다. 황제들이 대륙의 사치를 욕심껏 구상한 전통건축과 개혁개방, 경제약진을 상징하는 고층빌딩이 풍요로운 녹음과 조화를 이루고 있었다.

　포럼에서는 '섬에 사는 사람은 섬으로부터 세계를 생각할 수밖에 없다'는 생각에 기반해 근대 초기의 '류큐국운동'과 현재 센카쿠다오위다오를 어떻게 생각할 것인가 등, 중국과 류큐의 접점을 살피는 데 초점을 두었다.

포럼을 주관한 베이징대 서용徐勇 교수를 비롯해 중국 대학의 역사학자들이 류큐사에 큰 관심을 가지고 있다는 것을 처음 알게 되었다. 이러한 높은 관심을 통해 현 아시아의 정황적 위기를 감지할 수 있었다. 군사병기의 고도화와 자본시장의 거대화를 생각할 때, 전쟁을 정치의 연장으로 삼는 국가통치사상은 돌이킬 수 없는 파멸을 초래할 뿐이라는 사실은 명약관화하다. 특히 전후 통렬한 반성 위에 평화헌법을 간신히 유지해 오고 있는 일본이 '적극적 평화주의'라는 자기기만으로 군사국가로 기수를 되돌리려는 위험천만한 사태가 벌어지려 하고 있다. 군사를 앞세운 세계의 질서유지를 정의라고 말하는 미국의 종속으로부터 벗어나 일본의 자주자립을 꾀하기 위해서는 헌법 해석을 전쟁 가능한 국가로 만들어야 한다는 주장이 힘을 얻고 있다.

근대화 과정에서 일본의 독점자본이 아시아 식민지로 흘러들어 가면서 그 자본 규모가 몇 배로 팽창되어 간 사실을 보면, 현 정권의 등을 떠밀고 있는 욕망의 지층을 엿볼 수 있을 것이다.

오키나와사상은 오키나와 전투 체험을 원형으로 한다. 다소 진부해 보이더라도 절대 평화주의를 주장해 나가는 것이 '섬의 세계관'이다. 폭력에 맞서는 폭력을 주장하는 것은 선제적 폭력의 의지를 감출 뿐이다. 무기를 몰수해서 전란을 막은, 류큐 삼산三山을 통일한 1500년대의 쇼신왕尚真王의 업적을 섬 공동체의 지혜로 되살려야 한다. 존재하는 것의 기본윤리는 헌법의 기초이다. 자의적 해석으로 그 기본윤리를 잃게 된다면 그것은 이미 헌법이 아니다. 절대 평화주의는 지키는 것이 아닌, 부단히 창조하는 열린 정신 행위에 다름 아니다. 헌법은 가능한 알기 쉽게 기본적 윤리를 제시하고, 주민들은 이를 바탕으로 통치자의 자질을 심급하고, 통치자는 그 윤리에 어긋나지 않도록 탈선하지 않도록 해야 한다. 즉, 개개인이 마음 안에 법정을 열어 가는 것, 그것이 사회질서 유지의 기본이라고 생각한다. 창헌운동을 추진하고, 자본주의와 국민국가체제의 저편으로 상념의 자유를 해방시키기를 바라마지 않는다.

이 책을 집필한 형제자매는 현재의 위기상황을 극복하기 위해 각자의 전문분야에서 빛나는 활약을 펼치고 있는 분들이다. 「류큐공화사회헌법」이라는 졸작을 둘러싸고 깊은 사유와 풍부한 지식을 보여준 모습에 경탄을 금할 수 없다. 그리고 베이징을 경험한 지금, 섬에서 대륙을 끌어안을 수 있는 사상의 보편성을 어떻게 펼칠지가 과제로 남았다. 그것이 가능하다면 아시아를 전쟁 시장으로 몰아넣으려는 야망을 모두 거둬들일 수 있으리라.

모쪼록 이 책이 진부한 평화, 민주주의라는 수식어에서 벗어나 사색의 자유시장으로 이끄는 마중물이 되기를 간절히 바란다. 집필에 응해 준 형제자매와 기획을 담당해 준 나카자토 이사오 씨, 열정을 쏟아부은 미래사 니시타니 요시에西谷能英 사장, 그리고 보이지 않는 곳의 관음보살에게 감사의 말을 전한다.

2014년 5월 17일

가와미쓰 신이치

1981년『신오키나와문학』이 특집호로 꾸린「류큐공화국으로 이어지는 가교」와, 함께 수록된「류큐공화사회헌법C사(시)안」과「류큐공화사회헌법F사(시)안」은 나에게 큰 감흥을 안겨 주었다. 오키나와 섬사람들을 현혹해 온 프티부르주아에 칼을 대어 도려내준 '반복귀'론이 이념으로 결실을 맺고, '일본복귀' 후의 오키나와의 시공간에 가교를 놓아준 것이 바로 이 두 개의 헌법사안이다. 이를 둘러싸고 익명의 좌담회가 펼쳐졌는데, 그 자리는 나에게 강한 인상으로 남았다. 가와미쓰 씨 동생이 운영하는 나하시 히사모리지에 있는 식당 2층을 통째로 빌려 편집위원과 헌법 기초자들이 격론을 펼쳤다. 어째서 익명으로 진행하게 되었는지 그 이유는 차치하더라도, 이니셜 하나하나의 얼굴과 목소리가 어우러지니 헌법사안에 대한 상상력이 구체적인 모습으로 다가왔다.

근년 가와미쓰 신이치 씨의「류큐공화사회헌법C사(시)안」이 다시금 주목받게 되었다. 오키나와에 기지를 집중시킨 미일 양국의 군사 재편, 전쟁과 식민지주의의 상상력이 결여된 역사인식, 헌법개정까지 돌진하듯 급속히 우선회하는 분위기. 일본국가와 국민의 도메스틱한 경향이 선명해지면 질수록 오키나와에서는 자기결정권을 외치는 목소리가 커져갔다. 대국들에 의해 자의적으로 경계가 결정되어 버린 오키나와의 경험에서 탄생한「류큐공화사회헌법」이라는 기묘한 열매를 재발견하고 시대의 최전선에 내놓게 된 것도 그 즈음이다.

이 헌법사안은 일본국가의 틀을 상대화할 뿐만 아니라, 세계의 부분 질서에 지나지 않는 국민국가체제의 한계에 눈을 돌리게 하고 근원적인 질문을 하게 했다. 무엇보다 이러한 질문이 한국과 중국을 비롯한 아시아의 사상계로도 이어지기를 바란다.

이 책은 2011년에 기획되었지만, 가와미쓰 씨의 소극적 대응으로 실현되지 못하다가 오늘에서야 이루어지게 되었다. 기획에서부터 간행까지 그리 길지 않은 시간이었지만 군도와 아시아를 둘러싼 월경하는 사상, 교차하고 교향하는 사상을 펼쳐보일 수 있었다.

우여곡절 끝에 세상의 빛을 볼 수 있게 된 것은 무엇보다 니시타니 요시에 사장의 시대를 읽는 감각 덕분이다. 이 류큐에서 생산된 기묘한 열매는 기묘하기 때문에 오히려 이 시대의, 이 세계의 정형을 전복시킬 수 있으리라 믿는다. 대담과 11편의 투쟁하는 글들이 멀리까지 전달되기를, 가능한 한 많은 이들의 시야에 가닿기를 간절히 바란다.

2013년 5월 15일
나카자토 이사오

▲『류큐공화사회헌법의 잠재력』간행 직후,
〈왜, 지금, 류큐공화사회헌법인가〉라는 주제로 열린 심포지엄(2014.7.12 나하에서)

왼쪽부터 마루카와 데쓰시, 야마시로 히로지, 다카라 벤, 가와미쓰 신이치, 나카소네 이사무,
오타 시즈오, 미키 다케시, 나가모토 도모히로, 나카자토 이사오

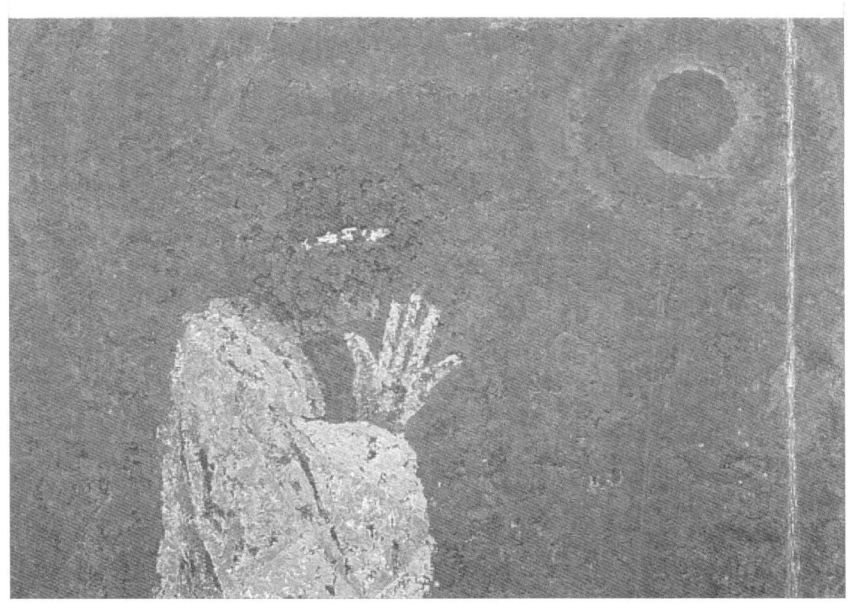

文化と思想の総合誌

新沖縄文学

特集　琉球共和国へのかけ橋

平恒次／木崎甲子郎／宇井純／岡部伊都子／色川大吉
中野好夫／森崎和江／松本健一／大湾雅常／安里清信
井上清／姜在彦／牧港篤三／平良良昭／金城朝夫　他

48

琉球「共和国」「共和社会」憲法草案（二案）

創作／海はしる　　　仲若直子

화보 ― 315

『신오키나와문학』제48호 표지 ▲

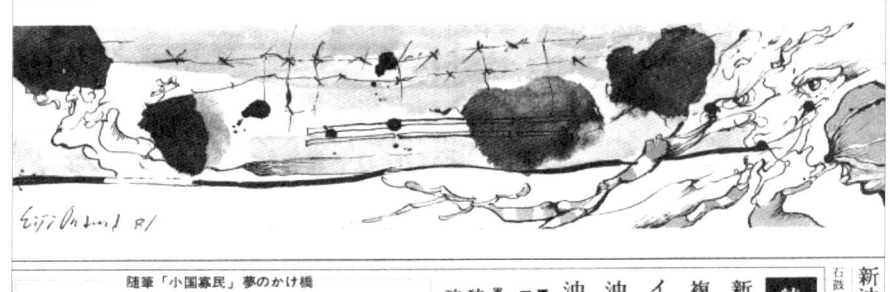

Eiji Onaka 81

『신오키나와문학』 제48호 목차

▲『신오키나와문학』제48호 특집호에는 「'헌법' 초안의 시좌」라는 주제의 익명좌담회 내용도 실려 있다.

百年後の沖縄のイメージ

B もともとこの企画は、復帰十年目をむかえる現在の状況の中で、単なる復帰十年の総括風のものをやっても意味があるとは思えない、そこで現在の否定的な状況に対置する一つのアンチテーゼとして、しかからば "こうありたい" というような "願い" なり "思い" なりを膨らみのあるイメージの中で展開してみようというところから出発しています。その具体的なものとして「琉球共和国」というイメージを想い描きながら、その中で現状に対するアンチの視点を提起しよう、ということです。

C そこで、いきなり「F私案」から話をすすめても、かなり話はややっこしくなるばかりだと思うんです。それでまず手始めに、百年先の沖縄はどうイメージされるか、ということで、工業誘致の問題とか、中城湾の開発等の工業化社会を目ざしている今の沖縄が、このままのかたちで百年先をむかえた場合、そこでイメージされる沖縄の実態というのはどういうものなのか、ということを考えた。それを辿ることによって現在の状況に対する根本的な批判点を確かめ、憲法草案を考える前提にしたいと思います。

B ただ、百年先というとだいぶ先のことで、なかなかピンとこないものがある。十年後を想定したところで、日本国自体の有事法制をはじめ急速に右傾化していく状況がひとつあるし、それと合わせていわゆる開発路線の問題がいくつかある。それからすると十年先の沖縄でも惨憺たる状況が予想されるわけですね。このへんを、Eさんはどう想定しますか。

E 僕は短期的にはペシミスティックな見方をするけれども、長期的にはかなり楽観的です。つまり中城湾の開発とか何だとかやっていっても、どうせ出来っこないという気がするんだな。つまり、大工業地なんかは絶対に出来ない。ただ港湾施設とかは出来るだろうけれど、将来のイメージとしては、その残骸みたいな、つまり海洋博跡地みたいな感じの中城湾というのがあります。

C 中城湾に陥没を続けている、という記事が出ていましたね。海の底に沈むのであれば、工業用地にしてもいいんですよ(笑)。いずれ工場もろとも沈んでくれますからね。

A 沖縄は島全体が珊瑚礁で出来ているわけですが、生きている珊瑚礁が今のような開発、あるいは工場廃棄物等のタレ流しが進んでいけば、珊瑚礁の働き、機能というのは全部失われていくのではないか、という恐れを持ちます。だから百年後の沖縄は自然態そのものが機能停止するということも、一つ考えられる。今、非常に危険な状況にあるのではないかという気がします。

C Aさんの方からは、ゆくゆく周辺の海が工業廃棄物によって汚染され、珊瑚も死滅し、砂浜も失われるというかたちで、島周辺の生態系が撹乱されて、そこから人間社会の方が報復を受けるんじゃないかという危機的なイメージが出された。それに対してEさんは、中城湾あたりで計画されている大工業開発はおそらく実現はしないだろうという。

もし、そういう大工業地的なものが実現されないとすれば、それによって沖縄の周辺海域、ないしは島の中の生態系撹乱の危機は生じてくることはないのか、つまりそういうことについてはさほど心

『신오키나와문학』 제48호 특집호에는 「'헌법' 초안의 시좌」라는 주제의 익명좌담회 내용도 실려 있다. ▲